달집태우기

달집
태우기

초판 1쇄 인쇄일 2016년 6월 28일
초판 1쇄 발행일 2016년 7월 01일

지은이 김학섭
펴낸이 양옥매
디자인 황순하
교정 조준경

펴낸곳 도서출판 책과나무
출판등록 제2012-000376
주소 서울특별시 마포구 방울내로 79 이노빌딩 302호
대표전화 02.372.1537 **팩스** 02.372.1538
이메일 booknamu2007@naver.com
홈페이지 www.booknamu.com
ISBN 979-11-5776-218-7(03810)

이 도서의 국립중앙도서관 출판시도서목록(CIP)은 서지정보유통지원 시스템
홈페이지(http://seoji.nl.go.kr)와 국가자료공동목록시스템
(http://www.nl.go.kr/kolisnet)에서 이용하실 수 있습니다.
(CIP제어번호 : CIP2016015715)

달집
태우기

김학섭 소설집

책과나무

차 례

서울의 달

　박동혁은 나이 일흔 중반이 되자 얼굴에는 광대뼈가 튀어나오고 젊었을 때 번쩍이던 두 눈은 생기를 잃어갔다. 칡넝쿨 같은 주름이 얼굴을 뒤덮었으며 한때 패기에 넘쳤던 젊음은 사라지고 눈이 침침하고 기력(氣力)도 약해졌다. 가뜩이나 비쩍 마른 몸에 허리는 구부정하고 배가 앞으로 불룩 튀어나와 백구십 센티의 키가 이 센티나 줄어들었다.

　그 뿐 아니라 젊었을 때 몸을 돌보지 않고 열심히 일한 탓에 무릎 관절에 통증이 찾아왔다. 비가 오거나 흐린 날은 통증이 더 심했다. 병원에서는 나이가 많아지면 누구에게나 찾아오는 퇴행성 관절염이라며 자연 현상이라고 했지만 늙는다는 것이 고목(古木)처럼 하루하루 죽음 가까이 다가가는 것 같아 박동혁은 매일매일이 두려웠다.

　머리가 하얗게 세고 머리털도 줄어들어 이마가 넓어지는 것도 신경이 쓰였다. 외출 시에는 넓어진 이마를 가리기 위해 중절모자를 쓰고 다녔다. 걸음걸이가 느리고 말도 어둔하지만 고집 하나만은 젊었을 때보다 더 세졌다. 그래서일까, 남편 없는 며느리와 함께 사는 것보다 자기 핏줄인 딸네 집에서 인생을 마무리하는 것이 편할 것 같다는 생각을 하고 오늘 서울에 살고 있는 딸네 집으로 떠나기로 결심했다. 이런 시아버지의 마음을 눈치 챈 며느리가 적극적으로 만류했다.

"딸은 출가외인이라고 했어요."

"내 핏줄일세."

"싫어하는 눈치가 보이시면 빨리 오세요."

"나는 내 딸을 믿네."

"요즘은 세상인심이 예전과 많이 달라졌어요."

"아무리 세상인심이 달라져도 부모 자식 간의 정이야 어디로 가겠는가. 염려 마시고 애비 없는 아이들이나 잘 돌보시게."

며느리는 박동혁의 고집을 꺾지 못했다. 그날 오후 딸네 집을 가기 위해 박동혁이 모처럼 쫙 빼입은 양복에 넥타이까지 맨 정장 차림을 하고 마을 앞을 지나가자 동네 개들이 낯선 사람으로 알고 컹컹 짖었다. 머리에는 누렇게 색이 바랜 중절모자를 비스듬히 눌러 쓰고 손에는 낡은 여행용 가방을 들고 있다. 참새들도 나뭇가지를 옮겨 다니며 이별을 아쉬워하는 듯이 짹짹거렸다. 박동혁은 손을 흔들어 보이며 "모두 잘 있어라. 그동안 친구가 되어 주어 고마웠다. 이제 고향을 떠나면 너희들의 노랫소리는 다시는 들을 수 없겠구나." 하고 인사를 했다. 코허리가 찡하며 마음이 울컥했다. 푸른 보리밭에서는 풋풋한 보리향기가 바람에 실려 사방으로 퍼져 나갔다. 박동혁은 보리밭 사이로 난 길을 한참 가다가 문득 걸음을 멈추고 허리를 꼿꼿하게 편 후 산 밑을 바라보았다. 그때까지도 며느리는 소나무 밑에 서 있었다. 순간 박동혁의 가슴에 무엇이 울컥하고 치밀었다. 손을 흔들자 며느리도 손을 흔들어 주었다.

"어서 집으로 들어가시게. 서울에 도착하는 대로 소식 전함세."

박동혁은 그렇게 말한 후 의젓하게 걸으려고 애를 썼지만 나이 때문에 몇 걸음 걷지도 않았는데 다리가 휘청거리며 이번에는 허리에 통증이 찾아왔다. 주저앉고 싶은 생각이 굴뚝같았지만 며느리가 보는 것 같아 참을 수밖에 없었다. 며칠 전 읍내 보건소에 들려 진찰을 받아 보니 허리에 있는 척추뼈의 관이 좁아져 신경 줄을 누르는 병인 '척추관협착증'이라고 했다. 나이가 들면 누구에게나 찾아오는 병이라고 하니 박동혁으로서는 그저 참을 수밖에 없었다.

길을 한참 걸어가다가 구부정한 허리를 꼿꼿하게 펴고 하늘을 올려다보았다. 산 정상으로 뭉게구름이 연기처럼 피어올랐다. 한참 동안 정처 없이 흘러가는 흰 구름을 바라보다가 긴 한숨을 토했다. 자기 신세 같다는 생각이 들었다. 지금 가면 언제 고향땅을 다시 찾아오게 될지 기약이 없었다. 가슴이 꽉 막혔다. 저만치 버스가 달려오자 박동혁은 정신을 차리고 버스 정류장을 향해 걸음을 재촉했다. 버스 정류장에 도착하자 버스가 가까이 다가왔다. 박동혁은 마른 나뭇가지 같은 앙상한 손을 흔들어 버스를 세웠다. 버스가 서자 운전기사가 차창 밖으로 목을 길게 내밀어 박동혁을 바라보았다. 코끝이 벌겋다. 술 중독 탓인 것 같았다. 검은 얼굴에 피로까지 다닥다닥 붙어 있다. 운전기사는 박동혁을 향해 내뱉듯이 한마디 했다.

"빨리 타슈."

"진부로 가는 차 맞아요?"

"여기 다른 데로 가는 차가 있소?"

"오랜만에 나선 길이라 잘 몰라서요."

"어서 타기나 하슈."

박동혁은 얼굴을 붉히며 급하게 버스에 올랐다.

"서울로 가는 버스를 타려고 하는데요."

"종점에 도착하면 막차가 있을지 모르겠소."

산골은 해가 짧았다. 해가 서산으로 기우는가 싶더니 어둑어둑 산골짜기로 땅거미가 내려앉았다. 면소재지까지는 아직도 이십 여리 더 남았다. 막차라 그런지 버스 안은 텅 비었다. 버스는 시간이 촉박한지 속도를 높이더니 단숨에 쑥 고개 가파른 언덕까지 올라섰다. 박동혁은 차창에 얼굴을 문지르며 며느리가 서 있던 산모퉁이를 바라보았다. 며느리가 서 있던 산모퉁이는 버스 꽁무니에서 까마득하게 사라져 갔다. 코끝이 매콤해 오며 눈에서 두 줄기의 물방울이 주르륵 볼을 타고 흘러내렸다. 박동혁은 마치 며느리가 듣기라도 하는 듯 한마디 했다.

"그동안 이 늙은이가 짐이 됐을 거여. 남편 없이 시아버지를 모시느라 고생했어. 누가 뭐라고 해도 자네는 효부일세."

박동혁은 낡은 가방을 가슴에 꼭 껴안았다. 가방 안에는 며느리가 힘들게 세탁한 양복 한 벌과 내복 두 벌이 들어 있었다. 날씨가 차면 입으라고 며느리가 세탁까지 해서 가방 속에 곱게 챙겨 넣은 옷이다. 순간 가슴이 뭉클하며 죽은 아들의 얼굴이 떠올랐다. 아들은 오년 전 읍내 장에서 친구들과 술집에서 밤늦게 술을 마시고 트랙터를

몰고 좁은 농로 길을 운전하고 오다가 마을 앞까지 거의 다 와서 농수로에 굴러 떨어졌다. 벼가 허리만큼 자랐을 때였다. 하필 굴러 떨어진 곳이 외진 곳이어서 사람들의 눈에 잘 띄지 않았다. 요즘 농수로는 예전과 달리 부드러운 흙으로 만들어진 것이 아니라 단단한 시멘트로 만들어졌다. 다리가 긴 고라니 같은 짐승도 한번 빠지면 빠져나올 수 없어 그곳은 작은 동물들의 공동묘지 같았다. 삼돌이가 아침 일찍 논물을 보러 나갔다가 농수로에 처박힌 트랙터를 발견하고 경찰서에 신고했다. 구급차가 달려와 트랙터 안에 사람을 끄집어내었을 때는 사람은 겨우 숨만 쉬고 있었다. 머리가 깨지고 코에서 피가 나와 입술 위에 말라붙었다. 급하게 병원으로 후송되었지만 손을 쓸 새도 없이 숨이 끊어지고 말았다. 의사는 뇌진탕에 의한 사망이라고 결론을 내렸다. 시멘트에 머리를 부딪친 것이 사망 원인이라고 했다. 며느리도 박동혁도 눈앞이 깜깜했다. 집안에 하나뿐인 기둥을 잃게 되자 살아갈 일이 막막해졌다.

며느리가 어깨를 들먹거리며 흐느끼자,

"이보시게, 산 사람은 그래도 살아야 하는 걸세."

박동혁은 그렇게 며느리를 위로했지만 막상 혼자가 되면 하루 종일 술을 마셨다. 이 사건 이후 기력(氣力)이 급격하게 떨어져 논농사를 접을 수밖에 없었다.

서울로 유학 간 딸은 김 서방을 만나 일찍 결혼했다. 사위가 무슨 식품 회사 과장이라고 하지만 살림은 그리 넉넉하지 못한 것 같았다. 박동혁이 기운이 있어 논농사를 지을 때는 해마다 쌀 두 가마니씩을 보내 주었으나 아들이 죽자 논농사를 지을 수 없어 딸에게 쌀을 보낼 수 없었다. 대신 밭에서 나는 붉은 고추 말린 것이며 산나물 말린 것을 꼭꼭 챙겨 보내 주었다. 딸은 해마다 보내 주던 쌀을 보내 주지 않아서 섭섭했던지 자주하던 연락을 끊어버렸다. 박동혁은 섭섭해도 그럴만한 사정이 있겠지, 하고 마음을 달랬지만 마음 속 깊은 곳에는 서운한 감정이 숨어 있었다.

버스는 쑥고개를 넘어 빠르게 달렸다. 요즘은 농촌 길도 웬만하면 아스팔트로 포장되었다. 길은 산굽이를 돌아 끝없이 뻗어 있었다. 물안개가 높은 산봉우리 중턱에 걸려 있어 사방은 구름으로 병풍을 두른 듯했다. 잠시 후 산은 어둑어둑했다. 박동혁의 몸은 버스 안에 있지만 시선은 고향 쪽을 향하고 있었다. 다시 올 수 없다는 생각 때문에 마음이 울컥했다. 차창 밖으로 가로수가 지나가고 전기 줄도 출렁거리며 빠르게 지나갔다. 가끔 숲속 나뭇가지에 앉아 있던 산새들도 자기 집을 찾아 숲으로 우루루루 이동했다. 가로등이 없는 산골길은 해가 서산에 떨어지면 어둡고 침침했다. 요즘은 어디를 가나 산골 마을은 적막강산이다. 젊은 사람들은 힘이 들어가는 농사일이 싫어 도시로 떠났다. 농촌은 나이 많은 노인들만 남아 땅을 지키고 있다. 외국 농산물이 쏟아져 들어오고 젊은이들이 없는 농촌이 앞으로 얼마나 버틸지 걱정이었다. 박동혁은 눈을 지그시 감고 여러 가지 생각에 잠겼다. 그러다 깜박 잠이 든 모양이었다. 운전기사의 목소리가 들려왔다.

"손님 어서 내리쇼. 종점까지 다 왔습니다!"

"알겠습니다."

운전기사가 내리라고 재촉했다.

"어서 내리쇼. 이 차는 더 가지 않습니다."

"늙은 것이 주책없이 깜박 잠이 들었구먼. 그런데 서울로 가는 차표는 어디서 사요?"

"저쪽으로 가 보슈."

운전기사는 승차권을 발매하는 창구 쪽을 턱짓으로 알려 주었다. 박동혁은 툴툴거리는 운전기사에게 이것저것 물어봐야 좋은 소리 못 듣겠다 싶어 얼른 가방을 챙겨 들고 버스에서 내려 대합실 쪽으로 빠르게 걸음을 옮겼다. 운전기사가 사무실 쪽으로 사라지는 모습이 보였다.

텅 빈 대합실은 막 파장하고 난 장터처럼 을씨년스러웠다. 바닥에는 손님들이 먹다 버린 음료수 병들이 이리저리 굴러다녔다. 돌아가던 온풍기도 멈춘 지 오래된 듯 차가운 기운만이 대합실 안을 감돌았다. 박동혁은 대합실을 가로질러 승차권을 파는 창구 쪽으로 향했다. 유리창 한가운데 커다랗고 둥글게 뚫린 구멍으로 버스표를 주문했다.

"서울 가는 차표 주세요."

서류를 정리하고 있던 아가씨가 흘낏 박동혁을 바라보며 피곤한 표정으로 대답했다.

"할아버지, 차가 끊겼어요. 새벽 첫차뿐이에요. 몇 시간을 기다려야 하는데 집에 가서 주무시고 아침 일찍 다시 오세요."

매표원 아가씨가 감정이 없이 말했다. 시골에는 서울 가는 막차가 일찍 끊기는 모양이었다.

"그그그 그려?"

박동혁은 대합실 벽 쪽에 놓인 긴 나무 의자에 무거운 몸을 비스듬히 기대고 중요한 보물이라도 되는 양 가방을 가슴에 꼭 껴안고 눈을 지그시 감았다. 그러나 쉬이 잠이 오지 않고 복잡한 생각만 머릿속에 가득 떠올랐다. 냉랭한 밤공기가 뼛속까지 스며들었다. 온몸이 으스스 떨려 왔다. 정든 집을 떠나니 서러운 생각이 밀려들었다. 옆구리 한쪽이 텅 비며 문득 죽고 싶다는 생각이 들었다. 이런 생각은 이번이 처음은 아니었다. 아내가 세상을 떠났을 때도, 아들이 먼 길을 떠났을 때도 술을 마시면 같은 생각을 했다. 박동혁은 망령된 생각이라며 고개를 저었다. 자기가 죽으면 마을에서는 며느리가 늙은이를 거두지 않아 죽은 것이라고 손가락질할 것이 뻔했다. 박동혁은 자기가 죽는 것은 두렵지 않으나 며느리 욕 먹이는 일은 두려웠다. 그런데 오늘 또 마음이 울적해지면서 죽고 싶다는 생각이 든 것이다.

　'그런 짓은 며느리에게 욕을 먹이는 일이 될 거야.'

　박동혁은 다시 한 번 고개를 강하게 저었다.

　다음날 첫 버스를 타고 도착한 서울, 박동혁은 복잡한 마음도 정리할 겸 먼저 종로 3가 종묘공원을 찾았다. 지금은 세계문화 유산으로 등재된 종묘공원이 정비사업으로 깨끗해 졌지만 그 전만 해도 종묘공원은 노인들의 천국이었다. 박동혁이 찾았을 때도 대한민국 노인들이 다 종묘공원에 모인 것 같았다. 노인들은 햇볕이 잘 드는 곳에 옹기종기 모여 앉아 이야기꽃을 피웠다. 어떤 노인은 바둑을 두고 어떤 노인은 장기를 두고 어떤 노인은 길거리에 많은 물건을 진열해 놓고 팔고 있었다. 어디서 구했는지 양담배, 신발, 모자, 옷, 손톱깎

이, 일회용 면도기, 산삼, 비아그라, 붕어빵 굽는 집, 구두 수선하는 집, 공구까지 파는 글자 그대로 만물상 거리처럼 보였다. 매일 종묘 공원은 시골 장날처럼 어수선하고 소란스러웠다. 박동혁은 한참 동안 이것저것 구경하다 몸이 지쳐 빈 의자에 주저앉았다. 그때 눈앞에 예사롭지 않은 노인이 양반 다리를 하고 앉아 눈을 지그시 감고 있었다. 흰 수염이 턱밑까지 내려와 있다. 핏기 없는 하얀 얼굴은 오랫동안 해를 보지 못한 것 같았다. 눈을 뜰 때는 광채가 나는 듯이 반짝거렸다. 예사롭지 않은 노인은 가끔 감았던 눈을 뜨고 하늘을 보기도 하고 땅을 보기도 했다. 그러다 심각한 표정을 짓기도 했다. 박동혁은 호기심이 가득한 눈으로 예사롭지 않은 노인을 바라보았다. 예사롭지 않은 노인의 입에서 금세 기이한 소리가 튀어나올 것만 같았다. 시간이 얼마나 흘렀을까. 드디어 예사롭지 않은 노인은 감았던 눈을 번쩍 뜨고 주위를 살펴본 후 옆에 놓인 빛바랜 낡은 백 속에서 신문지를 꺼내 땅바닥에 조심스럽게 펼쳐 놓았다. 다음은 화선지를 그 위에 펼쳤다. 화선지 옆에 크고 작은 여러 가지 붓을 부채꼴 모양으로 펼쳐 놓은 후 먹물을 꺼내 접시에 부었다. 그리곤 붓 한 자루를 집어 들고 먹물을 흠뻑 적셨다. 조심스럽게 붓을 펼쳐 놓은 화선지 위로 가져가더니 뼈대만 앙상한 손이 신이라도 들린 듯이 춤을 추며 빠르게 움직였다. 주위 사람들은 예사롭지 않는 노인의 붓끝을 긴장하면서 바라보았다. 잠시 후 움직임을 멈춘 붓끝은 화선지 위에서 파르르 떨렸다. 글자 쓰기를 멈추었다. 예사롭지 않은 노인은 혼신의 힘을 다한 듯 긴 한숨을 토했다. 붓을 먹물이 담긴 접시 위에 조용히 놓았다. 다시 눈을 지그시 감고 명상에 잠겼다. 주위에 모였던 사람들이 화선지를 보고 일제히 아하! 하고 탄성을 질렀다.

"역시 그거였어!"

사람들이 무엇인가 알았다는 듯이 고개를 끄덕였다. 예사롭지 않은 노인이 쓴 글자는 다름 아닌 효'孝' 한 자였다. '효'자는 마치 화선지 위에서 살아 꿈틀거리는 것 같았다. 그때 구경하던 한 노인의 입에서 한마디가 튀어나왔다.

"이미 효는 땅속에 매장된 지 오래여."

하자 누군가 옆에서 맞장구를 쳤다.

"암, 요즘 세상에 효를 알고 있는 인간이 몇이나 되겠어."

박동혁은 배가 고파 가방에서 빵을 꺼내 한 입 베어 물었다. 주위에 둘러앉은 사람들은 박동혁이 빵을 먹건 말건 상관하지 않고 일제히 예사롭지 않은 노인의 손만 바라보았다. 잠시 후 또 붓을 든 예사롭지 않은 노인의 손이 화선지 위에서 춤을 추었다. 주위 사람들은 날렵하게 움직이는 예사롭지 않은 노인의 손동작을 부러운 시선으로 바라보았다. 어떤 노인은 자기는 평생 붓을 잡아도 저렇게 훌륭한 글을 쓸 수 없을 거라고 탄복했다. 손은 화선지 위에 글자가 가득할 때까지 쉬지 않고 움직였다. 예사롭지 않은 노인은 이번에도 글씨를 다 쓰고 나서 붓을 먹물이 담긴 접시 위에 가만히 놓더니 고개를 들어 하늘을 바라보았다. 파란 하늘에 구름 몇 조각이 바람에 떠밀려 이리저리 떠돌고 있었다. 그때 누군가 혼잣말처럼 중얼거렸다.

"내가 보기에는 검은 것은 글씨 같고 흰 것은 종이 같은디… 글씨는 근사한 것 같구먼. 그나저나 우리 같은 까막눈은 무슨 뜻인지 알 수가 있어야지. 뭐라고 쓴 거유?"

질문한 노인은 조금도 부끄러워하지 않고 이렇게 말한 후 주위를 둘러보았다. 아는 사람이 있으면 누구든지 대답해 보라는 눈치였다. 예사롭지 않은 노인은 흘낏 질문한 노인의 얼굴을 바라보더니 가늘게 한숨을 토했다. 그때 머리에 중절모자를 깊게 눌러쓰고 쭈그리고 앉아 글씨를 바라보고 있던 노인이 혀를 끌끌 찼다.

　"허, 무식이 유식이로다. 그것도 모르오?"

　"땅이나 파먹던 놈이 핵교 문턱이나 가봤어야 알제."

　그러자 중절모자를 쓴 노인이 자기의 실력을 과시라도 하려는 듯 굵은 목소리로 힘차게 읽기 시작했다.

　"君爲臣綱 군위신강이오, 임금은 신하의 근본이 되고

　父爲子綱 부위자강이라, 아버지는 아들의 근본이 되며

　夫爲婦綱 부위부강이오, 남편은 아내의 근본이 된다 그런 뜻이지요."

　읽기를 멈춘 중절모자 노인은 예사롭지 않은 노인의 얼굴을 흘낏 바라보았다. 내 실력이 어떠하냐는 표정이지만 예사롭지 않은 노인의 표정은 변함없이 하늘을 향하고 있었다. 중절모자 노인은 섭섭한 표정으로 한마디 했다.

　"허, 글씨도 명필이거니와 내용 또한 기가 막히오. 지금 사람들은 이 좋은 글의 뜻을 알까 몰라. 대체 학교라는 곳에서는 무엇을 배우는지 모르겠소."

　그때 옆에 있던 노인이 빈정거리는 투로 말했다.

　"돈 버는 법이나 배우겠지요."

　"쯧쯧, 세상이 썩은 거지요."

　그때까지도 예사롭지 않은 노인의 표정은 아무런 변화가 없었다.

다른 노인들은 조용히 두 사람의 얼굴을 번갈아 바라보았다. 바로 그때 예사롭지 않은 노인의 붓끝이 한 곳을 향했다. 사람들은 일제히 붓끝이 가는 곳을 바라보았다. 노인의 표정이 심각하게 굳어졌다. 예사롭지 않은 노인은 황급히 화선지 위에 다음과 같은 글을 써내려 갔다.

부부유별(夫婦有別).

남편과 아내 사이에는 엄연히 지켜야 할 인륜의 구별이 있어야 한다는 뜻이지만 느티나무 아래에는 술에 취한 여자가 남자들과 술판을 벌이고 있었다. 치마가 허리 아래로 흘러내려도 신경을 쓰지 않았다. 젖꼭지가 얼굴을 내밀어도 상관하지 않았다. 여자는 정숙하고는 처음부터 담을 쌓고 사는 사람처럼 보였다. 여기가 어떤 곳인가. 역대 임금님의 영혼을 모신 종묘(宗廟) 앞이 아니던가. 이런 거룩한 장소에서 후손들이 낯 뜨거운 행동을 서슴없이 하고 있다니 임금님의 영혼이 이 광경을 보고 있다면 부끄럽기 짝이 없는 노릇이다. 예사롭지 않은 노인은 이 모습을 보자 꺼냈던 화선지를 백 속에 조심스럽게 챙겨 넣었다. 붓을 깨끗하게 물에 헹군 다음 붓통에 담아 가방 속에 정중하게 집어넣었다. 다음은 천천히 수돗가에 가서 손을 깨끗이 씻고 못 볼 것을 본 것처럼 눈을 몇 번 닦아낸 후 귀까지 후볐다. 그런 후 빠르게 돌아와 가방을 어깨에 둘러메고 어디론가 떠나갔다.

"오늘은 파장일세."

예사롭지 않은 노인이 떠나가자 사람들도 뿔뿔이 흩어졌다. 볼 장 다 봤다는 뜻이었다.

"중이 절이 싫으면 떠나는 법이오."

총총히 사라지는 예사롭지 않은 노인을 바라보며 누군가 이렇게 중얼거렸다.

박동혁은 어스름 때가 되어서야 딸네 집에 도착했다. 딸은 아버지의 행색을 유심히 살펴보더니 수상한 생각이 들었던지 금세 낯선 사람을 만났을 때처럼 서먹서먹한 표정을 지었다. 반가워하는 표정이 아니었다.

"어쩐 일이세요?"

"너는 오랜만에 찾아온 애비에게 고작 그런 소리밖에 못하냐?"

"너무 급작스러워서요."

"애비가 딸이 보고 싶어 왔는데 뭐 잘못되기라도 한 거냐?"

딸이 입술을 비죽 내밀었다.

"아버지가 나를 보고 싶다니까 더 이상하네요."

"뭐가 이상한데?"

"언제 아버지가 저를 보고 싶다고 말한 적이 한번이라도 있었어요? 그런 아버지께서 오늘은 딸이 보고 싶다고 불쑥 찾아오신 게 좀…"

"좀 뭐?"

"이상하다는 말씀이죠."

몇 년 만에 만나는 부녀 상봉인데도 주고받는 대화는 찬바람이 쌩쌩 불었다. 딸은 급작스럽게 찾아온 아버지가 뭔가 수상쩍게 생각되는 눈치였다. 박동혁은 자기 앞에 있는 여자가 분명 자기 딸이 맞는지 의심이 들었다.

딸은 오랜만에 찾아온 아버지에게 찬바람이 도는 음성으로 말했다.

"이렇게 불쑥 찾아오시면 어떡해요. 나는 그렇다 치더라도 박 서방이 어떻게 생각할지 모르잖아요. 연세가 드셨으면 그 정도는 아실 텐데 왜 앞뒤를 분별 못하세요?"

냉대였다.

"분별 못하다니!"

박동혁의 눈이 커졌다.

"우리 집 사정을 모르고 불쑥 찾아오시니 드리는 말씀이에요."

"애비가 딸네 집에 오는 것도 일일이 사정을 봐야 하는 거야?"

"요즘 어떤 세상인지 모르세요?"

"나는 그런 거 모른다."

"아버지."

박동혁의 얼굴에 핏기가 가셨다. 딸이 이 정도로 차갑게 나오리라고는 꿈에도 생각하지 못했다. 딸이 반갑게 맞이해 줄 줄 알았는데 뜻밖에 쌀쌀맞게 나오자 박동혁은 딸에 대한 기대가 일시에 와르르 무너졌다. 딸의 행동을 봐서는 함께 살자고 말을 꺼냈다가는 당장 쫓아낼 것 같은 분위기였다.

"몇 백리 밖에서 찾아온 애비여. 고작 그런 소리밖에 못하는 거냐?"

"연락도 없이 찾아오시니 드리는 말씀이에요."

"딸네 집을 찾아온 애비가 잘못이란 말이냐?"

"어쩐지 아버지가 올케한테 쫓겨났다는 생각이 드네요. 저요, 고등학교 다니는 아이가 둘이 있어요. 전 그 애들의 뒷바라지하기에도 바쁜 몸입니다. 한 아이는 고등학교 2학년이 되고요. 한 아이는 금년 대학에 들어가요. 그런데 아버지까지 불쑥 찾아오시면 방도 없잖아요. 방이 셋이라고 하지만 아이들이 하나씩 차지하고 하나는 우리 부부가 쓰고 있어요. 저야 아버지를 모시고 싶은 마음이 굴뚝같지만 형편이 어디 그래요?"

미리 방어 작전을 펴는 것 같았다.

"끙…"

박동혁은 목에 가시라도 걸린 것처럼 헛기침을 토했다. 딸년이 아버지 면전에서 이런 불평을 털어놓는 것은 내쫓을 심산이 아니고서는 할 수 없는 행동이었다. 박동혁은 눈을 지그시 감았다. 일순 아내의 얼굴이 스쳤다. 딸을 임신하고 열 달 내내 입덧 때문에 음식을 먹지 못했다. 굶기를 밥 먹듯이 했다. 미음으로 겨우 입에 풀칠할 정도였다. 그렇게 힘들게 딸을 낳아서 바람이 불면 날아갈세라 노심초사하며 키웠는데 아내는 딸이 시집가는 것도 보지 못하고 다른 세상으로 떠났다. 지금 박동혁은 아내를 잃었을 때보다 더 가슴 한편이 무너지는 것 같았다. 아내가 살아서 지금의 딸의 행동을 보면 어떻게 생각할까. 예전의 귀엽고 착한 딸의 모습은 어디서고 찾아볼 수 없었다. 박동혁은 목이 꽉 메며 눈물이 핑 돌았다. 눈물을 딸에게 보이지 않으려고 바람벽 쪽으로 고개를 돌렸다. 생각 같아서는 당장 뛰쳐나가고 싶은 심정이지만 사위의 체면을 생각해서 참을 수밖에 없었다.

"너희들이 어떻게 살고 있나 궁금해서 찾아왔을 뿐이다. 괜히 이상한 생각은 하지 마라. 같이 살자고 해도 살지 않을 테니까. 사위 얼굴만 보면 집으로 내려갈 거다."

함께 살기 위해 왔다는 말을 꺼낼 수 없었다.

"제 말을 고깝게 듣지 마세요. 저의 형편을 말씀드린 것뿐이에요."

'안다, 알아. 망할 년!'하는 소리가 목구멍까지 치밀었지만 박동혁은 겨우 참았다. 딸은 가슴 깊이 간직해 두었던 불만을 봇물처럼 쏟아 놓았다.

"이왕 이야기가 나왔으니 말인데요. 솔직하게 올케가 아버지에게 무엇을 잘해드렸는지 모르겠지만 그러는 게 아니에요. 저는 다 알아요. 올케가 절대 아버지에게 잘 할 사람이 아니거든요."

"네가 올케에 대해 뭘 안다는 거여?"

"뭐든지 다요. 저는 올케에게 서운한 감정이 많은 사람이거든요. 아버지두요."

"말해 봐라."

딸은 잠시 숨을 고르더니,

"아버지는 벌써 잊으셨는지 모르지만 둔내골에 있는 땅만 해도 그래요. 수천 평 땅을 오빠에게 고스란히 준 것은 문제가 있어요. 엄연히 딸도 상속권이 있어요. 그런데 아버지는 딸이라는 이유로 내게 땅한 평도 물려주지 않았어요. 올케가 생각이 있는 여자 같으면 그 땅을 혼자서 독식해서는 안 되지요. 오빠에게 말씀드려 나누어 주라고해야 마땅하지 않겠어요. 우리요, 그 땅만 조금 떼어 주었어도 지긋지긋한 고생을 덜 했을 거예요. 사위도 자식인데 그럴 수 없지요."

딸은 오래전에 있었던 케케묵은 감정까지 모두 쏟아 놓았다. 격한 감정 때문인지 울먹거리기까지 했다. 그때는 아들의 사업 문제로 그렇게 밖에 할 수 없었다. 아들이 특용작물(特用作物)을 재배할 농장을 만드느라 많은 돈이 필요했다. 아들은 돈을 벌면 동생에게 나누어 주겠다고 약속했지만 돈을 만들기 전에 트랙터 사고로 그 약속은 물거품이 되고 말았다.

"다 지나간 이야긴데 그걸 아직도 마음속에 담아두고 있다니 쯧."

"그만큼 힘들게 살아왔다는 이야기죠."

딸의 불만은 거기서 끝나는 것이 아니었다.

"저는 올케가 아버지를 천 년 만 년 모실 줄 알았어요. 그런데 이게 뭐예요. 오빠가 돌아가셨다고 얼씨구나 하고 아버지를 쫓아내요. 그 때 언니는 친정으로 돈도 빼돌린다는 소문도 있었대요. 사실인지 아닌지 확인해 보지 않아 모르지만 누가 알아요, 우리 몰래 돈을 친정으로 빼돌렸는지."

박동혁은 딸의 이야기를 듣고 있다가 한마디 했다.

"죄 없는 사람을 함부로 의심하지 마라. 괜히 벌 받을 거여."

박동혁의 마음은 쇳덩이처럼 무거웠다. 이럴 줄 알았으면 괜히 딸의 집을 찾아왔구나, 하는 생각이 들었다. 며느리의 말을 듣지 않은 것이 후회되었다. 세상이 많이 변해도 출가외인이라는 이야기가 지금도 유효한 것 같았다.

불만을 털어놓던 딸이 방에서 나가자마자 박동혁은 피곤한 몸을 자리에 눕혔지만 가시방석에 누운 것 같았다. 방바닥이 꺼질 듯 한숨을 쉬었다. 여러 가지 떠오르는 생각을 붙잡고 고민하다 깜박 잠이 들었나 보다. 안방에서 두런두런하는 소리가 들려 눈을 떠보니 벽시계가 새벽 두 시를 알리고 있었다. 나이를 먹으니 소변이 자주 마려워 하루 저녁에도 몇 번씩 잠을 깼다. 힘들게 일을 하거나 긴장하면 더 오줌이 자주 마려웠다. 오늘은 긴장 때문인지 다른 때보다도 더욱 증상이 심하게 나타났다. 자리에서 일어나 화장실로 가려는데 안방에서 두런거리는 소리가 점점 더 커졌다. 김 서방의 목소리였다.

"이 세상에 당신 같이 모진 여자는 없을 거요. 모처럼 아버지가 몇 백리 길을 찾아오셨는데 당장 보내자니 그게 말이나 되는 소리요. 누가 들을까 겁이 나오."

그러자 딸이 강하게 반박했다.

"흥, 누구는 뭐 효녀가 되고 싶지 않아서 그러는 줄 아세요. 이게 다 당신을 잘못 만난 탓이에요. 막말로 내가 재벌 집의 며느리가 되었으면 왜 이런 짓을 하겠어요. 아직도 잘난 회사에 과장 자리 하나 꿰차고 앉아 쥐꼬리만 한 봉급으로 아이들 학교 보내랴, 학원 보내랴, 먹고 살랴, 이만저만 어려운 형편이 아니잖아요. 거기다 적금이다, 공과금이다, 머리가 터질 지경이라고요. 이게 다 당신을 위해서라고요."

"아무리 그래도 자식이라고 불원천리 찾아온 노인을 그런 식으로 박대하면 어쩌자는 거요. 벌 받아요."

"벌은 나중에 받더라도 지금은 아버지를 모실 수 없어요. 올케가 있는데 내가 왜 짐을 떠맡아요."

"아버님이 짐이라니, 당신은 정말 한심한 사람이구먼."

"나는 내 가족이 먼저예요."

박동혁은 눈앞이 캄캄해지고 얼굴이 화끈거렸다. 더 이상 듣고 있을 수가 없었다. 자신이 어느새 딸년에게 무거운 짐이 되어 있다는 사실에 깜짝 놀랐다. 더구나 딸년이 김 서방에게 다짐까지 받아 두었다.

"괜히 내일 아버지가 가신다고 하더라도 붙잡지 말아요. 당신은 그저 굿이나 보고 떡이나 먹으면 돼요."

"제발 아버님께서 떠나실 때까지 아무 소리도 하지 맙시다."

"안 돼요. 당신은 내가 시키는 대로 해요."

박동혁은 딸의 이야기를 듣는 순간 정신이 번쩍 들어 방금 자리에서 일어난 것처럼 '어험' 하고 큰 기침을 했다. 김 서방이 깜짝 놀라 달려왔다.

"아버님, 더 주무시지 않고요."

"소변도 봐야 하고, 내 집이 아니라 그런지 잠자리가 뒤숭숭하네. 자네도 내 나이 되어 보게나. 나이를 먹으면 소변이 자주 마려워지네. 어제는 늦게 온 모양일세 그려."

"월말이라 좀 늦었습니다. 죄송합니다."

"암, 사람은 바빠야 하는 거네. 지내기는 여전하신가?"

"아버님 덕분에 잘 지내고 있습니다."

"내 덕이라고 할 수야 없지. 자네 마음 착한 복이여. 아무튼 잘 지낸다니 다행이네. 참 자네도 무던한 사람이구먼. 허허허."

김 서방은 말귀를 알아듣지 못한 듯 어리둥절한 표정을 지었다. 햇빛을 보지 못한 탓인지 핏기 없는 얼굴에 웃음이 가득했다. 한없이 착한 얼굴이었다. 그런 김 서방을 바라보며 박동혁은 처음으로 환하게 웃었다. 딸네 집에 와서 처음으로 웃는 행복한 웃음이었다.

"자네 같은 사위를 둔 내가 행복하구먼. 나이를 먹으면 이것저것 생각하는 것도 많아진다네. 내가 사위 복은 있나 보이. 자네 식구들 얼굴이나 보려고 왔는데 이제 얼굴을 봤으니 내일 날이 밝는 대로 집으로 내려갈 걸세. 자네 같은 사람은 복을 많이 받아야 할 거야. 암,

이 세상에 자네 같이 착한 사람이 복을 받지 않으면 누가 복을 받을 건가. 어험, 화장실에 다녀옴세."

"네, 아버님."

박동혁은 바지를 내리고 억지로 변기에 앉아 있으려니 서러운 생각이 왈칵 치밀며 주먹만 한 쇳덩이 하나가 가슴에 매달린 것 같이 답답했다. 당장 딸네 집을 뛰쳐나가고 싶었지만 사위 때문에 간신히 참았다.

"세상이 망조가 든 거여!"

화장실에서 얼마나 앉아 있었을까. 눈앞이 깜깜해지며 형광등 불빛이 뿌옇게 보였다. 정신을 차리고 바지를 올린 후 화장실을 나오니 어느 새 딸 내외는 세상모르고 깊은 잠에 빠졌다. 박동혁은 서둘러 방에 돌아와 옷가지를 챙겨 가방 속에 집어넣은 후 소리 없이 대문을 나섰다. 새벽바람이 볼을 훅 스치고 지나갔다. 답답하던 가슴이 시원해졌다. 몇 발자국 가다가 딸의 집을 돌아보았다. 어쩌면 다시 오지 못할 집이라고 생각하니 가슴이 먹먹했다. 천륜은 어쩔 수 없는지 한마디 했다.

"애비가 없더라도 건강하게 잘 살아라. 너는 나를 미워할지 모르지만 나는 너를 미워할 수 없구먼. 그게 핏줄이기 때문이여."

딸의 집을 나서는 박동혁의 발걸음은 무거웠다.

박동혁은 종묘공원을 다시 찾았다. 예사롭지 않은 노인은 여전히 사람들의 무리에 둘러싸여 있었다. 박동혁은 그 옆 의자에 쭈그리고 앉아 예사롭지 않은 노인의 행동을 조심스럽게 살폈다. 예사롭지 않은 노인은 여전히 화선지 위에 글을 써 놓고 눈을 지그시 감고 있다.

여기저기서 사람들이 웅성거리기 시작했다.

한쪽 구석에서는 노인들이 작은 무대를 차려 놓고 전자 오르간으로 흘러간 노래를 연주하며 사람들을 불러 모았다. 악기에서 신나게 옛 노래가 흘러나오자 노인들은 우르르 모여들었다. 나이를 먹어도 연주 실력은 녹슬지 않은 것 같았다. 그때 술에 취한 여자가 가슴을 다 내놓은 채 목청껏 노랫가락을 뽑았다. 그러면서 할아버지 옆으로 가더니 손을 붙잡고 빙빙 돌았다. 할아버지는 몇 바퀴 돌자 어지러운지 숨을 헉헉거리면서도 주머니에서 만 원짜리 지폐 한 장을 꺼내 여자의 가슴에 찔러 주었다. 여자는 익숙하게 가슴에 꽂힌 돈을 꺼내 주머니에 넣더니 신명나게 악기에 맞추어 노래를 따라 불렀다. 그러더니 축 처진 젖가슴을 이리저리 흔들어 보였다. 이 모습을 지켜보고 있던 예사롭지 않은 노인은 눈을 지그시 감았다. 그때 한 노인이 예사롭지 않은 노인의 얼굴을 바라보며 탄식했다.

"아무리 세상이 뒤집힌다고 해도 남녀가 유별하거늘, 요즘 세상은 여자가 남자 같고 남자가 여자 같은 이상한 세상이로다."

하자 예사롭지 않는 노인은 화선지 위에 다음과 같은 글을 썼다.

장유유서(長幼有序).

윗사람과 아랫사람 사이에는 지켜야 할 질서가 있어야 한다는 뜻이지만 요즘 세상은 위아래가 없는 것 같았다. 그때 사십 대로 보이는 중년 남자가 글씨를 한참 바라보더니 한마디 툭 던졌다.

"그런 글은 이제 고물 창고에 가면 찾아볼 수 있을 거여."

하고 혀를 끌끌 차면서 가버렸다. 예사롭지 않은 노인은 사라져 가는 중년 남자를 한참동안 노려보더니 그 밑에 망(亡) 자를 더 써 넣었다.

"머리에 든 것이 똥밖에 없으니 세상을 바라보는 눈에는 똥밖에 보이지 않는 거여."

　해가 서쪽 하늘로 기울고 어둠이 찾아오자 종묘공원 노인들도 제각기 둥지를 찾아 하나둘 떠났다. 종묘공원은 언제 사람이 있었느냐 싶게 썰렁하게 비었다. 가끔 우- 하고 바람이 몰려와 먹다 버린 종이컵이며 휴지 조각을 이리저리 쓸고 다녔다. 혼자 남게 된 박동혁은 가슴이 울컥했다. 바람에 쓸려 다니는 휴지 조각이 마치 자기 신세 같다는 생각을 했다. 이제 박동혁이 돌아갈 둥지는 이 세상에 아무 곳에도 없었다. 딸네 집도 아들네 집도 갈 수 없는 처지가 되었다. 아껴 두었던 빵을 한입 베어 물었지만 모래알을 씹는 것 같았다. 빵을 한참 씹고 있으려니 자신도 모르게 뜨거운 눈물이 볼을 타고 주르르 흘러내렸다.
　박동혁은 시름에 잠겨 이 생각 저 생각을 하다 자신도 모르게 잠이 스르륵 들었다. 몸속으로 한기가 파고들었다. 몽롱함 속에서도 행복했던 지난 세월들이 눈앞에 영화필름처럼 스쳐 갔다. 그동안 열심히 일을 하여 벌어 먹인 식구들은 곁에서 다 떠나가고 이제는 늙은 몸조차 눕힐 곳이 없는 처량한 신세가 되었다.
　"자식들이 잘 살아야지. 늙은 애비가 짐이 되면 안 되지."
　거대한 도시는 오늘도 아무 일이 없다는 듯 거리마다 네온 불을 번쩍이고 있었다. 높은 빌딩위에 걸린 둥근 달은 번쩍이는 네온 불에 빛을 잃었다.

어머니의 집

1

명주군이 시市로 편입 된지 오래 되었지만 둔내골은 별로 나아진 것이 없다. 전에는 이십여 가구가 살고 있었으나 지금은 도시로 다 떠나가고 두 가구만 남아 있다. 젊은 사람들은 없고 노인들만 남아 조상의 묘를 지키고 있을 뿐이다. 빈 집은 문이 꼭꼭 닫힌 채 인적이 뚝 끊어진지 오래다. 손을 보지 않아 여기저기 허물어진 곳도 있다. 버려진 텃밭은 농작물 대신 잡풀만이 무성하게 자라고 있다. 점순이는 오늘도 뜰 돌에 앉아 봄볕을 쬐고 있다. 나이 예순이니 눈도 침침하고 허리도 아프다. 울안 살구나무에 꽃향기가 한창이지만 마음속은 한겨울 속 같이 추웠다. 병든 남편을 떠나보낸 지 사흘. 남편이 누웠던 건넌방을 흘낏 보았다. 주인을 잃은 빈 침대만 한 쪽 구석에 쓸쓸히 놓여 있다. 점순이는 누가 듣기라도 하는 듯 가만히 속삭였다.

"젊었을 때 잘했으면 마음고생은 덜 했을 텐데, 당신이 가신 지 오늘이 삼일 째구려, 무슨 일이 있어도 오늘은 당신에게 다녀오리다."

가슴이 울컥해 졌다. 병이 들어 골골하던 남편이 없으면 편안할 것 같았는데 남편을 보리산에 묻고 오던 날은 가슴에 커다란 구멍이 뚫어진 듯 허전했다. 봄바람에 실려 오는 꽃향기에 취해 눈을 스르륵 감았다. 지난 세월이 영화필름처럼 스쳐갔다.

2

그때도 지금처럼 산과 들에 화사하게 꽃이 피고 새가 노래하는 봄날이었다. 선배 언니가 점순이에게 시집을 안 가고 처녀로 늙을 거냐며 남자를 소개해 줄 테니 맞선을 보라고 했다. 어머니와 단 둘이 살고 있던 점순이는 고개를 가로저었다. 그러자 어머니가 옆에 있다가 어미 때문에 처녀로 늙을 수 없다며 선을 보라고 했다. 점순이 나이 서른 둘, 예전 같으면 혼기가 한참 늦은 나이었다. 선배 언니는 남자가 한마을에서 동생 오빠하고 자란 사이라며 인물이 잘 생겼다고 말하자 점순이는 요즘은 인물을 뜯어먹고 사는 세상이 아니라며 인물보다 경제력도 있고 마음도 착해야 한다고 말했다. 선배 언니는 그런 일이라면 더욱 마음을 놓아도 좋다고 말하며 잘 되거든 술이나 석 잔 사라고 했다. 점순이는 잘 되면 술이 문제냐고 하자 그러면 일요일 시내 파란커피숍으로 나오라고 했다. 약속한 날 점순이가 파란커피숍으로 나가자 선배 언니가 낯선 남자와 함께 기다리고 있다가 점순이가 자리에 앉기를 기다려 선배 언니가 남자부터 소개 했다.

"이쪽은 내가 말하던 김춘길 씨."

"이쪽은 우리 후배 박점순 씨."

그런 후 선배 언니는 자기 몫은 여기 까지라며 둘이서 잘해보라는 말을 남기고 손을 흔들며 가버렸다. 둘만 남게 되자 춘길이가 자기소개를 했다. 직업은 택시 운전수며 나이는 서른여덟, 결혼해 주면 평생 고생시키지 않고 호광 시켜 줄 거라고 자신 있게 말했다. 점순이가 싫지 않은 표정으로 말했다.

　"저는 홀어머니를 모시고 있습니다."

　"부모님이 안 계시니 친부모님처럼 모시겠습니다."

　"돈이 없으니 아무것도 해갈 수 없습니다."

　"돈이란 있다가도 없고 없다가도 생기는 게 돈입니다. 빈 몸으로 와도 좋습니다."

　　그날은 서로 마음만 알아본 후 차 한 잔 마시고 헤어졌다. 며칠 후 두 사람은 다시 파란커피숍에서 만났다. 여러 가지 이야기로 시간을 보낸 후 춘길이가 어디 가서 밥이나 먹고 헤어지자고 했다. 점순이가 좋다고 하자 두 사람은 중국집으로 향했다. 오후 네 시, 저녁 시간이 일러서인지 손님들이 별로 없다. 요즘은 총각들이 장가가기 힘든 세상이다. 여자들은 결혼보다 직장생활을 더 좋아했다. 여자들도 경제력이 생기자 결혼해서 아이 낳기도 싫고 남편 뒷바라지하기도 싫어했다. 그러니 농촌에 시집오겠다는 처녀는 더욱 없다. 농촌 총각들은 어쩔 수 없이 돈을 주고 외국에서 여자를 데려 오는 현상까지 벌어졌다. 엉터리 중매회사에 돈을 주었다가 낭패를 본 총각도 있는가하면 외국에서 시집온 여자가 다른 남자와 눈이 맞아 도망가는 현상까지 벌어지고 있다. 지금은 노인 인구가 늘고 젊은 사람이 줄어드는 세상이 되었다.

춘길이는 탕수육이며 오향장육이며 여러 가지 음식을 주문한 후 마지막으로 배갈을 시켰다. 중국 음식은 기름지지만 먹을 만했다. 점순이는 푸짐한 음식을 보는 것만으로 배가 불렀다. 춘길이는 술 한 잔 마신 후 잔을 점순이에게 내밀었다.

"받으시오."

"술을 못해요."

"술을 조금 마시는 게 건강에도 좋소."

"술을 조금만 마셔도 가슴이 뛰거든요."

"술은 기분을 좋게 할 겁니다."

"취하면 책임지셔요."

"염려 마시오."

점순이는 어쩔 수 없이 잔을 받자 춘길이는 흡족한 표정을 지으며 술을 반 잔 따라주었다. 점순이가 잔을 돌려주지 않자 잔을 받았으면 잔을 비우고 돌려주는 것이 주법이라고 말했다. 점순이는 이상한 주법도 다 있다며 왜 사람들은 강제로 술을 마시게 하는지 모르겠다며 불평을 늘어놓은 후 술을 홀짝 마시고 빈 잔을 돌려주었다. 잠시 후 술을 마신 점순이는 가슴에서 불이 났다. 창자가 화끈거리며 다 녹아내리는 것 같았다. 배갈은 보통 소주보다 두 배나 독한 술이다. 독한 술을 마셨으니 속에서 불이 나는 것은 당연했다.

"속에서 불이 나네요."

"119를 불러야지."

"농담이 나오세요?"

"걱정 마시오. 조금만 참으면 괜찮아 질 거요."

점순이는 정신이 희미해지면서 춘길이의 얼굴뿐만 아니라 천장까지 빙빙 돌아갔다. 더 앉아 있을 수 없어 자리에서 벌떡 일어나 밖으로 나왔다. 차가운 바람을 쐬자 정신이 돌아오며 겨우 마음이 진정되었다. 그래도 취기만은 쉽게 갈아 앉지 않았다. 사람들은 이런 술을 왜 마시는지 이해가 되지 않는 표정이었다. 잠시 후 기다리고 있었다는 듯이 춘길이가 뒤따라 나왔다. 거리에는 어둠이 커튼처럼 내리고 가로등에 불이 들어왔다. 어두운 거리가 금세 환하게 밝아졌다. 동녘 하늘에는 보름달이 떴다. 꽃향기가 몸으로 파고들자 가슴이 벌렁거렸다.

　"이상해요, 마음이…"

　점순이의 말에 춘길이가 히죽 웃으며 농을 했다.

　"술 때문이 아니라 사랑이라는 병 때문인 것 같소."

　"사랑은 무슨."

　점순이의 얼굴이 붉어졌다. 비록 어렸을 때 일이지만 점순이에게도 첫사랑은 있었다. 열여섯 살 때였다. 이 나이 때는 봄바람이 살랑거려도 가슴이 울렁거리고 낙엽이 굴러가는 것만 봐도 웃음이 나왔다. 같은 마을에 동수라는 남자 아이가 살고 있었다. 마을 앞에 작은 개울이 흐르고 여름밤이면 마을 사람들이 냇가에서 목욕을 했다. 점순이와 동수도 예외가 아니었다. 밤이면 두 사람은 개울을 찾아 목욕을 했다. 그러다 기분이 좋으면 둘은 냇둑을 따라 걷기도 했다. 냇둑을 따라 걸으면 바람도 시원하고 밤벌레 울음소리도 음악처럼 들렸다. 냇둑에 피어 있는 노란 달맞이꽃이 두 사람을 반겨 주었다. 보리산에 달이 떠오르면 누가 먼저라고 할 것 없이 산을 올랐다. 바람도 시원하고 산새 소리도 음악소리로 들렸다. 오늘은 점순이가 단단히 마음을 먹은 듯 했다.

"내 손을 잡아 봐."

"창피하게…"

"누가 보는 것도 아닌데…"

"하늘에 별이 보잖아."

"웃기지 마. 별님은 우리 편이야."

어쩔 수 없이 동수는 점순이의 손을 잡고 보리산을 올랐다. 가슴이 뛰었다. 보리산은 해발 백 이십 미터의 그리 높지도 낮지도 않은 마을 뒷산이었다. 보리산은 소나무, 떡갈나무, 오리나무로 숲을 이루고 있다. 정상에 넓은 너래바위 하나가 있다. 멍석을 깔아 놓은 듯 평평한 바위다. 이 바위에 오르면 세상이 환하게 보였다. 이 바위는 때로 점순이의 안식처가 되었다. 슬플 때나 기쁠 때나 점순이는 너래비위를 찾았다. 바위에 누우면 온통 하늘이 눈앞에 병풍처럼 펼쳐지고 모든 근심 걱정이 바람처럼 사라졌다. 산 아래는 옥수수가 자라는 밭이 있고 그 아래는 벼들이 자라는 다락 논이 형제처럼 올망졸망 붙어 있다. 보리산에 올라가면 어머니가 치마를 펄럭이며 장을 보고 마을로 들어서는 모습이 환하게 보였다. 점순이는 어머니가 장에 가는 날은 빠지지 않고 보리산으로 향했다. 어머니는 오일장 마다 밭에서 나는 채소며 산나물을 장에 내다 팔았다. 보리산 너래바위에서 어머니가 장에서 돌아오는 모습이 보이면 점순이는 맨발로 달려가 어머니의 치마꼬리에 매달리곤 했다. 오늘밤 점순이는 그 보리산으로 동수와 함께 오르고 있었다. 점순이는 동수에게 빙그레 웃으며 말했다.

"오늘 너에게 비밀 이야기를 들려주겠다."

점순이의 말에 동수는 빙긋 웃으며

"무슨 비밀?"

"산에 가보면 안다."

잠시 후 두 사람은 보리산에 올랐다. 너래바위에 도착했다. 바위는 넓고 평평해 자리를 깔아 놓은 듯했다. 점순이가 바위 위에 올라 벌러덩 누워서 동수에게 옆에 와서 누우라고 재촉했다.

"왜?"

"누워 봐. 하늘이 코앞에 와 있어."

동수가 호기심 가득한 시선으로 점순이 옆에 나란히 누웠다. 순간 정말 놀라운 일이 벌어졌다. 매일 보는 하늘이고 매일 보는 별들이지만 너래바위에서 보는 하늘은 달랐다. 하늘은 가깝고 별은 주먹만큼 크게 보였다. 마치 하늘이 성큼 내려와 머리위에 가득 보석이 그려진 보자기를 펼쳐 놓은 것 같았다. 하늘에는 은하수가 뿌옇게 강물처럼 흐르고 있다. 그 양쪽에 견우와 직녀가 뚜렷하게 보였다. 점순이가 말했다.

"너 견우해라. 나는 직녀가 되겠다."

동수가 고개를 끄덕였다. 견우와 직녀에게는 슬픈 전설을 간직하고 있다. 하늘에 계신 옥황상제께서 일 년 중 칠월칠석날 단 하루만 은하수를 건너 둘이 만나게 했다는 것이다. 하지만 점순이는 그건 너무 멀다며 우리만이라도 한 달에 한 번씩 만나자고 제안했다. 동수도 그게 좋을 것 같다고 말했다. 이날 점순이가 처음으로 동수에게 사랑을 고백했다.

"너를 사랑해."

"사랑."

동수가 얼굴을 붉혔다.

"오래 전부터야. 너 없이는 못 살 것 같다."

점순이는 동수의 얼굴을 하루라도 보지 않으면 가슴이 답답하고 금세 몸에 병이 날 것 같았다. 동수를 만나면 사랑을 고백하겠다고 하루에도 몇 번이고 다짐하지만 막상 만나면 말문이 막히고 말았다. 그랬던 점순이가 오늘은 큰 마음먹고 동수에게 사랑을 고백했다. 어디서 그런 용기가 나왔는지 자기도 알지 못했다.

"너를 하루도 보지 못하면 병이 날 것 같다."

"정말이야?"

"그래."

"싫지 않은데."

"그러니까 앞으로 내 말을 잘 들어야지."

"그러지 머."

"오늘은 별님께 맹서하는 거야. 어떤 일이 있어도 우리의 마음이 변하지 않겠다고 말이야."

하자 동수의 가슴이 뭉클했다.

"좋아. 앞으로 어떤 일이 있어도 헤어지지 않을 거야."

"고마워."

보리산 동쪽 하늘에 둥근달이 떴다. 별은 점점 초롱초롱 빛나고 달은 보리산 아래 금가루를 뿌려주고 있다. 두 사람은 멀리서 개가 컹컹 짖는 소리를 듣고서야 부지런히 보리산을 내려왔다. 산에 오를 때와 달리 산을 내려올 때는 두 사람이 손을 꼭 잡고 있었다. 두 사람은 세상에 태어나서 처음으로 인생의 기쁨을 경험하게 되는 밤이었다.

"어떤 일이 있어도 손을 놓아서는 안 돼."

"그래."

하지만 이렇게 철석같이 맹서한 약속도 세월 앞에는 무용지물이 되고 말았다. 몇 년 후 동수는 서울로 유학을 가게 되었고 도시 물을 마신 동수는 점순이는 그저 시골에서 잠시 스쳐간 바람 같은 존재며 자기하고는 상대가 되지 않는 여자라고 단정했다. 세월이 변하니 사람의 마음도 세월 따라 변한 것이다. 몇 년 후 동수는 도시 여자를 만나 결혼했다. 점순이와의 철석같은 맹서도 물거품이 되고 말았다. 점순이는 그때의 일이 오래도록 가슴에 상처로 남았다.

세상이 변한 지금 사람들에게 진정한 사랑이라는 것이 존재하는 것일까. 남자들은 지위가 높건 낮건 가슴에 숯검정 같은 마음을 숨기고 있다. 예쁜 여자만 보면 우선 잡아먹지 못해 안달이 나는 세상이다. 도처에서 강간 사건이 터지고 법을 만들고 법을 집행하는 사람들까지 성추행 행렬에 가담하고 있다. 국회의원이 여기자를 성추행다가 쫓겨나고 경찰이 피의자와 성관계를 하는가 하면 사람의 생명을 다루는 의사가 환자를 마취 시킨 후 성추행하는 이상한 세상이 된 것이다. 남자들은 여자를 잡아먹지 못해 안달이 나는 세상으로 변한 것이다. 달은 구름 사이에서 황금색을 뿌려주고 있다. 점순이와 춘길은 중국집을 나와 말없이 걸었다.

"아직 연애 한 번 못해 봤지요?"

춘길이가 침묵을 깼다.

"그 뭐…"

점순이가 말을 못하고 어물거리자 연애를 못해 본 것으로 간주한 춘길이는,

"남자가 내가 처음이겠군. 허허허"

"그그그그"

점순이가 말을 하지 못하자 춘길이가 흡족한 듯 웃었다. 두 사람은 골목길로 접어들었다. 가로등이 없는 어둠침침한 골목길은 인적이 끊어진지 오래 된 듯 조용했다. 조금 더 가자 모텔이 눈앞에 나타났다. 피스톤모텔. 요즘 간판들은 고급스러워 보이기 위해서인지 외래어를 많이 사용하고 있다. 시내 간판들도 음식점 몇 곳만 빼면 대부분 알 수 없는 외래어로 가득했다. 낯선 거리 같았다. 두 사람은 계속해 걸었다. 파리모텔이 나타났다. 요즘은 경치가 좋은 곳이면 어디서나 모텔을 볼 수 있다. 모텔 주위로 번쩍거리는 등을 달아놓아 먼 곳에서도 쉽게 알아볼 수 있게 만들었다. 오색찬란한 불빛은 마법처럼 사람을 모텔로 유혹했다 춘길이는 모텔 앞에 이르자 걸음을 멈추었다.

"쉬어갈까?"

"모텔이잖아요."

"분위기가 좋을 것 같은데."

점순이는 모텔이 어떤 곳이라는 것을 알고 있다.

"모텔은 잠자는 곳이잖아요."

"차 한 잔 하고 가자는 거요."

"모텔에서 차를 마실 수 있어요?"

"대한민국 어디서나 차를 주문하면 신속하게 배달됩니다. 차만 배달하는 것이 아니라 여자도 배달됩니다."

점순이가 얼굴을 붉혔다.

"차만 마시고 가겠어요."

"그럽시다."

두 사람은 모텔로 들어갔다. 무인 텔이다. 입구에서 돈을 치르고 방 호수를 배정 받았다. 이층 방이었다. 요즘 모텔은 안내가 없다. 손님들의 중요한 비밀이라도 지켜주려는 것처럼. 연인들이 이용하기에 편리하도록 만들었다. 모텔 복도는 마치 굴속 같이 음침했다. 카펫 색깔도 어두웠다. 무슨 특별한 이유라도 있는 것일까. 방문을 열고 들어가자 모텔 방은 깨끗하게 정리되었다. 수건이며 화장품이며 잠자리에 필요한 것은 빈틈없이 갖추어져 있다. 콘돔도 준비되어 있다. 모텔 방으로 들어온 춘길이는 겨우 참고 있었다는 듯이 호랑이로 돌변했다. 요즘은 모든 것이 속전속결이다. 젊은 사람들은 기다림이라는 것을 모르는 듯했다. 연애도 마찬가지다. 춘길이에 비해 점순이는 침착하게 대처했다.

"약속이 다르잖아요."

"약속은 수시로 변할 수 있소."

"결혼식을 올려야지요."

"염려 마시오. 내가 책임지겠소."

그날 점순이는 각서 한 장 받지 않고 모든 것을 내주었다. 요즘 세상에 순결을 지킨다는 것이 무슨 의미가 있는가. 예전에는 순결 때문에 목숨을 버리기도 했지만 지금은 순결을 잃었다고 목숨을 버리는 여자는 없다. 순결을 휴지조각처럼 생각하는 시대가 된 것이다. 재혼이 많은 이유가 그것을 말해주고 있다. 모든 일을 순식간에 끝내고 두 사람은 아무 일도 없었다는 듯이 모텔을 빠져나왔다. 이후 춘길이는 걸핏하면 점순이를 불러내 모텔로 데리고 갔다. 이것이 남자의 본색이다. 여자 앞에서는 고상한척 하면서 뒤에서 호박씨 까는. 점순이는 꼼짝 못하고 당할 수밖에 없었다. 전에는 춘길이가 매달렸지만 이제는 점순이가 매달리는 처지가 되었다. 이러다 아이라도 가지면 어떻게 하겠느냐며 빨리 결혼식을 올리자고 사정해도 춘길은 볼일을 다 본 듯이 느긋했다. 금년 봄에 틀림없이 결혼식을 올린다고 했다가 봄이 오면 가을로 미루고 가을이 되면 다시 내년 봄으로 미루었다. 바쁠 것이 없다는 태도였다. 점순이가 사정할 수밖에 없었다.

"약속이 다르잖아요."

"걱정 마시게, 때가 되면 할 걸세."

"때가 언제인데요?"

"때가 오겠지."

느긋했다. 결혼식을 미루기를 수차례. 점순이가 걱정한 대로 아이를 갖게 되자 춘길이도 결혼식을 더 미룰 수 없게 되었다. 가을에 결혼식을 올렸다. 결혼을 하고 보니 택시를 운전한다던 춘길이는 집 한 칸 없는 빈 털털이었다. 점순이는 사기당한 기분이었다. 자기가 자진해서 저지른 일이니 경찰서에 고발 할 수도 없다. 점순이는 어쩔 수 없이 친정집에서 어머니를 모시고 신접살림을 시작했다. 춘길이는 여자 집에 얹혀살면서도 결혼식을 올린 후 몇 년도 안 되어 마음이 변했다. 최근에는 며칠씩 외박까지 했다. 점순이는 처음에는 일 때문에 그러려니 하고 참았다가 외박이 점점 심해지자 불길한 생각이 들었다. 외박하고 오는 날은 점순이에게 눈길조차 주지 않았다. 매달 주던 생활비도 건너뛰었다.

"우리는 흙 파먹고 사나요?"

"나는 돈 버는 기계가 아니오. 요즘 세상에 여자도 돈을 벌어야지."

예전의 춘길이가 아니었다.

"나도 벌고 싶지만 아이들이 문제지요."

"대책 없이 아이를 낳은 것이 잘못이지. 요즘은 아이를 낳지 않고도 잘 사는 세상이오. 아이가 부모 등골 빼먹는 세상인 거 몰라서 그러시오?"

틀린 말은 아니었다. 아무리 시골이라도 요즘 아이들은 초등학교 때부터 몇 개의 학원을 다니고 있다. 대학까지 공부시키려면 부모의 등골이 빠진다. 등골이 빠지도록 자식을 공부시켜도 부모에게 효도한다는 보장도 없다. 요즘 아이들은 부모가 되면 자식공부 시키는 것이 당연하다고 생각하고 있다. 점순이가 화가 나서,

"아이를 나 혼자 만들었어요?"

하자 춘길이의 얼굴이 벌겋게 달아올랐다.

"낳은 사람이 키워야지."

"그걸 말이라고 해요."

춘길이는 끝까지 모르쇠 작전으로 나왔다. 점순이 어머니는 사위의 이야기를 듣고 참을 수 없었다. 아이를 자기가 만들지 않았다면 딸이 다른 남자와 바람피워서 만들었다는 건가.

"우리 딸이 바람이라도 피웠다는 건가?"

"대책 없이 자식만 낳으니 하는 소리입니다."

"큰일 날 사람이구먼."

　춘길이의 마음은 이미 점순이 곁을 떠났다. 어떤 말도 소귀에 경 읽기였다. 점순이는 춘길이가 사람으로 보이지 않았다. 얼굴도 대하기 싫어졌다. 춘길이는 점순이의 잔소리가 심하면 심할수록 외박이 잦았다. 춘길이가 며칠 째 외박을 하더니 하루는 밤이 깊어서 문 두드리는 소리에 잠을 자던 점순이가 놀라 문밖에 나가보았다. 술에 취한 춘길이가 낯선 여자를 데리고 문 앞에 서 있었다. 다른 여자를 데리고 집에 까지 오리라고는 상상도 하지 못했다. 정신이 제대로 박힌 인간이라면 도저히 할 수 없는 행동이었다. 일부러 점순이를 골탕 먹이려는 수작으로 밖에 보이지 않았다. 점순이가 잠시 넋을 놓고 서 있는데 술내를 풍기던 춘길이가 한마디 했다.

"오늘 여기서 자고 갈 거요."

"잘 방이 어디 있어요."

"우리 방에서 자면 되지."

"말이 돼요?"

"말이 왜 안 돼."

"안 돼요."

　방이 세 칸이라고 하지만 한 칸은 어머니가 쓰고 한 칸은 점순이와 아이들이 쓰고 나머지 한 칸은 창고로 사용하고 있다. 실제 사람이 거처하는 방은 둘 뿐인데 남편이 다른 여자와 잠을 잔다며 두 내외가 쓰는 방을 비워달라니 어이가 없었다. 춘길이가 외박을 자주하더니 정신 줄까지 놓은 모양이라고 생각했다. 춘길이가 어쩌다 집에 오면 나그네나 다름이 없었다. 점순이는 남편이 오는 날은 점수라도 따고 싶어 아이들을 할머니 방으로 보내고 기다려보지만 춘길이는 술에 취해 잠만 자다가 아침 일찍 일어나 가버리면 그만이었다. 춘길이에게 집은 모텔이나 다름이 없었다. 그런 춘길이가 오늘에는 여자까지 데리고 와 잠을 자고 가겠다며 방을 비워달라니 점순이는 하늘이 무너지는 것 같았다.

"방이 둘 뿐이잖아요. 하나는 어머니가 쓰고 하나는 아이들과 내가 쓰고…"

"오늘 밤만 아이들을 데리고 어머니 방에서 자면 되잖아."

"안 돼요."

"내 말을 듣지 않겠다는 거요?"

"듣지 않겠다는 것이 아니라 어머니가 이 일을 아시면…"

어머니가 알면 한바탕 전쟁을 치러야 한다. 점순이는 더 거절 할 수 없었다. 오늘 하루 밤만 참으면 만사가 편할 것 같다는 생각이 들어 승낙하고 말았다.

"오늘 하루 밤 만이오."

"그러지."

"아이들만 할머니 방에 보내겠어요."

전에도 종종 아이들은 할머니와 함께 잠을 잤다. 할머니도 아이들을 좋아했다.

"알아서 하시오."

그날 밤 점순이는 잠이 든 아이들을 깨워 할머니 방에 보내고 잠자리에 누웠으나 뒤숭숭하여 잠이 오지 않았다. 둘은 점순이가 듣건 말건 한 몸이 되어 별짓을 다하며 킬킬거렸다. 점순이도 감정을 가지고 있다. 듣고 있노라니 눈이 뒤집히고 가슴이 찢어지는 것만 같았다. 머리를 벽 쪽으로 하고 누워서 땅이 꺼질 듯 한숨만 몰아쉬었다. 여자가 뻔뻔하게 점순이가 들으라는 듯 남편에게 결혼 하자고 조르기까지 했다. 점순이는 가슴에 묻어두었던 불덩이 하나가 울컥 치밀었다. 당장 일어나 내쫓고 싶었지만 어머니 때문에 참았다. 춘길이는 점순이를 만났을 때처럼 여유 있게 대답했다.

"기다리시게. 모든 게 정리가 돼 야지."

"결혼해야 어머니에게 개인택시 한 대 사달라고 조를 것 아냐."

"알겠네."

이혼이라도 하겠다는 건가. 점순이는 더 듣고 있을 수 없어 밖으로 뛰어 나왔다. 하늘에 떠 있는 둥근 달을 보고 있노라니 억울해서 눈물이 왈칵 쏟아졌다. 짧은 순간에 별의별 생각이 다 스쳐갔다. 그동안 아이들을 키우느라 입을 것도 입지 못하고 먹을 것도 먹지 못하고 아등바등 살아보려고 노력했던 것이 허사 같았다. 공든 탑이 일시에 무너지는 기분이었다. 사는 것이 허망하게 느껴지며 삶을 포기하고 싶은 생각까지 들었다. 눈물을 한참 흘리다가 아이들이 무슨 죄가 있으랴 하는 생각이 떠오르며 정신이 번쩍 들었다. 남편이 없어도 아이들을 혼자 키우기로 다짐했다.

"악착같이 살아야지. 내가 왜 죽어."

점순이는 정신을 차린 후 자리에서 일어났다. 다음 날 어머니가 일찍 일어나 낯선 여자 신발을 발견하고 무슨 일인가 싶어 방문을 열었다가 혼비백산하여 문을 닫았다. 딸이 있어야 할 자리에 낯선 여자가 잠을 자고 있다. 세상이 아무리 변해도 사위가 다른 여자를 데려와 딸과 한방에서 잠을 자는 미친놈도 있느냐며 다시 방문을 열고 들어가 사위의 멱살을 움켜잡았다. 자다가 멱살이 잡힌 춘길이는 끅끅거리다 조금 느슨해 진 틈을 타 장모를 밀쳐버리자 맥없이 넘어지고 말았다. 그런 후 기다렸다는 듯이 아내와 이혼 하겠다고 선언했다. 장모는 만일 내 딸 눈에 눈물을 흘리게 하면 네 눈에는 피눈물을 흘리게 하겠다며 사위의 멱살을 잡고 늘어지자 점순이가 달려들어 간신히 싸움을 뜯어 말렸다.

"그런다고 변한 마음이 돌아올 것도 아닌데 무슨 소용이 있겠어요."

"천하에 짐승만도 못한 놈. 검은 머리를 가진 짐승은 거두지 말라고 하더니 이를 두고 하는 말이었구먼, 내 집에서 어서 나가게!"

춘길이가 오히려 잘 되었다는 듯,

"좋습니다. 그럼 나 없이 잘 살아 보슈."

그러더니 여자에게,

"어서 가세."

하고 춘길이는 여자를 앞세우고 허겁지겁 집을 빠져나가고 말았다. 점순이가 따라가며 어머니가 화가 나서 한 일이니 오해를 풀라고 만류했지만 마음은 이미 점순이 곁을 떠난 지 오래였다. 점순이가 아무리 사정해도 소용이 없었다. 사위가 집을 나가는 것을 보자 어머니가 점순이에게 말했다.

"조강지처 버린 놈치고 잘 된 놈 못 봤네. 언젠가를 천벌을 받을 걸세."

그렇게 집을 떠난 춘길이는 다시 돌아오지 않았다. 풍문으로는 처음 여자와 헤어지고 다른 여자를 만나 동거한다는 소문을 들었지만 확인할 수 없었다. 그 뒤 점순이 어머니는 울화병이 생겨 몇 달 병석에 누웠다가 꽃피고 새가 우는 봄날에 세상을 떠나고 말았다. 점순이는 어머니를 부평 가족공원에 모셨다.

"엄마, 혼자서 외로워 어떻게 해요."

점순이는 눈물을 흘렸다. 집에 오자 어머니 자리가 얼마나 큰 지 처음으로 깨달았다.

3

세월이 많이 흘러가자 점순이도 남편의 모습이 기억 속에서 가물가물 했다. 아이들은 아버지 없이도 잘 자라 주어 장가도 가고 자식도 낳아 살림을 차려 따로 살고 있다. 점순이 혼자 집을 치키고 있다. 고생도 끝나가는 듯했다. 뜰 돌에 홀로 앉아 푸른 하늘을 바라보노라니 세월이 빠르다는 것을 느끼며 모처럼 찾아온 평화를 즐겼다. 점순이는 한 때 아이들 결혼식 때만이라도 남편이 돌아와 옆에 있어 주기를 바랐다. 그래야 사돈집 보기에도 미안하지 않을 테니까. 그러나 가출한 남편은 자식 결혼식에도 나타나지 않았다. 소식조차 묘연했다. 점순이는 남편에 대한 실낱같은 희망마저 완전히 사라지고 말았다. 하루는 선포산으로 해가 설핏하게 질 무렵 병든 늙은이가 나타나서 자기기 오래 전에 집을 떠났던 김춘길이라고 말했다. 점순이가 무슨 말 같지 않은 소리를 하느냐며 늙은이를 자세히 보니 병이 들어 얼굴은 해골처럼 뼈대만 남았고 옷은 몸에 맞지 않아 너풀거리지

만 남편 김춘길이 틀림이 없었다. 노숙자 생활을 오래 한 탓인지 몸
이 말이 아니었다. 조강지처를 버리고 다른 여자를 만났으면 평생 잘
살 것이지 거지꼴을 하고 나타나 날더러 어쩌란 말이냐고 따지고 싶
었지만 점순이는 모른 체했다.

"내 남편은 죽은 지 오래 되었소."

"내가 남편이오. 동사무실에서 확인해 보쇼."

"당신도 인간이오?"

"며칠만 쉬었다 갈 거요. 당신 얼굴도 보고 싶고."

"뻔뻔 하슈. 내 얼굴은 왜요?"

"사랑하기 때문이지. 허허허"

객지 생활을 오래 하더니 얼굴에다 철판이라도 깐 모양이라고 점순
이는 생각했다.

"당신은 짐승이오."

"짐승은 아니오."

"짐승만도 못하지요. 가족을 팽개치고 다른 여자에게 미쳐 가출했
다가 다 죽게 되어 나타났으니 짐승도 그러지는 않겠소."

점순이는 그렇게 말을 하면서도 아이들의 아버지니 박절하게 내쫓
을 수 없었다. 한때는 살을 맞댄 남편이기도 하여 참을 수밖에 없었
다. 춘길이도 점순이의 이런 유약한 마음을 알고 찾아온 듯했다. 남
편을 받아드리기는 했지만 자식들이 어떻게 생각할지 걱정이 되었
다. 춘길이는 집에 오자 긴장이 풀려서인지 병이 악화되어 자리에 눕
고 말았다. 자기 말로는 위암 말기로 고칠 수 없는 병이라고 하니 점
순이는 인생 말년에 다 죽게 된 사람을 떠맡게 된 것 같아 어이가 없

었다. 한 때 남편을 호적에서 파버릴까도 생각한 적이 있었으나 정식으로 이혼 한 것도 아니고 또 서류로나마 애비 없는 자식을 만들기 싫어 호적을 정리하지 못했는데 춘길이는 그런 것까지 확인하고 온 것 같았다.

몇 개월 밖에 못 산다던 춘길이는 점순이의 지극한 정성 때문인지 계속 명줄을 이어갔다. 자식들은 집에 들락거리면서도 눈치만 살필 뿐 별다른 반응을 보이지 않았다. 춘길이의 병이 점점 깊어가더니 드디어 움직이기 힘든 처지가 되었다. 그럼에도 점순이는 얼굴 한번 찡그리지 않고 남편 수발을 들었다. 점순이도 예순이 넘었으니 허리가 아프고 눈도 침침하고 몸이 성한 곳이 없지만 자기 몸은 돌보지 않았다. 마을 사람들은 이런 점순이를 향해 세상에 자네 같이 어리석은 여자는 없을 것이라며 지금까지 남편 구실도 하지 못한 인간을 그렇게 까지 돌볼 필요가 있느냐며 당장 요양원에 보내라고 야단치지만 그럴 때마다 점순이는 고개를 저었다.

"제 남편이에요."

"자네는 마음이 약한 것이 큰 병일세."

춘길이는 이런 사정도 모르고 점순이에게 큰소리 쳤다.

"내가 빨리 죽어 주었으면 좋겠지. 하지만 누구 좋으라고 일찍 죽어?"

"내가 딴 서방이라도 만날까봐 겁 나슈?"

"남편은 하늘이오."

"당신 같은 사람이 하늘이라니 소가 웃겠소."

"허, 말을 가려하시게."

"그래도 자존심은 있어서…"

요즘 춘길이는 하루 종일 침대에 누워 점순이의 가슴 속을 박박 긁었다. 여자로부터 쫓겨 난 이유를 알만 할 것 같았다. 다른 사람 같으면 수발이고 뭐고 다 팽개치고 쫓아내고 싶을 테지만 점순이는 그러지 않았다. 비가 추적추적 내리는 날이었다. 설이나 추석 명절날에만 얼굴을 내밀던 자식들 형제가 마누라를 앞세우고 나타나더니 점순이를 향해 아버지를 더 이상 집에서 모실 수 없으니 요양원에 보내라고 말했다. 점순이는 절대 그럴 수 없다며 고개를 저었다.

"자네 아버지이기 전에 내 남편일세."

그러자 첫째가 단호한 어조로 말했다.

"저희들에게 아버지는 없습니다."

"그럼 자네들은 하늘에서 뚝 떨어졌는가. 세상이 다 변해도 핏줄은 변하지 않는 법일세."

"핏줄도 소용이 없습니다. 뉴스를 보세요. 요즘은 돈을 가진 사람도 부모를 요양원에 보내는 세상입니다. 병이 들면 짐이 되기 때문이죠."

"자네들도 같은 생각인가?"

며느리에게 물었다.

"네."

이번 일은 어쩌면 며느리들이 편하기 위해 남편을 충동질하여 꾸민 일일지도 모른 다는 생각을 하자 왈칵 미운 생각이 들었다. 자식들은 한 치도 물러서지 않았다. 점순이는 아무리 미워도 병든 부모를 내쫓는 일은 자식들이 할 도리가 아니라며 거절했다. 그동안 자식들이 별다른 이야기가 없어 아버지를 용서했구나 생각했는데 그렇지 않았다. 저희들 나름대로 일 년 동안 아버지의 태도를 관찰했으나 전혀 뉘우치지 않고 어머니에게 큰소리치는 것을 보고 용서할 수 없어 오늘 요양원으로 보내기로 합의했다는 것이다.

"이게 다 어머니를 편하게 모시기 위해서입니다."

자식들은 어머니를 편하게 해 드리기 위해서라고 하지만 그건 핑계일 뿐 저희들이 편하자고 하는 짓 같았다. 최근 한 언론 기관이 요양원에 있는 노인들에게 여론 조사를 한 결과 노인 대부분 임종을 집에서 맞고 싶다고 했다는 것이다. 노인들은 요양원보다 집을 더 좋아하고 있다는 뜻이다. 하지만 자식들의 생각은 다르다. 늙고 병이 들면 요양원으로 보내는 것을 당연한 일처럼 생각하고 있는 세상이다.

"어머니도 이번만은 저희들의 뜻을 따르세요."

"본인이 원하지 않는데도 말인가?"

"자식들의 합의입니다."

강요였다.

"도저히 용서가 안 되겠는가?"

"안 됩니다."

점순이도 자식들의 의견을 무시만 할 수 없었다. 요즘은 부모가 자식을 죽이고 자식이 부모를 죽이는 비정한 세상으로 바뀌고 있다. 어디서나 효孝는 찾을 수 없다. 방안에는 잠시 무거운 침묵이 흘렀다. 그동안 점순이를 향해 큰소리치던 춘길이도 오늘만은 눈을 감고 죽은 듯이 자식들의 이야기를 경청하고 있다. 그러더니 한 풀 죽은 음성으로 말했다.

"애비를 버리겠다는 건가?"

"요양원으로 모시겠다는 겁니다."

"싫다는 데도 요양원으로 보내는 것은 불효가 아닌가!"

"지금 그럴 자격이나 있으신 분이세요?"

"내가 없었으면 자네들은 이 세상에 나올 수 없었을 걸세."

"저희들에게 아버지는 없습니다."

자식들은 더 말을 해야 소용이 없다는 것을 알고 입을 닫았다. 춘길이는 자기가 가족에게 무슨 짓을 했는지 잊은 사람 같았다. 잠시 후 경적을 울리며 구급차 한대가 마을에 도착했다.

"자식들이 나를 내 쫓는구먼."

"저희들이 베푸는 마지막 효도입니다."

그날 춘길이를 태운 구급차가 경적을 울리며 마을을 빠져나가자 이 모습을 바라보고 있던 마을 사람들은 올 것이 오고 말았다며 한마디씩 했다.

"천사 같은 마누라를 버리고 여우같은 여자를 만나 평생 잘 살 것 같더니 결국 인생 말년에 자식들에게 쫓겨나는구먼. 꼴좋게 되었네."

구급차는 빠르게 마을을 빠져나갔다.

4

집 앞 공터에 연한 새싹들이 돋아나고 있다. 봄이 왔다. 하늘은 푸르고 조각구름들이 하늘에 두둥실 떠다니고 있다. 가뭄이 심해 농사철이 되기 전에 비라도 한소나기 하면 좋을 것 같았다. 점순이가 뜰 돌에 멍하니 앉아 있는데 전화벨이 정적을 깼다. 점순이가 수화기를 들었다.

"누구세요?"

"할머니시군요. 여기 장수요양원입니다."

"어쩐 일이세요?"

"할아버지께서 많이 아프세요. 집에 가고 싶다면서 매일 울고 있어요. 우리도 더 모시기 곤란합니다. 병이 깊은 것도 같고… 할아버지 말씀으로는 죽어도 집에 가서 할머니 곁에서 임종을 하고 싶다고 말하는데요. 어떻게 하실 까요?"

"내가 모셔와야지요."

점순이는 가슴이 철렁하며 올 것이 오고야 마는구나 생각했다. 그동안 아들에게 집으로 모셔오자고 몇 번 사정했지만 자식들은 안 된다고 잡아떼었다. 점순이는 마지막 길이 될지도 모르는데 편안하게 보내는 것이 자식 된 도리가 아니겠느냐고 사정해도 자식을 버린 아버지에게 그럴 책임이 없다고 말했다. 점순이는 더 이상 자식들에게 매달릴 필요 없이 집으로 모셔오기로 결심했다.

"너희들은 필요 없을지 모르지만 내게는 하나뿐인 남편이다."

한 치 건너 두 치라는 것을 처음으로 알게 되었다. 그날 춘길이는 요양원에서 반 년 만에 집으로 돌아왔다. 방에 들어오자 감개가 무량한 듯 눈가에 물기가 어렸다. 마음고생이 심했던지 몸이 많이 말랐다. 광대뼈가 더 튀어 나오고 눈은 십리만큼 들어갔다. 다 죽어가던 얼굴이 집에 돌아오자 금세 생기가 돌아왔다.

"나는 당신을 보지 못하고 가는 줄 알았소. 그곳에서 부모를 버린 자식들이 한 둘이 아니라는 것을 알게 되었소. 나는 그동안 당신에게 너무 못할 짓을 많이 해서 벌을 받는 것이오."

"이제 그런 말이 무슨 소용 있어요."

"죽기 전 자식들에게 용서를 빌고 싶었는데."

점순이는 가슴이 울컥했다.

"이제야 제 정신으로 돌아온 것 같군요."

"당신 같이 착한 여자를 만났으니 지금까지 살아 있는 거요. 고맙소."

점순이는 처음으로 행복하게 활짝 웃었다. 얼마 만에 웃어보는 웃음인가. 그날 밤 춘길은 미주알고주알 지나간 일을 다 털어 놓더니 잘못한 일이 너무 많다며 용서를 구한 후 뼈대가 앙상한 손으로 점순이의 손을 꼭 잡아 주었다. 지금까지 단 한 번도 점순이에게 용서를 구하지 않던 남편이었다. 자기가 하는 일은 무조건 옳고 점순이가 하는 일은 무조건 틀렸다고 윽박지르던 남편이었다. 점순이는 처음으로 남편이 불쌍하게 느껴졌다. 이 좋은 세상에 병을 고쳐 좀 더 오래 살아주었으면 했지만 부질없는 욕심이 되고 말았다. 그날 춘길이는 병이 다 나은 사람처럼 점순이를 안심시킨 후 새벽에 혼자 조용히 눈을 감았다. 점순이는 싸늘하게 식은 춘길이의 손을 꼭 잡아주었다.

"그동안 고생 많이 했소. 잘 가슈."

점순이의 눈가에 촉촉하게 물기에 어렸다. 그러더니 눈물 한 방울이 땅으로 뚝 떨어졌다.

5

오늘이 남편 장례식 치른 지 삼일 째 되는 날이었다. 산과 들에 봄이 가득 내려앉았다. 점순이가 자리에서 일어났다. 손에 든 비닐 가방에는 준비한 제사 음식이 담겨 있다. 오늘은 몸이 아무리 아파도 남편에게 다녀오리라 생각하며 느린 걸음으로 집을 나섰다.

별을 찾아서

1

봄이 오자 큰길가에 나란히 서 있는 벚나무에 꽃들이 눈처럼 하얗게 내려앉았다. 꽃향기를 실은 바람은 넓은 들판을 지나 개울을 건너 이곳 '전국노래자랑' 무대가 차려진 곳까지 불어왔다. 무대가 만들어진 동도리 마을에는 긴장감이 흐르고 있었다. 마을 어른들은 오늘 하루 일을 전폐하고 행사장에 모여들었다. 동도리 마을이 생긴 이래 처음으로 열리는 큰 행사였다. 군수님을 비롯해 지방 유지들도 자리를 같이 했다. 예심을 거쳐 올라온 사람들은 초조한 마음으로 행사가 시작되기를 기다렸다. 잠시 후 사회자가 무대에 등장했고 곧이어 예심을 거쳐 올라온 예비 가수들이 한 명씩 차례로 나가 자기 실력을 마음껏 발휘했다. 노래가 끝날 때마다 요란한 박수와 함성소리가 동도리 마을을 흔들었다.

드디어 애타게 순서를 기다리던 박종녀 차례가 왔다. 박종녀는 두근거리는 마음으로 무대에 올라갔다. 화려한 무대에서 화려한 옷을 입고 화려하게 번쩍거리는 조명등 아래 노래 부르는 것이 그녀의 평생소원이었다. 오늘은 번쩍거리는 조명은 없어도 많은 청중들 앞에서 자신의 애창곡인 '별아 내 가슴에'를 목청껏 뽑았다. 노래가 끝나자 박수 소리가 요란했다. 박종녀는 마치 구름을 타고 하늘을 나는 기분이었다. 무대에서 내려오자 긴장감이 일시에 풀린 듯 다리가 휘청거렸다.

대기실에서 초조하게 결과를 기다리고 있었다. 오 분, 십 분, 한 시간, 아니 더 긴 시간이었을까, 사회자의 발표가 시작되었다. 장려상부터 차례로 시상을 하다가 대상 발표 시점에서 사회자가 긴장감을 높이기 위해 시간을 끌었다. 그때까지도 박종녀의 이름은 없었다. 박종녀의 가슴이 콩닥콩닥 뛰었다. 떨어진 것인가. 사회자는 사방을 한번 훑어보더니 대상을 발표했다.

"오늘의 대상은 '별아 내 가슴에'를 부른 박종녀가 차지했습니다."

박종녀의 가수의 꿈이 이루어지는 순간이었다. 동도리 마을사람들은 개천에서 용이 났다며 야단법석이었다. 마을이 생긴 이래 가수 탄생은 처음이라며 군수님의 꽃다발이 마을 회관에 도착하고 각 기관장들의 축하 메시지도 속속 전달되었다. 박종녀는 시골 사람들도 노래만 잘하면 가수가 될 수 있다는 꿈을 확실하게 보여 주었다. '인생은 아름다워'를 작곡해서 유명해진 서인성 작곡가도 이날 심사위원으로 참석해 박종녀가 인기 가수로 대성할 거라며 칭찬을 아끼지 않았다. 박종녀의 가슴은 부풀대로 부풀었다. 이제 박종녀의 출세는 받아 놓은 밥상이나 다름이 없었다. 동도리 마을회관 앞에 새로운 현수막이 걸렸다.

〈가수 탄생 박종녀 파이팅!〉
〈동도리 명가수 탄생 만세!〉
〈우리 군민郡民의 딸 만세!〉

　동도리 마을에서는 고등고시에 합격하거나 명문 대학에 합격하면 모교는 물론이고 마을 회관 앞에 위대한 인물 탄생을 알리는 현수막을 걸어 놓았다. 오지명 판사가 탄생했을 때도 그랬고, 이명우 시인이 탄생했을 때도 그랬고, 김철수가 아마추어 복싱 대회 신인왕을 먹었을 때도 그랬다. 동도리 고등학교 축구부가 전국 대회에서 우승을 했을 때도 현수막이 내걸렸다. 그런 자리에 이번에는 박종녀의 가수 탄생을 알리는 현수막이 걸린 것이다.
　그러나 이러한 환희의 순간도 얼마 가지 못했다. 어떤 회사에서도 박종녀에게 음반을 내주겠다는 소식이 들려오지 않았다. 박종녀의 장밋빛 행복은 얼마 가지 못해 물거품이 되고 말았다. 박종녀는 다시 부엌에서 밥을 짓고 아버지가 들에서 일하면 점심밥을 날라주는 촌부의 딸로 돌아갔다. 그러자 아버지는 그 보란 듯이,
　"송충이는 솔잎을 먹어야 살고 누에는 뽕잎을 먹어야 사는 거여. 너는 어디로 보나 타고난 농사꾼이여. 괜히 헛꿈꾸지 말어."

　박종녀는 가수의 꿈을 접지 못했다. 박종녀는 나 같은 천재 가수가 이런 시골구석에서 썩을 순 없다고 단호한 결심을 하고 다음해 꽃 피는 봄에 가수가 되기 위해 서울로 상경했다. 박종녀는 친구 언니가 운영하고 있는 미용실에서 청소 일을 하면서 가수의 꿈을 키웠다.

가수가 되기 위해서는 이런 고생쯤은 감수해야 한다고 결심했다. 어떤 사람은 가출해서 중국집 철가방을 배달하다 톱 가수가 되었고 어떤 사람은 몇 년 동안 작곡가 사무실에서 청소 일을 하다가 톱 가수로 대성했다.

박종녀는 육 개월 만에 미용사 자격증을 땄다. 정규 직원이 되어 봉급도 많이 받았다. 여유가 생기자 박종녀는 가수의 꿈을 펴기 위해 연예 기획사를 찾아갔다. 그곳에서 매니저 일을 보는 오달춘을 소개받았다. 오달춘은 고향 사람이었다. 박종녀는 내심 기대하며 자기소개를 했다. 방송국에서 주최하는 전국노래자랑에서 당당하게 대상을 차지했지만 어떤 회사도 음반을 내주겠다는 곳은 없었다며 서운한 감정을 털어놓았다.

"저는 물 없는 사막에는 살아도 노래 없는 세상에는 살 수 없어요. 노래는 나의 운명이고, 부모님이고, 스승이고, 애인이고 오빠입니다."

오달춘은 크게 감동을 받은 듯 고개를 끄덕인 후 요즘 세상은 노래만 잘한다고 가수가 되는 것이 아니라며 충고했다.

"가수의 길은 험난하다. 무대의 화려함 뒤에는 가시밭길도 숨어 있다. 철없이 날뛰다가는 백번 실패할 수 있다."

"어떻게 하면 되나요?"

"요즘 농작물은 비료만 먹고는 못 산다. 비타민도 먹고 클래식 노래도 먹는다. 세상이 그만큼 변했다는 이야기다."

오달춘은 가수가 되기 위해서는 돈도 많이 들어가고 노력도 남들보다 몇 배 더 많이 해야 하며 보기보다 힘든 일이라고 알려 주었다. 박종녀는 어떤 역경이 자기를 기다린다고 해도 반드시 가수가 되고 말겠다며 가수로 키워주기만 하면 그 은혜는 꼭 갚겠다고 약속했다. 실제 오달춘의 손을 거쳐 간 톱 가수들이 많았다. 그 중 홍난아, 이영술, 임나숙도 오달춘이 만들어 낸 최고의 작품들이었다. 밤무대에서 그녀들의 인기는 하늘이 무서운 줄 모르고 치솟았다. 밤업소는 가수들의 유일한 수입처여서 인기 가수들도 눈독을 들이는 곳이다. 박종녀도 오달춘만 잡고 있으면 톱 가수 반열에 오르는 것은 시간문제라고 생각했다. 예상은 적중해서 박종녀가 오달춘을 만나자 일 년도 안 되어 밤무대에서 중견 가수 반열에 진입했다. 날이 갈수록 박종녀의 인기는 급상승했다. 박종녀가 부른 '사랑은 눈물 꽃'이라는 노래는 밤업소뿐만 아니라 매일 방송을 탈 정도로 팬들의 사랑을 받았다. 인기가 급상승하자 밤무대도 다섯 곳이나 겹치기 출연했다. 몸이 열이라도 모자랄 지경이었다. 이제 밤무대 제왕 자리를 차지하는 것은 시간문제라고 생각했다. 사글셋방에서 전세방으로, 전세방에서 십팔 평 아파트로, 십팔 평 아파트에서 삼십이 평 아파트로 옮겨 갔다. 후속곡 '내 입술을 당신에게'도 인기 반열에 진입했다. '목마른 내 입술에 당신의 입술을 주세요. 오늘밤 당신의 불타는 마음에 모닥불을 피우고 싶어요.' 이렇게 야한 가사일수록 밤무대에서 인기가 상승했다.

이제 박종녀는 순박한 시골 처녀가 아니라 시골티를 완전히 벗어버린 까칠한 도시형 아가씨로 변모했다. 인기는 사람을 변하게 한다. 박종녀의 인기가 치솟자 그녀를 키워 준 오달춘과의 관계는 점점 멀어져 갔다. 최근 오달춘은 박종녀를 만나본 지 오래되었다. 박종녀가 인기 반열에 오르면서 주위에 사람들이 몰려들자 오달춘의 손길이 더 필요하지 않다고 결론을 내렸다. 더 넓은 세상으로 나가기 위해서는 더 넓은 발이 필요했다. 박종녀 역시도 지금의 인기로는 만족하지 못했다. 그러나 인기는 불과 같은 것, 활활 타오르다가도 꺼져버리면 재만 남게 된다는 사실을 박종녀는 깨닫지 못했다. 박종녀는 인기에 불이 붙자 자기 혼자서도 잘 할 수 있다는 자신감까지 생겼다. 오달춘을 점점 멀리했다. 오달춘은 연예계 바닥에서 배신행위는 흔하게 겪는 일이라 신경 쓰지 않았다. 어느 날 박종녀로부터 밤무대가 끝나는 시간에 조용한 곳에서 술이나 한잔 하자며 전화가 왔다. 박종녀는 마음속에 그림자처럼 따라다니는 오달춘을 완전히 떨쳐버리고 싶었다.

"웬일이냐? 바쁘신 분이 내 생각을 다 하시고."

"얼굴을 본지도 오래 되었고, 또…"

"또 뭐?"

"술 한 잔 하면서 여러 가지 드릴 말씀도 있고…"

"내게 할 말이 아직 남았다는 거냐?"

"오늘은 고급 룸살롱에서 대접하고 싶어요."

"나는 그런 곳에서 술을 마시면 목구멍에 털이 나는 성미다. 소래포구로 하지."

소래포구는 충무로 입구에 있는 작은 목로주점이었다. 초라한 소주집이지만 오달춘이 이십 년째 다니는 단골집이었다.

"돈 좀 쓰려고 했는데 잘 됐네요."

"인기 가수와 술 한 잔 하게 되어 내가 영광이지."

밤무대가 끝났다. 밤이 깊어가자 도시의 화려한 네온 불이 하나둘 자취를 감추었다. 두 사람은 오랜만에 소래포구에서 소주잔을 기울이며 이런 저런 이야기를 주고받았다. 오달춘은 술잔을 연신 입에 털어 넣었다. 인기 가수 박종녀와 술을 마시고 있지만 기분은 떨떠름한 것도 사실이었다. 술잔을 기울이던 오달춘이 침묵을 깨고 말문을 열었다.

"내게 하고 싶은 말이라는 게 뭐냐?"

"그동안 고마웠다는 인사를 드리고 싶어서요."

"나를 영영 떠나겠다는 소리로 들리는군."

오달춘은 박종녀가 무슨 말을 하려는지 예상하고 있었던 듯 놀라지 않았다.

"좀 더 출세하고 싶어요."

"고등고시라도 쳐서 판검사가 되겠다는 거냐?"

"농담이 아니라니까요."

"과욕불급(過慾不急)이란 말이 있다. 지나친 욕심은 오히려 신세를 망칠 수 있다는 거지. 오늘은 모처럼 만났으니 그냥 술이나 마시자."

"선생님에게 그동안 진 빚을 조금이라도 갚고 싶었는데."

"기특한 생각이군. 그래, 뭘 어떻게 갚을 건데?"

"저를 드리고 싶어요."

"헛, 그동안 많이 발전했군. 하지만 나를 그런 인간으로 봤다면 오산이야."

"선생님이 아니었으면 지금쯤 저는 시골에서 흙이나 파는 촌부의 아낙으로 살아가겠지요. 이제는 대한민국에서 제일가는 가수왕이 되고 싶거든요."

"가수왕이 되어서 무슨 일 할 건데?"

"모르겠어요. 그냥 그런 욕심이 생기네요. 저는 은혜를 모르는 사람이라는 소리는 듣고 싶지 않거든요."

"그런 인사를 받고 싶지 않다."

어느 새 박종녀는 시골에서 올라온 어리벙벙한 순진한 처녀가 아니라 도시에서 닳고 닳은 허영심 많은 까칠한 여자로 변해 있었다. 밤무대에서 박종녀의 인기는 날로 승승장구했다. 인기가 상승하자 밤무대 공연 시간도 톱 가수들이 배정되어 있는 3부로 잡혔다. 밤업소는 영업적인 측면에서 인기 가수들을 대부분 3부 공연으로 잡았다. 이 시간대가 되면 술꾼들은 술에 취해 돈을 물 쓰듯 한다. 밤이 깊으면 술꾼들은 가수들에게 야유를 보내고 욕설을 퍼붓고 가끔 술병도 날려 보내 가수에게 부상을 입히기도 하며 드럼통 같은 자기 마누라를 원망하며 가수를 잡아먹지 못해 안달이 난다.

며칠 후 밤무대 공연이 끝나갈 무렵이었다. 사회자 강경태가 박종녀에게 말을 걸어왔다.

"일이 끝나면 나 좀 만나지."

"왜요?"

"대한민국에서 제일가는 가수가 되고 싶다면서?"

"네."

"그 비결을 오늘 밤 내가 알려주지."

강경태의 밤무대 인기 비결은 저속하고 지저분한 입담 때문이었다. 그의 입담 한마디에 업소에 손님이 늘었다 줄었다 고무줄놀이를 했다. 업소 사장도 그를 함부로 대하지 못했다. 강경태는 업소 사장의 특별한 보호를 받고 있다. 그의 주변에는 무대에 오르기 위한 무명 가수들이 진을 치고 있었다. 박종녀도 밤업소의 최고 자리에 오르기 위해서는 반드시 강경태를 밟고 넘어가야 할 산이라고 생각했다. 그 산이 오늘 밤 제 발로 다가오리라고는 상상조차 하지 못했다. 보통 이쪽에서 먼저 매달리는 것이 순서지만 오늘은 그 산이 자기 스스로 다가온 것이다.

후덥지근하던 날씨가 계속되더니 밤이 되자 비를 뿌리기 시작했다. 강경태는 업소 일이 끝나자 자기 승용차에 박종녀를 태우고 남산으로 올라갔다. 차창 밖으로 보이는 서울의 거대한 건물들이 빗속에 괴물처럼 우뚝 서 있다. 가로등 불빛에 빗물이 사선을 긋고 있었다. 두 사람을 태운 승용차는 남산 언덕길을 조금 오르더니 가로등 불빛이 비치지 않는 으슥한 곳에 차를 세웠다. 도시는 빗물 속에 잠긴 듯했다.

"가수왕이 되고 싶다고 했지?"

"네."

"그 꿈을 이루게 해 주지."

"어떻게요?"

"대신 한 가지 조건이 있다."

"뭔데요?"

"너를 가질 수 있어야 한다. 새장 속의 새도 항상 날아갈 준비가 되어 있거든."

"날아갈까 두려우세요?"

"물론이지. 너는 이미 스승을 한 번 버렸다. 두 번 버리지 말라는 법이 없다."

"약속할 수 있어요."

"좋아, 내일 인기 작곡가를 소개해 주지. 나하고 형, 아우 하는 사이니까 거절 못 할 거야. 그 친구는 명가수 제조기거든."

"대신 약속을 이행하지 않으면 오늘 일을 신문에 폭로할 거예요. 신문들은 신이 나서 충격 사건으로 떠들어 대겠죠. 명 사회자, 가수 아무개 납치 강간하다. 어때요? 그러면 경찰도 가만히 있지 않을 걸요. 호호호."

"좋아, 약속하지."

박종녀의 머릿속에는 오직 출세만이 존재하고 있을 뿐이었다. 출세를 위해서는 자기 몸은 얼마든지 망가져도 좋다고 생각했다. 출세에 중독된 박종녀는 세월이 갈수록 점점 퇴폐적이고 저질적인 모습으로 변해 갔다. 얼굴은 아스팔트처럼 포장되어 가고 옷은 점점 야해 갔다. 몸도 망가지고 마음도 망가져 어느 구석에서도 예전의 순진했던 박종녀의 모습은 찾을 수 없었다.

2

충무로에 있는 스타 다방은 한때 유명 연예인들의 집합 장소였다. 대한민국의 유명 스타들이 아침저녁으로 드나들며 커피를 마시던 곳이다. 지금은 모두 떠나가고 후배 연기자 지망생들이 대를 이어 그 자리를 지키며 스타의 꿈을 키우고 있다. 오달춘이 처음 박종녀의 부모님을 만난 장소도 이곳이었다. 박종녀의 아버지는 딸의 뒤를 봐주는 매니저가 고향 사람이라는 사실에 감복하며 딸을 잘 부탁한다고 말했고 오달춘은 어떤 어려움이 있어도 가족처럼 생각하여 훌륭한 가수로 만들어 놓겠다고 약속했다. 오달춘은 그 약속을 지켰지만 박종녀는 키워준 스승을 배신했다. 어느 날 오달춘은 전화를 받고 스타 다방으로 갔다. 박종녀의 부모님이 기다리고 있었다.

"우리 딸을 훌륭한 가수로 만들어 주셔서 고맙구먼유. 고향에서는 개천에서 용이 났다고 야단이어유. 이게 다 오 선생님의 덕분이구먼유."

하고 오달춘에게 감사의 인사를 하자 오달춘은 한참 동안 망설이다가,

"박종녀는 저를 떠났습니다."

하고 말했다. 박종녀의 부모님은 당황한 기색이 역력했다.

"제 딸은 절대 그런 배은망덕할 아이가 아니구먼유, 기다려 보셔유."

당장 확인이라도 하려는 듯 전화로 박종녀를 불러냈다. 박종녀가 쏜살같이 달려왔다. 부모님은 박종녀를 보자 어이가 없는지 한동안 말을 잃었다. 예전의 딸의 모습은 간 곳이 없었다. 손목에는 번쩍거리는 보석이 달린 커다란 팔찌를 끼고 귀에는 손바닥만 한 귀걸이가 매달려 흔들거렸으며 노출이 심한 의상을 입고 짙은 화장으로 얼굴을 아스팔트처럼 포장했다. 자기 자식의 얼굴이라고는 믿을 수 없었다.

"그 모습이 뭐여?"

"저는 인기를 먹고 사는 직업입니다."

"인기를 먹고 사는 직업은 다 그런 모습을 하는 거여?"

"서울 오시면 오 선생님을 찾지 마세요. 저와는 아무 관계가 없는 분이에요."

"가순가 뭔가 되더니 사람을 버렸구먼."

"아버지."

"이제부터 너는 내 자식이 아녀."

박종녀의 부모님은 가수라는 직업이 자식을 빼앗아 갔다고 한탄했다. 박종녀는 출세라는 목표를 향해 전력질주하고 있는 마라톤 선수일 뿐 이미 품안에 자식이 아니었다. 박종녀는 인기라는 중독에 걸려 물불을 가리지 못하는 괴물로 변해 있었다. 톱 가수를 시켜준다면 스승도 얼마든지 갈아치우는 파렴치한 인간으로 변했다. 출세를 위해서라면 언제든지 새 차를 갈아탈 준비를 하고 있었다. 인기가 상승하자 매니저 일을 봐주겠다고 자청하는 사람들도 줄을 섰다.

"곧 한 인간의 절망을 보게 되겠구먼."

많은 연예인들이 욕심을 부리다 낙마하는 모습을 수없이 보아온 오달춘은 박종녀의 모습을 보는 순간 곧 낙마하게 될 거라고 한탄했다. 그날 이후로 오달춘과 박종녀의 관계는 완전히 단절되고 말았다. 행운은 여전히 박종녀를 따라주는 듯했다. 가을이 되자 박종녀가 국제가요제에 한국 대표로 참석할 것이라는 소문이 연예가에 파다하게 나돌았다. 뒤를 봐주는 사람이 대한방송 장 피디라는 소문이 미확인 보도로 연예가에 떠돌아다녔다. 뿐만 아니라 두 사람이 호텔에서 잠을 잤다는 소문까지 있어 기자들은 이야기의 진원지를 찾느라 혈안이 되었다. 매일 박종녀에게 기자들의 인터뷰 요청이 쇄도했다. 연예일보 김 기지와 인터뷰가 있는 날이었다.

"국제가요제에 참가한다면서요?"

"네."

"장 피디가 손을 썼다는데 사실인가요?"

"모함입니다."

"그럼 장 피디는 모르는 사실입니까?"

"알고 있습니다."

"본인의 실력으로 가요제에 참가할 수 있게 되었다고 생각하십니까?"

"당연합니다."

"장 피디와 호텔에서 잤다는데 그 이야기도 사실무근인가요?"

"누가 그런 말도 안 되는 소리를 떠벌리고 다니는지 모르겠지만 뜬소문 가지고 기사를 쓰면 명예훼손으로 고발하겠어요."

박종녀는 기자에게 협박까지 했다.

"오달춘과 완전히 손을 끊었습니까?"

"저와 관계없는 분입니다."

"스승을 배신했다는 소문이 떠돌고 있던데 어떻게 생각하십니까?"

"저는 강물이 한곳에 머물러 있으면 썩게 된다는 진리를 철저하게 믿고 있는 사람입니다."

기자들은 작은 사건도 끈질기게 물고 늘어지는 습관이 있다. 박종녀의 협박에도 다음 날 신문 연예란에는 인터뷰와 정반대의 글들이 지면을 가득 덮었다. 〈인기 가수 박종녀, 장 피디와 호텔 투숙, 본인은 극구 부인〉 애매모호한 제목들로 신문, 잡지 연예란을 도배했다. 기자들은 사건을 부풀려 사람들의 이목을 집중시키는 천재적인 재능을 가지고 있었다. 그해 가을에 열린 국제 가요제에서 박종녀는 '내 사랑은 나밖에 몰라'라는 곡으로 당당하게 우수상을 수상했다. 예상한 대로 신문 연예란은 박종녀의 기사로 도배되었다. 박종녀의 오만은 날이 갈수록 하늘을 찔렀다. 이후 박종녀는 대한 방송국에서 살면서 장 피디와 각별한 사이라는 것을 노골적으로 노출하기 시작했다. 각 언론사 연예부 기자들이 박종녀에게 인터뷰를 요청할 때마다 장 피디의 승낙을 받아야 가능하게 되었다. 박종녀의 콧대가 점점 높아 갔다.

"사람 팔자 시간문제라더니."

"개구리 올챙이 때를 생각해야지."

박종녀는 점점 시건방지고 안하무인으로 변해 갔다.

3

박종녀가 국제 가요제에서 우수상을 수상했다는 소식에 감동한 오달춘은 비록 자기 곁을 떠난 가수지만 옛정을 생각해서 축하의 말이라도 전하기 위해 한국 방송국에 전화를 걸었다. 장 피디가 전화를 받았다.

"박종녀와 통화를 하고 싶은데요."

"무슨 일이신지 모르겠습니다만 저에게 말씀하시죠."

"본인하고 통화를 하고 싶습니다."

"본인은 지금 방송 관계로 바쁩니다. 제게 말씀해 주시면 전해드리겠습니다. 제가 박종녀의 매니저 일을 보고 있는 사람입니다."

"어이, 장 피디?"

"누구신데 건방지게 반말을 하고 그러시는가?"

장 피디가 거만한 투로 말했다.

"오달춘일세. 자네 사람이 완전히 달라졌구먼."

"선배님."

"자네 언제부터 방송국 일을 하지 않고 가수 뒤를 봐주는 직업으로 전환했나. 방송국에 사표라도 냈는가?"

"선배님, 죄송합니다."

"이런 식으로 나오면 몹시 섭섭하지, 생색내려는 것은 아니지만 그 아이는 같은 고향 사람이어서 처음부터 무보수로 내가 뒤를 봐준 아이일세. 자네에게 뭐라고 말을 했는지 모르지만 좀 크더니 자기 혼자서 컸다고 내 곁을 미련 없이 떠나더니 결국 자네를 믿었군."

"선배님, 그게 아니라 박종녀가 찾아와서 아무도 일을 봐주는 사람이 없다고 사정해서…"

"자네도 그 아이도 너무 컸어."

"용서하십시오."

"내가 후배의 목이나 자르는 사람으로 보이나. 이만 전화 끊겠네."

"선배님."

콧대 높던 박종녀가 전화를 끊은 지 한 시간도 안 되어 사색이 된 채 오달춘 앞에 나타났다. 얼굴은 이미 까맣게 타들어 갔다. 오만으로 가득했던 얼굴은 간 곳이 없고 죽을상이 되었다. 오달춘의 말 한마디면 자기가 천길 벼랑 끝으로 떨어질 수 있다는 사실을 처음 깨달은 듯했다. 배신의 열매가 얼마나 쓰고 무서운지 처음으로 경험하는 표정이었다. 그러나 오달춘의 머리에는 이미 박종녀라는 가수의 이름은 지워지고 없었다.

"선생님! 제가 철이 없어 그랬어요. 용서해 주세요."

"출세에 눈이 어두운 박종녀는 처음부터 나와는 관계가 없는 사람이었네."

"선생님, 원하는 것이면 무엇이든 드리겠습니다."

"버릇은 여전하구먼. 그대 한 사람으로 인해 많은 연예인들의 얼굴에 먹칠을 한다는 사실을 깨달았으면 좋겠네."

"선생님."

그 날 이후 빅종녀의 모습은 신문에서도 방송에서도 자취를 감추고 말았다. 연예가에서 완전히 사라진 듯했다. 팬클럽 '박종녀사랑모임'에서는 그녀의 행방을 수소문하기 위해 인터넷을 뒤지는 등 발칵 뒤집혔지만 추측성 글만 인터넷을 달구고 있을 뿐 그녀의 행방은 여전히 오리무중이었다. 하루는 오달춘이 충무로에 있는 소래포구에서 소주를 마시고 있는데 박 마담이 화보 책자 하나를 들고 나타났다.

"선생님, 보셨어요? 박종녀가 드디어 해냈네요."

"어쨌는데?"

"벗기 시작했어요."

"이번에는 발작까지 했구먼."

화보 책자에는 전라의 박종녀가 퇴폐적인 포즈를 취하고 있었다. 눈과 입에 요염한 웃음을 가득 매달고 젖가슴에는 붉은 장미꽃 한 송이가 위험한 모습으로 매달려 있었다. 박종녀의 퇴폐적이고 색정적인 누드 사진이 공개된 지 하루 만에 충격적인 기사가 신문 지면을 가득 메웠다.

〈한국 방송 장 피디 부인, 가수 박종녀 간통으로 고소〉

오달춘은 말없이 자리에서 일어났다.

"가시려고요?"

"가야지."

　자리에서 일어난 오달춘은 네온 불이 꺼진 서울의 밤거리를 힘없이
걸어갔다. 가슴에 무거운 쇳덩이를 하나 매달고서…

˙빙의되다

1

요즘은 취직하기가 하늘에 별 따기보다 더 힘든 세상이다. 국회의원 선거가 있을 때마다 출마자들은 젊은 사람들의 일자리를 몇 만 개 만들겠다고 공약하지만 선거가 끝나면 모두 공수표가 되고 만다. 젊은 사람들의 취직은 점점 더 어려워지고 앞날은 점점 더 안개 속으로 빠져들었다.

김봉자는 그동안 몇 군데 취직 시험을 보았지만 실패했다. 좋은 소식을 주겠다는 회사는 며칠 후 보증금이라며 돈을 요구했다. 이런 회사는 거의 다 유령회사다. 김봉자는 취직에 실패를 거듭하자 한 때 이민(移民)도 생각한 적이 있지만 홀로 계신 어머니 때문에 포기할 수밖에 없었다. 오늘도 취직자리를 찾아 나섰다가 빌딩 옥상에 커다랗게 세워진 파리미용학원 간판을 발견하고 미용 기술을 배우기로 결심했다. 기술을 배우면 취직하기가 지금보다 쉬울 것 같아서였다. 파리미용학원 사무실 문을 열고 안으로 들어갔다. 사무실 한쪽 벽면에 '한국소녀' 그룹의 사진들이 가득 도배되어 있었다. 책상 앞에 앉아 신문을 뒤적이던 신사복 차림의 사내가 김봉자를 보자 자세를 바로잡고 앉았다.

"어서 오쇼."

"미용 기술을 배우고 싶은데요."

"그렇다면 제대로 찾아오신 거요. 우리 학원에서 미용 기술을 배우면 취업은 물론이고 창업까지 도와줍니다. 나는 박달식 원장이오."

김봉자는 원장과 인사를 나누면서도 옥상에 설치된 화려한 간판과는 달리 초라한 사무실에 실망했다. 책상 네 개와 콤퓨터 한 대, 프린터기가 사무실 집기의 전부였다. 요즘은 사기꾼이 판치는 세상이다. 가짜 비아그라. 가짜 고춧가루, 가짜 녹용, 가짜 계란, 가짜 의사, 가짜 교수, 가짜 시인, 김봉자는 의심의 눈으로 주위를 살폈다. 한쪽 벽면 가운데에 관청에서 발행한 허가증이 걸려 있는 것을 발견하고 안도했다. 김봉자는 다른 것은 다 못 믿어도 관청에서 발행하는 허가증만은 믿었다. 박달식 원장은 김봉자를 한참 바라보다가 우리 학원을 졸업하기만 하면 취직은 백 프로 된다고 장담했다. 김봉자의 얼굴이 금세 환하게 밝아졌다.

"한국소녀 그룹 머리도 우리 학원 졸업생들이 만지고 있소."

김봉자는 자기의 우상인 한국소녀 그룹의 머리를 이 학원 졸업생들이 손질한다고 하자 가슴이 설레었다. 박달식 원장은 김봉자의 눈치를 조심스럽게 살피더니,

"솔 그룹 머리도 우리 졸업생이 만지고 있소."

하고 말하자 김봉자의 입에서 자기도 모르게 탄성이 흘러나왔다.

"아…"

솔 그룹도 김봉자가 좋아하는 가수이다. 말만 듣는데도 온몸에 짜 릿한 전류가 흘렀다. 어쩌면 자기에게도 가수의 머리를 만질 수 있는 행운이 찾아올지도 모른다는 기대감에 마음이 들떴다. 김봉자가 물 었다.

"저에게도 그런 기회가 올까요?"

"물론이오. 우리 학원생이면 누구에게나 골고루 기회가 주어집니다."

김봉자는 가슴이 떨리기까지 했다. 한국소녀 그룹이 불렀던 '사랑 때문이야'는 김봉자의 애창곡이다. 노래방에 갈 때마다 빠지지 않고 불렀다. 박달식 원장은 김봉자의 흥분한 얼굴을 보며 고기를 잡기 위 해 쳐 놓은 그물에 오랜만에 순진한 고기 한 마리가 걸려들었다고 생 각했다. 이제 그물에 걸린 고기를 어떻게 요리하느냐만 남아 있었 다. 김봉자는 박달식 원장의 이런 시커먼 속내를 알 수 없었다. 김봉 자는 즉시 학원등록을 끝마치고 하루도 빠짐없이 학원에 다녔다. 몇 개월 다녔는데도 인기 연예인들의 머리를 손질하고 있다는 졸업생들 은 코빼기도 구경할 수 없었다. 김봉자가 불만을 털어놓자 박달식 원 장은 김봉자를 따로 자기 사무실로 불러냈다.

"연예인들의 머리를 만지게 해 주는 대신 조건이 있다."

"말씀하세요."

"내일 함께 갈 곳이 있다."

"어딘데요?"

"가보면 안다."

"좋아요."

김봉자는 연예기획사라도 가서 인사라도 할 모양이라고 생각했다. 늦은 감은 있지만 지금이라도 그런 기회를 갖게 되어 다행이라는 생각이 들었다. 이제야 꿈에 그리던 가수를 만날 수 있겠구나 하는 생각에 밤잠을 설쳤다.

김봉자는 날이 밝기를 기다려 설레는 마음으로 학원에 갔다. 비가 추적추적 내리자 한낮인데도 서울 하늘은 어둑어둑했다. 티브이에서는 중국에서 날아온 미세먼지 때문이라고 발표했다. 마치 하늘은 공포 영화 속의 한 장면처럼 음산했다. 커다란 도시는 미세먼지에 갇혀 유령의 도시처럼 보였다. 김봉자는 박달식 원장이 나타나기를 기다렸다. 얼마나 기다렸을까, 박달식 원장이 정장을 하고 폼을 내며 김봉자 앞에 나타났다.

"웬일이세요?"

"오늘이 너와 첫 데이트니까."

박달식 원장은 알 수 없는 말을 한 후 김봉자를 승용차 옆자리에 밀어 넣고 빠르게 도심을 벗어났다. 한적한 시골길을 두 시간 정도 달려 도착한 곳은 경기도 청평에 있는 한 모텔 앞이었다. 동화책에서나 볼 수 있는 화려한 모텔이었다. 요즘은 깊은 산 속 어디에나 경치가 좋은 곳이면 궁전 같은 모텔이 숨어 있었다. 김봉자를 태운 승용차는 익숙하게 모텔 후문으로 향하더니 푸른색 비닐 커튼을 서서히 밀면서 건물 깊숙이 들어갔다. 이곳은 단골손님들만 드나드는 비밀 통로인 듯했다. 한두 번 해 본 솜씨가 아니었다. 그 안에는 여러 대의 고급 승용차가 푸른색 비닐 커튼에 가린 채 숨어 있었다. 박달식 원장은 빈자리에 차를 멈춘 후 어리둥절해 하는 김봉자를 향해 모텔로 들어가자고 했다.

"연예 기획사가 이런 곳에 있나요?"

"없다."

"그럼 모텔은 왜요?"

"왜 내가 여자나 잡아먹는 호랑이로 보이냐?"

"모텔은 잠을 자는 곳이잖아요."

"잠만 자는 곳은 아니다. 차도 마실 수 있다."

"원장님은 차 한 잔 마시기 위해 몇 시간씩 이런 깊은 산 속까지 오세요?"

"외딴 섬으로 가는 사람도 있다."

김봉자가 모텔로 들어가지 않으려 하자 박달식 원장은 신경질적인 반응을 보였다.

"취직하기 싫으냐?"

"여기서 취직 문제가 왜 나와요?"

"세상이 어떻게 돌아가는지 전혀 모르는 것 같아 하는 소리다."

"어떻게 돌아가는데요?"

"세상에 공짜라는 것은 없다. 백, 아니면 돈, 그것도 아니면…"

박달식 원장의 얼굴에 소름 끼치는 웃음이 스쳤다. 김봉자가 말뜻을 눈치 채고 긴장했다.

"그럼 저더러…"

"싫으면 그만 둬도 좋다."

김봉자는 박달식 원장의 질문 속에 내포하고 있는 의미를 짐작했다. 다른 원생들은 다 들어주었는지 모르지만 자기에게는 어림없는 일이라며 고개를 저었다. 호랑이에게 잡혀가도 정신만 차리면 살 수 있다는 말이 떠올라 김봉자는 단호한 어조로 말했다.

"차를 마시지 않겠어요."

"그럼 취직을 포기하겠단 말이군."

"취직하고 차 마시는 것하고 무슨 관계가 있어요?"

"차를 마시지 않는다는 것은 곧 취직을 포기하는 것과 같다."

"그런 법이 어디 있어요?"

"물론 그런 법은 없다. 내가 만든 법이니까. 내 말을 거역한 사람은 네가 처음이다. 싫다면 나도 어쩔 수 없다."

김봉자는 난감했다. 어머니의 얼굴이 떠올랐다. 어렵게 노점상을 해서 딸을 공부시킨 어머니다. 김봉자는 빨리 취직해서 어머니의 은혜를 갚고 싶었다. 나이 많으니 돌아가시면 효도를 하고 싶어도 하지 못한다. 이번에도 취직을 포기하면 그 약속은 언제 지켜질지 알 수 없다. 김봉자는 어머니의 희망이다. 그 희망이 무너지는 날 어머니도 함께 무너질 것이다. 김봉자는 모처럼 얻은 기회를 거절할 수 없었다.

"생각할 시간을 주세요."

"많이는 안 된다. 오 분 안에 생각해서 답해라."

김봉자는 세상이 아무리 썩어도 명색이 사회 저명인사라고 자처하는 원장까지 성폭행 대열에 합류할 것이라고는 짐작도 하지 못했다. 원장은 이미 티브이 방송에 유명 헤어 디자이너로 수차례 출연해 왔다. 박달식 원장은 이러한 명성을 미끼로 원생과 그런 짓을 수없이

해 왔다. 김봉자 역시 이 덫에 걸려들었다. 박달식 원장은 김봉자의 눈치를 조심스럽게 살핀 후 협박했다.

"싫다는 사람에게 강요하지 않겠다."

여유까지 보였다. 박달식 원장은 아무리 싫다고 해도 자기 손바닥을 벗어날 수 없다는 사실을 잘 알고 있었다. 김봉자는 생각한 끝에 당하고만 있을 수 없다는 결론을 내렸다.

"부탁이 있어요."

"말해라."

"대신 약속을 안 지키면 경찰에 고발하겠어요."

"그건 네 자유다."

"좋아요."

그날 밤 김봉자는 강제로 당할 수밖에 없었다. 많은 학원생들이 이런 식으로 농락당했지만 경찰서에 고발하는 학원생은 한 사람도 없었다. 고발했다가 취직이 수포로 돌아갈 것이 두렵기 때문이었다. 원생들은 거절하면 취직이 어렵다는 박달식 원장의 협박에 여러 번 당할 수밖에 없었다. 김봉자 역시 한 번으로 끝나지 않았다. 기회가 있을 때마다 박달식 원장은 김봉자를 데리고 산속 모텔을 찾았다.

2

학원에 가기 위해 버스를 탄 김봉자는 속이 메슥거려 차에서 내렸다. 처음엔 단순한 체기쯤으로 생각했는데 며칠이 지나도 울렁증 증세는 없어지지 않았다. 예감이 이상해 병원에서 건강검진을 받았다. 축하합니다. 의사가 웃으며 말했다. 임신이었다. 김봉자는 그 자리에 털썩 주저앉고 말았다. 처녀가 아이를 가졌으니 눈앞이 깜깜했다. 어머니는 이런 일이 생길 것을 미리 염려해서 김봉자에게 세상은 생각보다 만만하지 않으며 훨씬 험난한 가시밭길이라고 말 한 후 특히 남자를 조심하라고 당부했다.

"남자들은 모두 늑대라고 생각해라."

"걱정 마세요."

"요즘 늑대는 먹이를 가리지 않는다."

"걱정 마세요."

"늑대는 먹을 때 인정사정 보지 않는다."

"걱정 마세요."

김봉자는 어머니의 경고를 귓등으로 들었다. 설마 그런 일이 자기에게 일어나리라고는 생각하지도 못했다. 그 설마가 자기에게 일어난 것이다. 김봉자는 지금 쥐구멍이라도 있으면 들어가 숨어버리고 싶었다. 하지만 이 세상 어디에도 김봉자가 숨어버릴 만한 쥐구멍은 없다. 김봉자는 의사에게 아이를 지워달라고 매달렸지만 안 된다고 거절당했다. 김봉자는 취직이라는 미끼를 아무 생각 없이 덥석 받아먹은 자신이 원망스러웠다.

김봉자는 박달식 원장에게 임신 사실을 통보하고 해결 방안을 마련해달라고 말했다. 박달식 원장은 얼굴색 하나 변하지 않고 지금까지 그런 일이 여러 번 있었지만 그때마다 본인들이 알아서 해결했다는 것이었다. 피임하지 않은 책임이 너에게 있으니 네가 알아서 처리하라는 것이었다.

"그걸 말이라고 하세요?"

"모두 그렇게 해 왔다."

"전 달라요."

"어떻게 다른데?"

"약속한 대로 그냥 있지 않겠어요."

"그냥 있지 않으면 어쩔 건데, 취직하기 싫다는 거냐?"

"또 그 놈의 취직…"

박달식 원장은 난처한 입장에 처하면 어김없이 취직 문제를 무기로 꺼내 들었다. 김봉자는 혼자서 아이를 지우기로 결심하고 여러 가지 방법을 시도했지만 현실은 쉽지 않았다. 산달이 가까워질수록 점점 초조해졌다. 어느 날 수업 시간에 배가 아파 화장실에 갔다가 머리가 찌그러진 아이를 사산(死産)하고 말았다. 김봉자는 아이에게 죄를 지은 것 같아 마음이 몹시 괴로웠다. 그 사건 이후 죄책감 때문에 밤마다 잠을 이루지 못했다. 머리가 찌그러진 아이가 매일 밤 김봉자를 괴롭혔다. 김봉자는 병이 생겨 자리에 눕고 말았다. 잠이 들면 악몽을 꾸었고 악몽을 꿀 때마다 몸이 점점 수척해 갔다. 어머니에게 모든 사실을 실토하려고 했지만 용기가 나지 않아 포기했다. 어머니는 김봉자가 취직하기 싫어서 생병을 앓는다고 생각했다.

"취직 안 해도 좋으니 어서 시집이라도 가거라."

"어머니!"

"싫다는 거냐?"

"그게 아니라…"

남자는 신물이 난다고 말하고 싶었지만 참았다. 시간이 갈수록 김봉자의 병은 점점 깊어 갔다. 어머니는 딸의 병이 뭔가 예사롭지 않음을 발견하고 유명하다는 대학 병원으로 데려가 종합 검진을 받았지만 뚜렷한 병명이 나타나지 않았다. 지금도 김봉자는 눈만 감으면 머리가 찌그러진 아이의 얼굴이 보였다. 찌그러진 아이의 얼굴이 보이면 가슴 속에 불덩어리 하나가 울컥 치밀었다. 그 불덩어리는 금세 박달식 원장의 얼굴로 변했다. 요즘은 의료 시설이 좋아서 죽을병만 아니면 웬만한 병은 다 고칠 수 있지만 김봉자의 가슴속에 치미는 불덩어리는 어떤 검사를 해도 노출되지 않았다. 어머니가 의사에게 물었다.

"현대 의학으로도 고치지 못하는 병이 있나요?"

"세상이 험악해지니 병도 영악해지고 있는 것 같습니다. 의학이 발전하니까 병도 점점 진화하는 거겠지요."

"딸이 죽을병이라도 걸렸다는 겁니까?"

"좀 더 검사를 해 봐야 확실한 것을 알 수 있을 것 같습니다."

그러나 몇 번 검사해도 병명은 나타나지 않았다. 김봉자의 병은 본인이 실토하지 않는 한 영영 밝힐 수 없을지도 모른다. 김봉자는 매일 치미는 불덩어리 때문에 가슴이 터질 것만 같았다. 박달식 원장에 대한 분노가 커지면 커질수록 가슴에 불덩어리도 함께 커졌다. 가슴이 답답하면 집을 뛰쳐나가 이리저리 거리를 헤매다 밤이 깊어서야 집으로 돌아왔다. 돌아올 때 몸은 소금에 절인 배추처럼 축 늘어졌다. 어머니는 대학 병원에서도 병을 알아내지 못하자 빙의되었다고 결론을 내렸다.

"빙의된 게 틀림이 없어. 내가 생전에 무슨 잘못을 했다고 이런 시련을 저에게 주십니까? 하나님, 부처님, 조상님…! 제발 우리 딸 좀 살려주시고 딸 대신 저를 데려가세요."

어머니의 간절한 기도도 소용이 없었다. 병은 점점 깊어 갔다. 어머니는 현대 의학으로는 고칠 수 없는 병이라고 결론 내리고 마지막 희망을 걸고 한봉산에 있는 용천사를 찾아갔다. 이곳에는 계룡산에서 십 년 동안 도를 닦았다는 용천도사가 기거하고 있는 암자가 있다. 그의 점괘는 백발백중이라는 소문이 돌았다. 설 때만 되면 용천사 앞에는 고급 승용차가 줄을 서서 차례를 기다렸다. 기업가는 언제 사업이 번창할 것인지, 정치하는 사람들은 언제 출세를 할 수 있는지 알아보기 위해 전국 각지에서 모여들었다. 김봉자 어머니는 그렇게 용하다니 혹시 용천사에 가면 딸의 병을 찾을 수 있을 거라는 기대를 했다. 소문대로 용천사는 아침 일찍부터 사람들로 만원이었다. 김봉자 어머니는 접수증을 받아 들고 두 시간 기다려서 겨우 용천도사를 면접했다. 용천도사는 나이가 육십 정도 되어 보이는 체격이 큰 남자였다. 승복 차림에 얼굴엔 핏기가 없었다. 가슴까지 내려온 수염 때문에 범상치 않은 기운이 몸에 감돌았다. 용천도사는 김봉자 어머니의 얼굴을 한참 동안 뚫어지게 바라보더니,

"딸을 그렇게 내돌리면 돼! 어린 영혼이구먼."

하고 알아들을 수 없는 말을 했다.

"무슨 말씀인지…"

"억울하게 죽은 귀신이야. 저승으로 보내주지 않으면 집안에 좋지 않은 일이 생길 걸세."

용천도사는 집안의 우환을 환하게 알고 있는 것 같았다.

"그럼 우리 딸에게 무슨 일이라도?"

"그렇다네. 억울하게 죽은 사람이 있을 걸세. 떠도는 원혼을 달래 주기 위해서 굿을 해야 하네."

김봉자 어머니는 하늘이 무너지는 것 같았다.

"굿을 하려면 돈이 많이 든다고 하던데."

"얼마 안 되네, 천만 원일세."

"그런 큰돈을 어떻게…"

"자네는 딸의 목숨보다 돈이 더 중요한가?"

"그런 건 아니지만…"

"그럼 굿을 하지 않겠다는 말인가?"

"하지 않겠다는 것이 아니라 돈이 없어 못하겠다는 겁니다."

"딸의 목숨이 걸려 있는데도…"

"네."

"매정한 사람이군."

그런 후 용천도사는 눈을 지그시 감고 한참 동안 깊은 생각에 잠기 더니 큰 인심이라도 쓰는 듯이 말했다.

"사정이 딱하다니 팔백 만원으로 해 주겠네. 그 정도로는 이런 굿 은 어림없지만 사정을 봐서 결정한 액수일세. 요즘 악귀 달래는 굿이 면 무조건 천만 원은 받아야 하네."

김봉자 어머니는 죽었다 깨어나도 자기는 만질 수 없는 큰 액수라 고 말하자 용천도사는 어이가 없는 모양이었다.

"부모가 돼가지고, 딸의 목숨을 구하는 데 그만 돈도 안 쓰려고 하 다니… 그렇다면 빌리시게."

"어디서요?"

"집은 있을 것 아닌가. 은행에 융자를 받으시게. 내가 알선하겠네."

"전셋집입니다."

이도 저도 되지 않자 용천도사가 화를 벌컥 냈다.

"두고 보시게, 딸에게 큰 재앙이 닥칠 걸세."

저주였다. 김봉자 어머니는 집에 돌아와서도 며칠 동안 잠을 이루지 못했다. 용천도사의 말이 불길하게 느껴졌다. 돈 때문에 딸에게 밀어닥칠 액운을 생각하면 가슴을 도려내는 것처럼 아팠다. 시간이 갈수록 용천도사 예언대로 김봉자의 병은 점점 깊어졌다. 김봉자의 어머니는 어쩔 수 없이 인터넷을 뒤져 딸과 비슷한 병을 잘 고친다는 청풍 요양원을 찾았다. 청풍 요양원에서는 병원에서 고치지 못하는 암 환자나 정신병 같은 난치병 환자들만 고친다는 소문이었다. 병원마다 환자들 사이에 청풍 요양원의 소문이 쫙 깔려 있었다. 누군가 입소문을 만들어 내고 있는 것 같았다. 김봉자 어머니는 그런 것을 따질 여유가 없었다. 청풍 요양원에 전화를 걸자 굵직한 사내의 음성이 들려왔다.

"저희들은 현대 의학으로 고칠 수 없는 말기 암 환자들이나 정신병만 고칩니다. 그러니 아무 염려 마시고 환자를 맡기세요. 치료비는 삼백만 원입니다. 봉사 차원에서 병원에 비해 훨씬 싼 가격을 받고 있습니다."

"내일 당장 환자를 데려가겠습니다."

"그러시오."

다음날 김봉자를 태운 택시가 도착한 곳은 경기도 어느 깊은 산속이었다. 양지 바른 곳에 오층 빌딩이 우뚝 솟아 있었다. 깊은 산속에 이런 큰 건물이 있다는 사실이 믿어지지 않았다. 일층을 제외하고는 창문마다 쇠창살로 막혀 있고 흰 커튼이 쳐져 있어 외부와 철저하게 차단되어 있었다. 지금 이 안에서 어떤 일이 벌어지고 있는지 알고 있는 사람은 없었다.

"무서워요."

김봉자가 창문에 세워진 뾰족한 쇠창살을 보고 겁을 집어먹었다.

"선생님 말씀만 잘 들으면 병을 고칠 수 있다고 하니 걱정하지 마라."

어머니가 김봉자의 마음을 진정시켰다.

"병이 없다니까요."

"병이 있고 없고는 선생님이 알아서 판단하실 거다."

잠시 후 간호사 복장을 한 덩치 큰 사내가 나와 김봉자의 팔을 붙잡고 안으로 데려갔다. 김봉자는 끌려가지 않으려고 온 힘을 다해 발버둥 쳤지만 이내 소용이 없다는 사실을 깨닫고 순순히 따라갔다. 어머니는 딸을 부탁하고 매몰차게 돌아섰다. 인정에 끌려 딸의 치료를 그르치지 않을까 하는 두려움 때문이었다.

김봉자가 끌려간 곳은 작은 진료실이었다. 진료실에 들어서자 소독약 냄새가 코를 쏘았다. 한쪽 구석에 놓인 침대와 책상 위에 있는 컴퓨터 한 대가 진료실 기구의 전부였다. 잠시 후 흰 가운을 입은 사내가 진찰실로 들어서더니 의자에 앉으며 김봉자의 얼굴을 이쪽저쪽 살펴보았다.

곧이어 심문하듯이 진료가 시작되었다.

"이름은?"

"주소는?"

"나이는?"

몇 가지 질문이 오고간 후 본격적인 진료가 시작되었다.

"머리가 아프지요?"

"아니오."

"그럼 가슴이 뛰지요?"

"아니오."

"잠이 안 오지요?"

"아니오."

그러자 흰 가운을 입은 사내의 얼굴이 찌그러졌다. 뭔가 자기 뜻대로 되지 않는다는 표정이 역력했다. 김봉자가 애원했다.

"병이 없으니 집으로 보내 주세요."

"병이 다 나으면 싫어도 보내 줄 겁니다."

"저는 병이 없다니까요."

그러자 흰 가운을 입은 사내가 화를 벌컥 냈다.

"이보쇼, 당신이 의사요? 병이 있고 없고는 우리가 알아서 판단하는 겁니다."

흰 가운의 사내가 신경질적으로 말하자 김봉자는 눈앞이 깜깜해졌다. 말해 봐야 소용이 없다는 사실을 깨닫자 한숨이 나왔다. 기회가 주어지면 탈출하기로 마음먹었으나 창문마다 쇠창살로 막혀 있어 탈출은 불가능할 것 같았다. 여기서 죽을 지도 모른다는 생각이 들자 공포를 느꼈다. 그때 흰 가운을 입은 사내가 김봉자의 속마음을 읽은 듯 경고했다.

"미리 말해 두지만 일단 여기 들어온 이상 허가 없이 아무 데도 갈수 없소. 탈출하다 잡히면 그 순간부터 독방이라는 사실을 명심하시오. 여기는 산골이어서 독방에는 지네도 나오고 뱀도 출몰하오."

김봉자는 몸이 오싹했다. 흰 가운의 사내가 겁을 주고 사라지자 이번에는 주사기를 든 남자 간호사가 나타났다. 간호사는 김봉자의 왼쪽 팔을 걷어 올리고 주삿바늘을 깊숙하게 꽂았다. 투명한 액체가 느린 속도로 살을 파고 들어갔다.

"편안해질 겁니다."

간호사는 내뱉듯이 한마디 하고 돌아갔다. 김봉자는 잠시 후 간호사의 말처럼 아주 편안해졌다. 며칠 간 계속 주사를 맞았다. 주사를 맞는 순간 졸음이 쏟아지며 정신이 몽롱해졌다. 이제는 주사를 맞지 않으면 잠시도 마음을 진정할 수 없게 되었다. 병실 안에 다른 사람들도 김봉자와 같은 증세를 보였다. 그들도 매일 주사를 맞았다. 어떤 사람은 힘없이 자리에 누웠고, 어떤 사람은 몽유병 환자처럼 눈을 멍하게 뜨고 이리저리 서성거렸다. 어떤 환자는 밤이면 쇠창살 사이로 반짝이는 밤하늘의 별을 바라보며 어머니가 보인다며 손을 흔들었다. 그러다 맥없이 쓰러져 깊은 잠에 빠졌다. 어떤 사람은 자기를 부르는 소리가 들린다며 허공을 향해 손을 흔드는 사람도 있었다. 모두 서서히 미쳐가는 것 같았다. 김봉자는 이런 곳이라면 사람이 죽어나가도 바깥세상에서는 알 수 없을 거라는 생각을 했다. 그러자 긴장 때문에 손바닥에 진땀이 솟았다. 김봉자는 매일 주사를 맞는 동안 의식이 가물가물했다. 그러던 어느 날 김봉자는 몽롱한 상태로 흰 가운을 걸친 사내 앞으로 불려갔다.

"아픈 곳이 없어?"

"있어요."

"어떻게 아프지?"

"정신이 멍하기도 하고 가끔 헛것이 보이기도 해요. 또 누군가 나를 붙잡으려고 쫓아오기도 하는 것 같고, 또…"

"이제야 병이 본색을 나타내는 모양이군. 병이 완치되면 집으로 보내 줄 테니 그때까지 편안하게 치료 받으시오."

병을 만드는 곳이었다. 흰 가운의 사내는 처음으로 만족한 표정을 지었다. 김봉자가 간호사에게 부축되어 병실로 돌아온 시각은 해가 설핏 질 무렵이었다. 밤이 되자 깊은 산골은 적막했다. 밤벌레 우는 소리가 찌르르르 하고 들렸다. 귀뚜라미인가. 그러고 보니 쇠창살 너머 가을달이 영롱하게 빛을 뿌려주고 있다.

"도망이라도 치고 싶지?"

"네."

옆에 있던 콩이라는 여자가 김봉자의 속마음을 다 알고 있다는 듯이 말했다. 자기 말로는 키가 작아서 이곳에서는 모두 콩이라고 부른다는 것이다.

"도망은 쉽지 않을 거야. 나도 한번 실패한 경험이 있어. 사내가 진료실에서 이상한 행동을 하지 않았어?"

콩은 호기심 어린 눈으로 김봉자를 조심스럽게 살폈다.

"네, 없었는데요."

"이상하군, 몸을 더듬거나 뭐 그런 거 있었을 텐데… 여기서는 보통이니까. 그 자식은 꼭 여자에 환장한 인간 같다니까."

흰 가운의 사내를 두고 하는 말 같았다. 콩의 질문에 김봉자는 고개를 가로저었다. 콩은 그런 김봉자의 얼굴을 유심히 살피더니,

"이상한데, 그대로 놔두지 않았을 텐데."

"그런 일은 없었어요."

"숨길 필요 없어, 누구나 다 한 번씩 당했으니까. 없었다면 앞으로 반드시 있을 거야. 나도 이곳에 와서 며칠 후 당했으니까. 아니 여기 있는 사람은 누구나 그렇게 당했을 걸. 그래도 항의 할 곳은 없어. 곧 너에게도 차례가 올 거야. 처음 온 사람은 그대로 놔두지 않거든."

"안 돼요."

"물론 안 되는 일이지. 하지만 여기서는 그들 마음대로야. 거절한다고 해도 소용없어. 그들이 이상한 행동을 한다고 아무리 떠들어도 바깥세상에 있는 사람들은 곧이 믿지 않거든. 왠지 알아? 여기는 관에서 승인한 곳이거든. 우리들이 아무리 바른 말을 해도 정신병자의 헛소리로 취급하니까. 부모라도 저들의 말을 더 믿어."

그때 갑자기 흰 가운의 사내가 나타났다. 콩은 돌연 정신병자처럼 행동했다. 친구처럼 다정하게 이것저것 이야기해 주다가 돌연 누워서 헛소리를 하고, 몸을 부르르 떨기도 하고, 머리를 쥐어뜯으며 이상한 소리를 냈다. 김봉자가 어리둥절해 하는 사이 흰 가운의 사내는 콩을 한참 살피더니 비죽 웃으며 사라졌다. 흰 가운의 사내가 사라지는 것을 확인한 후 콩은 언제 그런 일이 있었느냐는 듯이 자리를 털고 일어났다.

"늑대를 피하려면 이런 방법밖에 없어."

"……"

"분명한 것은 똑똑한 체하면 계속 주사를 맞아야 해. 나는 주사도 싫고 저런 인간도 무서워. 대체 너같이 순진한 아이를 이곳에 처넣은 인간이 누구냐? 마음씨 나쁜 올케거나 아니면 의붓아버지? 그런 인간들이 나쁜 짓을 많이 하거든."

화가 난다는 표정이었다.

"어머니예요."

"그럼 계모냐?"

"아닌데요."

"그럼 왜 딸을 이곳에 보낸 거야. 여기는 한번 들어오면 마음대로 나가지 못하는 지옥 같은 곳인데."

콩이 정신병자로 몰리게 된 것도 의붓아버지의 성추행 때문이라고 했다. 어머니가 잠시 자리를 비운 사이 의붓아버지는 콩을 성추행했다. 어머니도 이 사실을 알고 눈을 감았다. 의붓아버지 편이었다. 이런 일이 여러 번 반복되자 콩이 결심하고 경찰서에 고발하려는 것을 눈치 챈 의붓아버지는 어머니와 합세해 자기를 정신병자로 몰아 이곳에 집어넣었다는 것이다. 부모도 믿을 수 없는 세상이 되었다는 것이다. 이들에게 병이 없다고 통사정해도 소용이 없었다. 아니 병이 있거나 없거나 이들에게는 별로 중요해 보이지 않았다는 것이다. 오직 이들에게 필요한 것은 환자 숫자라고 했다. 이후 콩은 매일 알 수 없는 주사를 맞게 되었고 정신이 혼미해지면서 진짜 병이 생기더라는 것이다. 뒤늦게 주사 때문이라는 사실을 알고 콩은 일부러 주사를 맞지 않기 위해 정신병 환자처럼 행세했다고 하면서 어쩌면 여기 환자들 대부분이 자기 같은 처지일지도 모른다고 말했다.

"진실은 자신만이 알고 있을 뿐이야. 무서워 아무도 말 안 해, 어쩌면 이곳 의사도 다 가짜일지도 모르지. 요즘은 돈이면 뭐든지 다 만들어 내는 세상이니까. 돈 주고 의사 면허증을 샀을지도 몰라. 하는 꼴을 보면 다 안다니까."

콩은 그렇게 말하고 자리에 벌러덩 누웠다. 김봉자는 창문 너머로 먼 하늘을 바라보았다. 달은 산등성이를 넘어가고 밤하늘의 별은 보석처럼 반짝반짝 빛났다. 산골에서 바라보는 별은 주먹만큼 컸다. 김봉자가 고개를 들자 다른 사람들도 창 너머 하늘에 떠 있는 별을 바라보았다. 김봉자가 그들을 향해 빙긋 웃어 주자 그들도 김봉자를 향해 빙긋 웃어 주었다. 김봉자가 자리에 눕자 그들도 따라 자리에 누웠다. 김봉자가 자리에서 일어나면 그들도 자리에서 따라 일어났다. 김봉자가 기침을 하면 그들도 따라 기침을 했다. 김봉자가 걸어 다니면 그들도 김봉자의 뒤를 졸졸 따라다녔다.

"기차는 빨라, 빠른 것은 비행기, 비행기는 높아, 높은 것은 대통령."

그들도 합창하듯 따라했다.

"기차는 빨라, 빠른 것은 비행기, 비행기는 높아, 높은 것은 대통령."

"왜 따라 해요."

"왜 따라 해요."

그때 김봉자는 창밖에 머리가 찌그러진 아이의 모습을 보았다. 아이는 세상에서 가장 슬픈 얼굴을 하고 서 있었다.

동행

"태봉이 있는가?"

태봉은 하던 일을 멈추고 소리 나는 쪽을 바라보았다. 탁구 형이 빙글거리며 저만치 느티나무 아래 비를 맞고 서 있었다. 얼굴은 초췌해 보였지만 말투는 예전보다 더 밝은 편이었다. 태봉은 남동공단에서 쇠를 깎는 일을 하고 있었으나 다른 일을 한다며 그만둔 지 이 년이 되었다. 남동공단은 예전만 못하지만 여전히 기계 돌아가는 소리, 트럭에 짐을 싣고 내리는 소리, 사람 떠드는 소리, 경비원의 호각 소리로 분주했다.

"어서 들어오슈."

"들어가기는, 어서 나오시게. 우선 목부터 축이세."

"알았소. 잠깐만 기다리슈. 하던 일이나 마저 정리하고 나가겠소."

"알았네."

잠시 후 두 사람은 공단에서 얼마 떨어지지 않은 곳에 있는 목로주점 소래포구로 향했다. 소래포구는 평소 두 사람이 잘 다니던 단골 술집이었다. 자리에 앉기가 무섭게 막걸리 두 병과 족발 안주를 시켰다. 탁구 형은 잠시 감회에 젖은 듯 두 눈을 지그시 감았다. 모처럼 놀던 곳에 오니 그동안 잊고 지냈던 수많은 추억들이 주마등처럼 스쳐갔다.

　태봉은 학교에서 배운 대로 한 우물을 파면 성공한다는 원칙을 철석같이 믿었기에 불황이 닥쳐도 쇠를 깎는 일을 열심히 했다. 그러나 형편은 조금도 나아지지 않았다. 공장 일을 접고 다른 일을 하겠다며 떠나는 사람이 많았다. 탁구 형도 그랬다. 공단 사람이 다른 사업을 해서 성공했다는 이야기를 들어 본 적이 없지만 그래도 탁구 형은 사업에 눈이 밝은 사람이니 다른 일을 해도 성공할 것이라고 믿었다. 그렇게 떠난 탁구 형이 이 년 동안 소식이 묘연하다가 오늘 불쑥 나타난 것이다. 탁구 형은 오늘은 특별나게 좋은 소식을 가져왔으니 술이나 푸짐하게 사면 전해 주겠다고 했다. 탁구 형은 얼굴에 생기까지 넘쳤다.

　"좋은 건수라도 생긴 모양이오."

　"물론일세, 술이나 거나하게 사게. 그러면 좋은 정보를 하나 주기로 하겠네."

　"그동안 왕창 돈이라도 생겼단 말이오?"

　"세상 구경을 하다가 돈이 굴러다니는 금광을 발견했지."

　"허, 이 각박한 세상에 아직도 그런 곳이 있습디까?"

　"암, 있다마다. 우리는 여태 우물 안에 개구리처럼 살았다네. 이번에 나는 돈 놓고 돈 먹는 곳이 있다는 것을 알게 되었네."

"세상에 그런 곳이 있다니 놀랍소."

"놀랄 것도 없네. 눈만 크게 뜨면 그보다 더한 곳도 있다네."

탁구 형은 막걸리 한 잔을 단숨에 죽 들이켜고 난 후 커다란 족발 하나를 통째로 물어뜯었다. 그러더니 한심하단 눈빛으로 태봉을 바라보았다.

"손에 기름이나 발라가지고 어느 세월에 큰돈을 모으겠나."

"그렇기는 하지요."

맞는 말이었다. 태봉은 공업 고등학교를 나온 이래 이 일을 천직으로 알고 몇 십 년 동안 한자리에서 한 우물만 열심히 파며 일을 했지만 탁구 형의 말처럼 돈은 모아지지 않았다. 죽기 살기로 일을 해도 겨우 입에 풀칠이나 할 정도였다. 한 우물만 파면 성공한다는 말은 믿을 수 없었다. 부모를 잘 만난 사람은 일을 하지 않고도 외제차를 굴린다, 나이트클럽으로 간다, 야단법석인데 자기는 등뼈가 휘게 일을 해도 이 모양 이 꼴이니 어느 세월에 팔자가 펴질지 한심했다. 태봉은 기회만 주어진다면 이 일을 당장 팽개치고 싶었다. 어느 놈이 손에 기름을 묻히며 살고 싶겠는가. 기름을 묻히지 않고 돈을 벌 수 있는 방법만 있다면 까짓 쇠나 만지는 공장 같은 것은 당장에 때려치우고 싶었다.

"배운 도둑질이 이것밖에 없지 않소."

"배운 도둑질도 지금은 빨리 바꿔야 잘살 수 있는 세상이 도래했네."

"무슨 좋은 수라도 있습니까?"

"암, 있지."

탁구 형은 단박에 일확천금을 벌 수 있는 비법을 알려 주겠다는 것
이었다. 태봉은 요즘같이 불황일 때 돈을 왕창 벌 수 있는 길을 알려
준다면 술이 아니라 황소라도 잡아 바치겠노라고 말했다. 탁구 형은
만족스러운 듯이 활짝 웃으며 술잔을 연신 입속에 털어 넣었다. 순식
간에 막걸리 두 병을 비우더니 이번에는 소주를 찾았다. 아무래도 막
걸리는 성이 차지 않는 모양이었다. 소주 두 병을 먹고 나서야 탁구
형의 얼굴이 벌겋게 상기되더니 불황이 언제 걷힐지 앞이 보이지 않는
세상이라며 부자는 돈이 넘쳐 해외에서 골프를 즐기는 세상이지만 가
난한 사람은 여전히 입에 풀칠하는 것을 걱정하는 세상이라며 마음껏
불만을 터뜨렸다. 태봉이 뾰족한 대안이 없으니 어쩌겠느냐고 한탄하
자 탁구 형은 딱하다는 표정으로 태봉을 이윽히 바라보았다.

  "자네도 딱하이. 그러니 이제라도 내가 돈을 왕창 벌 수 있는 비법
을 알려 주겠다는 거 아닌가."

  "좋은 수라도 있다는 거요?"

  "암, 있다마다."

  "좋습니다. 내일은 거지가 되는 한이 있더라도 오늘은 실컷 먹어
봅시다."

  "허허허, 이제야 제대로 정신이 돌아온 모양이구먼."

  태봉이 돈을 왕창 벌 수 있는 길만 있다면 지옥이라도 마다 않고 따
라나설 각오가 되어 있다고 말하자 탁구 형도 신이 나는 모양이었다.
두 사람은 즉시 소래포구를 나와 시장 입구에 있는 병태 나이트클럽
으로 자리를 옮겼다. 좀 더 화끈하게 놀기 위해서였다. 시장 입구에
있는 병태 나이트클럽으로 들어서자 문 앞에서부터 안쪽까지 성기만

살짝 가린 무희들이 선정적인 자세로 춤을 추는 사진들이 쫙 걸려 있었다. 필리핀 여자도 있고, 러시아 여자도 있고, 태국 여자도 있고, 흑인 여자도 있다. 하나같이 쭉 뽑힌 몸을 요염하게 흔들어대고 있는 포즈들이었다. 문을 열고 안으로 들어가자 늘씬한 외국 여자 무희들이 성기만 살짝 가리고 커다란 젖을 덜렁거리며 춤을 추고 있었다. 분위기가 한껏 고조되어 있었다. 가끔 노골적으로 섹스하는 시늉을 보여 주면 술꾼들은 애간장이 타는지 흥분해서 땅콩을 날려 보내고 괴성을 질러대고 야단법석이었다. 병태 나이트클럽은 불황과 관계없이 밤마다 술꾼들로 넘쳐나고 있었다.

밤이 점점 깊어가자 나체쇼가 벌어졌다. 불이 꺼지더니 가느다란 조명등이 한곳을 비췄다. 그러더니 춤을 추던 무희가 거침없이 옷을 한 가지씩 뱀 허물 벗듯 벗어던지더니 나중에는 성기까지 노출했다. 검은 숲에 가려 잘 보이지 않았지만 술꾼들은 여자를 잡아먹고 싶다는 표정으로 바라보며 휘파람을 불고 땅콩을 날려 보내고 한바탕 소동을 벌렸다. 남자들이 약이 오를 대로 오를 때쯤 불이 확 들어오면서 나체 춤을 추던 여자는 어둠 속으로 안개처럼 사라지고 가릴 것을 다 가린 무희가 나와 춤을 추었다. 남자들의 입에서는 저절로 한숨 소리가 흘러나왔다.

"형님, 정말 떼돈을 벌 수 있는 곳을 알고 있소?"

태봉은 나체 춤 같은 것에는 관심이 없어 보였다.

"자네, 경마장에 가 본 일이 있나?"

"없는데요."

"그곳이 바로 돈 놓고 돈 먹는 곳이라네. 지금 세상은 곰처럼 일하는 것보다 머리통을 잘 굴려야 돈을 버는 세상일세. 땀을 흘려 부자가 되는 것은 호랑이 담배 먹던 시절 이야기일세. 자네 티브이도 못 보나. 경마장에 가 보면 우리가 얼마나 허망하게 이 세상을 살았는가를 곧 알게 될 걸세."

그 이야기를 듣는 순간 태봉은 금세 흥분했다.

"형님, 내일 당장 갑시다."

"그럴 줄 알았네. 내일을 위해서 오늘 실컷 마시세. 내일부터는 무척 바쁠 테니까."

"그럽시다. 제가 왕창 쏘겠습니다."

"흐흐흐, 그럼세."

태봉은 떼돈을 벌 수 있다는 희망이 생기자 술값을 따지지 않았다. 돈을 물 쓰듯 펑펑 써댔다. 물건을 살 재료값으로 가지고 있던 돈도 술값으로 탕진했다. 몇 개월 동안 땀을 흘리며 벌어들인 돈이지만 오늘은 돈 쓰는 게 하나도 아깝지 않았다. 2차, 3차 룸살롱까지 가서야 하루를 마무리 지었다. 새벽녘이 되어 태봉은 흐릿한 정신으로 집으로 돌아왔지만 벌써 부자가 된 기분이었다. 주머니에 재료값으로 넣어 두었던 돈도 바닥이 났지만 왕창 돈이 생길 구멍이 있다니까 전혀 걱정되지 않았다.

날이 밝기를 기다려 탁구 형과 태봉은 술이 덜 깬 멍청한 정신으로 호랑이를 잡으러 떠나는 포수처럼 경마장으로 돈 사냥을 떠났다. 지하철이 통과하는 굴다리 옆 오층 건물이 전부 실내 경마장이었다. 이미 대형 스크린 앞으로 많은 사람들이 모여 있었다. 대한민국 사람들이 직장에서 일하는 것을 포기하고 경마장으로 다 몰려온 것 같았다.

돈 놓고 돈 먹는 자리여서 그런지 그들의 눈에는 하나같이 살기가 번 득였다.

잠시 후 1경주가 시작된다는 방송이 흘러나왔다. 여기저기서 술렁 거리기 시작하더니 곧이어 대형 스크린에는 말갈기를 바람에 휘날리 며 힘차게 달리는 경주마의 모습이 나타났다. 기수가 말 잔등에 거머 리처럼 착 달라붙어 있다. 이 모습을 본 사람들은 미친 듯이 아우성 치며 야단법석을 떨었다.

순식간에 한 경기가 끝났다. 여기저기서 한숨과 탄성이 터졌다. 몇 명은 심한 욕설을 하며 밖으로 뛰쳐나갔다. 그 자리에 털썩 주저앉아 눈물을 흘리는 사람도 있었다. 돈을 왕창 잃은 모양이었다. 탁구 형 은 1경주에서 오십 만원을 털어 먹고 2경주에서 백만 원치 마권을 구 입했다. 역시 태봉이 돈이었다. 그러나 그 돈도 눈 깜짝할 사이에 날 려버렸다. 탁구 형은 눈이 뒤집혀 돈을 더 내놓으라고 태봉에게 협박 조로 말했다.

"가진 것 있으면 다 내 놓게!"

"없소."

탁구 형은 몰래 꿍쳐 놓은 비상금까지 다 내놓으라며 윽박질렀다.

"염려 마시게. 이번에는 틀림이 없네."

태봉이가 몰래 꿍쳐 놓은 비상금까지 다 빼앗겼다. 탁구 형은 그까 짓 돈은 금방 생기니 아무 걱정 말라고 되려 큰소리쳤다. 아무것도 모르는 태봉은 탁구 형을 믿을 수밖에 없었다. 그러나 한편으론 이러 다가 거지가 되지 않을까 걱정이 되기도 했다.

"형, 나 거지 되는 꼴 보려고 그러쇼?"

"딱하네. 저기 금맥이 보이지 않는가. 그게 다 우리 돈일세. 당장 배로 갚아 줄 테니까 걱정 붙들어 매시게."

"정말이요?"

"그렇다니까."

"형님만 믿겠소."

"믿으라니까."

탁구 형은 행운의 숫자인 7경주에서 7번 말에 목숨을 걸었다. 사람은 죽으라는 법이 없는 모양이었다. 다음 순간 거짓말 같은 기적이 일어났다. 탁구 형의 7번 말이 일등을 차지한 것이다. 단박에 목돈이 왕창 굴러들어 왔다.

"똑똑히 봤지. 돈은 이렇게 버는 거라네."

"형님, 돈 벌기 식은 죽 먹기구먼요."

"암, 그까짓 일억쯤은. 흐흐흐."

탁구 형의 큰 소리에 이번에는 태봉의 눈이 뒤집혔다. 경마에서 돈 몇 백만 원은 휴지 조각에 불과했다. 한꺼번에 수백만 원을 까먹는 것도 버는 것도 모두 순식간에 일어났다.

"돈을 그렇게 쉽게 벌 수 있다니."

"그러게 내가 뭬랬는가. 그까짓 평생 쇠나 깎아 봐야 소용없다고 했지."

"알겠습니다."

"이제야 정신이 드는 모양이구먼."

"형님!"

"오늘은 더 멋진 곳에서 한 잔 하세. 오늘은 내가 쏘기로 하지."

탁구 형이 어깨에 힘을 주며 개선장군처럼 앞장섰다. 이번에는 고급 룸살롱을 찾았다. 예쁜 여자가 시중까지 들어 주었다. 입만 가지고 다니면 모든 것이 끝이었다. 태봉은 눈이 뒤집혔다. 비로소 지금까지 얼마나 순진하고 헛되게 세상을 살아왔는지 처음으로 실감하게 되었다. 이후 태봉은 경마에 완전히 맛 들여 비가 오나 눈이 오나, 추운 날이나 더운 날이나 가리지 않고 경마장으로 출근했다. 평생 동안 해 오던 공장 일을 내팽개치고 경마장에서 살았다. 몇 개월이 눈 깜짝할 사이에 흘러갔다. 경마장을 찾지 않는 날은 몸에 쥐가 나고 불안한 증세까지 발생했다. 하지만 쉽게 행운이 찾아와 주지 않았다. 남들이 봉을 잡을 때마다 태봉은 넋을 놓고 바라보면서 언젠가 나에게도 저런 행운이 찾아오겠지, 하고 실낱같은 희망을 버리지 못했다.

"반드시 자네에게도 행운이 찾아올 걸세."

태봉이 실망할 때마다 탁구 형은 용기랍시고 바람만 넣었다. 그러나 일 년이 가고 이 년이 가자 빚만 산더미처럼 쌓여 갔다. 그동안 태봉이 경마장에서 알게 모르게 잃은 돈이 어느 새 이 억을 넘어섰다. 그러자 초조하고 불안한 증세까지 나타나기 시작했다. 돈을 잃은 날은 울화가 치밀어 술집을 찾았다.

태봉은 마지막으로 돼지꿈에 의지했다. 돼지꿈을 꾸는 날은 아침 세수도 거른 채 경마장으로 달려갔다. 그러나 돼지꿈을 꾸는 날도 여전히 허탕이었다. 오히려 돼지꿈을 믿고 큰돈을 걸었다가 날려버리기 일쑤였다.

"이놈의 돼지꿈도 개꿈이란 말인가."

태봉은 돼지꿈을 꾸고도 실패하는 이유가 외국산 돼지거나 변종 돼지일 거라고 생각하며 스스로를 위로했다. 요즘 시장에 나가 보면 먹는 것에서부터 입는 것, 심지어 우리 것이라고 팔고 있다는 인사동 거리에서조차 외국산이 판을 치고 있는 세상이다. 그러니 꿈도 그 영향을 받을 수밖에 없을 거라고 생각했다.

"진짜 국산 돼지꿈은 언제 꿀 건가."

지금은 변종이 판을 치는 세상이다. 곡식도 변종이 성행하고 있다. 특별나게 큰 옥수수, 특별나게 큰 호박, 특별나게 큰 감자, 특별나게 큰 무, 특별나게 큰 콩… 과학자들은 앞으로 인간의 식량 문제를 해결하기 위해서는 변종이 어쩔 수 없다고 말하지만 변종된 곡식을 먹고 변종된 인간이 태어날지 모른다는 우려를 낳게 하는 세상이 되었다. 송아지도 한쪽 다리가 없는 변종이 태어나 농부들의 가슴을 애태우지 않았던가. 그러니 사람도 그렇게 태어나지 말라는 법이 없다.

하루는 태봉이 탁구 형에게 질문했다.

"돼지꿈도 외국산이 있을까요?"

"물론이지. 외국산 돼지라면 아무래도 등치가 크겠지. 그들은 무조건 큰 것을 선호하니까. 하지만 외국에서 돼지꿈을 꾸었다고 횡재했다는 이야기를 들어 본 적이 없으니 국산 돼지꿈이 아니면 신봉하지 않는 게 좋을 걸세."

"끙."

이미 돈에 눈이 뒤집힌 태봉은 국산이든 외국산이든 돼지꿈을 꾸는 날은 어김없이 경마장으로 달려갔다. 경마장에 모인 인간들은 돈독이 올라 모두 눈에 불을 켜고 있었다. 금세 싸움이라도 걸어올 듯

험악한 표정이었다. 얼굴이 누렇게 뜬 인간들이 하나같이 달리는 말에서 눈을 떼지 못했다. 인간은 무슨 일에나 미치면 판단력(判斷力)이 흐려진다. 바람이 나면 조강지처도 헌신짝처럼 버린다. 노름에 미치면 손목을 잘라도 발가락으로 놀음을 한다. 태봉은 경마에 미치는 순간 몇 년 안 되어 가산을 몽땅 탕진했지만 끝내 경마장에서 빠져나오지 못했다. 경마를 하지 않는 날에는 몸에 병이 났다. 돈을 많이 잃게 되자 천장이 경마장으로 보이고 아스팔트길이 경마장 트랙으로 보이는 기현상까지 나타났다. 심지어 달리는 자동차도 달리는 말로 보일 때가 있었다. 눈이 뒤집힌 것이다.

그도 그럴 것이 태봉은 지금까지 철공소도 털어 넣고, 조상들이 물려준 농토도 털어 넣고, 아이들 돌 때 들어온 금반지도 털어 넣고, 보물처럼 간직해 온 결혼 패물까지도 몽땅 털어 넣었다. 털어 넣을 수 있는 것이라면 무엇이나 다 털어 넣었다. 돈이 바닥이 나자 불면증에 시달리며 울화병이 생겼다. 가족도 눈에 보이지 않았다. 아내 점순이까지도 돈을 만드는 기계로 보였다. 돈을 잃으면 점순이에게 돈을 만들어 오라며 밤낮으로 달달 볶았다. 점순이는 요즘 태봉을 보고 있으면 남편이 아니라 돈 먹는 하마로 보였다.

"빨리 돈 구해 와!"

"돈이 있으면 먹고 죽겠네."

"이놈의 여편네가 어따 꼬박꼬박 말꼬리를 달아. 자고로 남편은 하늘이오, 여자는 땅이라고 했어. 땅은 무조건 하늘이 시키는 대로 하면 되는 거야!"

"하늘도 하늘 나름이지, 돈만 먹는 하늘이 어디 있대."

"참새가 봉황의 뜻을 어찌 알아."

"봉황 좋아하시네."

"이놈의 여편네가!"

태봉은 점순이의 면상을 향해 주먹을 날렸다. 태봉은 매번 돈 잃은 화풀이를 점순이에게 했다. 걸핏하면 주먹을 휘두르자 점순이는 남편이라는 게 돈은 벌지 않고 손버릇만 점점 나빠진다고 생각했다. 점순이의 얼굴 여기저기에 시퍼렇게 멍 자국아 늘어나자 견디지 못한 점순이는 왜 사람을 때리느냐고 항의하자 땅이 하늘에 도전장을 낸다며 주먹으로 더 세게 가슴을 쥐어박고 다리로 옆구리를 내질렀다. 점순이는 태봉이가 점점 미운 생각이 들며 이제는 그놈의 경마에서 당첨인지 뭔지 되지 말았으면 하고 바랐다.

점순이가 친정에서 빌려온 돈만 이미 일억 원이 넘었다. 지금까지 원금은 고사하고 이자 한 푼 갚지 않은 주제에 걸핏하면 처갓집에 가서 돈 가져오라고 윽박질렀다. 이제 점순이는 태봉이가 콩으로 메주를 쓴다고 해도 믿지 않았다. 태봉은 이미 경마에 미쳐 제정신이 아니었다. 하루도 빠지지 않고 경마장에 출근하지만 여전히 행운은 한강 물에 빠져 죽었는지 태봉에게 찾아와 주지 않았다.

"그놈의 행운은 언제쯤 내게 와 줄 거야."

"기다려 보시게나. 하다 보면 찾아오겠지."

탁구 형은 그때마다 위로한답시고 마음을 부추겼다. 태봉은 도끼로 자기 발등을 찍었으니 이제 와서 탁구 형을 원망할 수도 없었다.

"기다리다 목이 빠져 죽겠소."

"아직 목이 빠져 죽은 사람은 없다네."

탁구 형은 자기를 보라며 느긋하게 참고 기다리다 보면 반드시 좋은 때가 올 거라고 위로하지만 태봉의 가슴 속은 숯검정처럼 타들어 갔다. 이대로 가다 보면 행운이 찾아오기 전에 먼저 복장이 터져 돌아가실 것 같았다. 대한민국에서 경마로 거지가 된 사람이 어디 한둘인가. 남의 돈 공짜로 먹으려다 가정까지 깨 먹은 인간이 수도 없이 많다. 태봉이나 탁구 형도 자기가 모르는 사이에 차츰 거지가 되어가고 있다. 그럼에도 탁구 형은 매일 태봉을 앞세우고 경마장을 찾았다. 인간은 짐승과 달라서 망하면 혼자 망하는 것이 아니라 다른 사람과 동반 자살하는 나쁜 습관을 가지고 있다. 탁구 형이 지금도 태봉을 앞세우고 경마장을 찾는 이유는 태봉이에게 아직도 돈이 있을 거라는 생각 때문이다. 하지만 태봉이도 이제 개털이 되어가고 있는 신세였다.

그날 밤도 태봉은 국산 돼지만 생각하다 눈을 살짝 붙였는데 눈앞에 돼지가 어슬렁거리는 꿈을 꾸었다. 돼지는 다른 때보다 몸통이 작고 날렵해 보였다. 국산 돼지가 틀림이 없다고 확신했다. 돼지꿈을 꾸자 태봉은 다음날 아침 수저를 뜨는 둥 마는 둥하고 경마장으로 달려갔다. 오늘은 틀림없이 자기가 일등을 하게 될 거라는 확신을 가지고 있었다. 경마장으로 가는 발걸음이 가볍기까지 했다. 돈이 생기면 어디다 쓸지 계획까지 미리 세워 놓았다. 첫 번째로 말이 많은 아내 점순이의 주둥이부터 틀어막아 주리라고 생각했다. 두 번째로 돈이 없다고 깔보던 놈들의 면상에 보기 좋게 돈다발을 뿌려 주리라고 생각하니 신바람이 났다.

경마장에 도착하자 눈에 불을 켠 사람들이 가득 모여 있었다. 경마로 인해 파탄 난 사람들의 이야기가 수없이 떠돌아다녔다. 경마 때문에 마누라와 이혼한 사람도 있고, 경마에 돈 읽고 한강 물에 투신했다가 물만 마시고 목숨을 건진 사람도 있고, 경마 때문에 좋은 직장까지 내던진 사람도 있고, 경마 때문에 미친 사람도 있지만 무슨 이유에서인지 경마에 한번 빠진 인간들은 돈을 다 털어먹고도 매일같이 눈만 뜨면 경마장으로 모여들었다. 경마장이 무슨 마술을 부리는 것 같았다.

태봉은 오늘 3경주에 3번 말에 목숨을 걸기로 했다. 3자는 태봉이 귀빠진 날이기 때문이다. 오늘 대박의 주인공은 반드시 자기가 될 거라고 확신했다. 이윽고 경기가 시작되었다. 초반에는 3번 말이 앞서가자 태봉은 손뼉을 치며 좋아했으나 곧 1번 말이 선두를 치고 앞서자 3번 말은 이내 경주를 포기한 듯 뒤처지고 말았다. 태봉은 심장이 터질 것만 같았다. 1번 말이 1등을 차지하자 두근거리던 조바심은 허무하게 종결되고 말았다. 그와 동시에 태봉이의 돼지꿈도 여지없이 박살이 났다. 그날 태봉은 또 돈을 왕창 날렸다. 그 놈의 돼지도 외국산이라는 말인가. 태봉은 눈앞이 깜깜해졌다. 이제는 여편네 볼 면목도 없었다.

"이러다 제명에 죽지 못하고 말 거야."

그러자 탁구 형이 위로했다.

"사람 팔자 시간문제라는데 느긋하게 때를 기다려 보시게."

"그 놈의 때가 언제 온다는 거유?"

"곧 오겠지."

"때가 오기 전에 내가 먼저 돌아가시겠소."

태봉은 탁구 형을 원망도 못하고 속으로 끙끙거리다가 경마장을 빠져나오고 말았다. 비가 오려는지 하늘이 꾸물거렸다. 태봉의 발걸음은 한강 쪽으로 향했다. 한참 동안 흘러가는 한강 물을 내려다보았다. 시커먼 강물 위로 점순이의 애원하는 눈빛이 커다랗게 떠오르며 어른거렸다.

"죽기는 왜 죽어요. 내가 뭐랬어요, 허황된 꿈을 꾸지 말라고 했지요. 송충이는 솔잎을 먹고 누에는 뽕잎을 먹어야 산다고 했어요. 분수대로 살라는 이야기 겠지요. 죽지 말고 어서 집으로 돌아 오셔요. 다시 공장 일을 하면 돼요. 몸만 건강하면 돈은 또 벌 수 있어요. 당신이 좋아하는 막걸리도 받아 놓고 돼지고기 숭숭 썰어 넣고 김치찌개도 만들어 놨으니 걱정 말고 어서 오셔요."

점순이의 애원하는 음성이 들리는 듯하자 태봉이의 눈에 물기가 어렸다. 오늘은 시퍼런 한강 물이 유난히 깊어 보이고 입을 쩍 벌리고 있는 호랑이 입처럼 보여 더욱 무서웠다. 태봉은 풀이 죽은 얼굴로 돌아서서 집으로 향했다.

사기 기술

　민수영이 좁은 복도를 따라가자 문짝마다 회사 간판들이 어지럽게 걸려 있었다. 제일 안쪽 끝 문짝에 '태평주식회사' 간판이 걸려 있었다. 문을 열고 안으로 들어가자 좁은 사무실 한가운데 세 개의 책상이 나란히 놓여 있고 그 뒤쪽 책상 앞에는 '태평주식회사 한국지사 지사장 전무 박달수'라는 이름이 검은색 바탕 위에 은빛 글자로 새겨진 아크릴 명패가 놓여 있다. 명패 앞에 한 사내가 콧잔등에 금테 안경을 걸친 채 의자에 비스듬한 자세로 앉아 있었다. 그 사내는 민수영이 이력서를 내밀자 보고 있던 신문을 옆으로 밀치고 이력서를 대충 훑어보더니 옆에 앉아 있는 경리 직원에게 이력서를 넘겨주었다. 그런 후 민수영에게 질문했다.

　"무슨 운동을 했소?"

　"유도 3단입니다."

　"그 정도의 실력이라면…"

금테 안경은 만족스럽다는 표정이었다. 민수영은 대체 운동과 취직과 무슨 관계가 있다는 것인지 알 수 없어 금테 안경을 의아스럽게 바라보았다.

"미국에서 듣기를 한국에서는 대기업에 취직하기가 하늘에 별 따기보다 더 어렵다고 하던데… 맞습니까?"

금테 안경의 질문에 민수영의 얼굴 표정이 굳어졌다.

"그렇게 알고 있습니다만."

"백도 있어야 한다면서요?"

"백 때문인지 모르지만 저도 몇 번 실패한 경력을 가지고 있습니다."

금테 안경이 혀를 찼다.

"그들은 훌륭한 인재를 알아보지 못하는 것 같습니다."

민수영의 얼굴이 잠시 굳어졌다. 지금까지 자기가 훌륭한 인재라고 생각해 본 적이 한 번도 없던 터라 금테 안경이 자신의 뭘 보고 그런 소리를 하는지 의문이 들었지만 기분은 그리 나쁘지 않았다. 금테 안경은 민수영의 얼굴을 조심스럽게 살피며 담배를 꺼내 물었다. 불을 붙인 후 담배 연기를 폐 깊숙하게 빨아들였다가 콧구멍으로 내뿜었다. 굴뚝같이 연기가 콧구멍으로 빠져나왔다. 이미 손가락 끝은 단풍잎처럼 노랗게 물들었다. 손끝이 파르르 떨리는 현상으로 보아 술 중독으로 보였다. 금테 안경은 잠시 생각에 잠기는 듯 눈을 지그시 감더니 다시 질문했다.

"요즘은 가짜가 판치는 세상이라면서요?"

생뚱맞은 질문에 민수영은 어물어물 대답했다.

"그 뭐…"

"신문을 보니 한국은 가짜 박사, 가짜 논문, 가짜 명품, 가짜 목사, 가짜 삼겹살, 가짜 불고기, 가짜 고춧가루, 가짜 비아그라. 가짜 교수, 가짜 회사… 이러다가는 가짜 인간이 출현할 날도 멀지 않은 것 같습니다."

금테 안경은 한참 동안 숨도 쉬지 않고 말을 쏟아내더니 히죽 웃었다. 민수영도 어쩔 수 없이 한마디 했다.

"세상이 하도 이상한 지라…"

"압니다. 썩은 거지요."

가짜 이야기를 듣는 순간 민수영의 얼굴이 잠시 붉어졌다. 자신도 예전에 하도 취직이 안 되어 이력서에 '박사'라고 허위 기재한 적이 있었기 때문이다. 사람이 다급하면 무슨 짓이고 다 할 수 있다는 사실을 깨닫고 깜짝 놀라 박사라고 썼던 이력서를 얼른 찢어버렸다.

그때나 지금이나 젊은 사람들에게 취직은 절박한 문제였다. 민수영도 빨리 취직해서 보모님의 짐을 덜어드리고 싶은 욕심 때문에 어쩔 수 없이 이력서에 가짜 박사라고 썼지만 두고두고 마음에 걸렸다. 취직하기가 힘이 드니 가짜 학력이 판칠 수밖에 없다. 세상은 그리 공평하지 못하다. 생활고로 단 돈 만 원 훔치다 감옥 가는 사람이 있는가 하면 수백억 원의 세금을 내지 않고도 버젓하게 해외여행 다니고 외제 승용차를 굴리며 떵떵거리고 사는 인간도 있다. 무전유죄(無錢有罪), 유전무죄(有錢無罪)가 여전히 판치고 있는 세상이다. 그러니 사람들은 저마다 무슨 박사, 무슨 교수, 무슨 시인이니 하면서 가짜 명함을 파 가지고 활개 치고 다닌다. 학력을 돈으로 사고, 박사를 돈으로 사고, 교수를 돈으로 사고, 시인을 돈으로 사는 세상이다. 이러다 대신 죽어줄 사람도 돈으로 사는 세상이 도래할지도 모른다며 금테 안경은 장황하게 세상 돌아가는 이야기를 늘어놓은 후 태평주식회사에 대해 설명했다. 본사를 미국에 둔 세계적인 굴지의 건설회사이며 현재 지사는 아시아에서 유일하게 한국에만 두고 있다는 것이다. 금테 안경은 자기가 영광스럽게도 초대 한국지사장이라고 어깨를 으쓱해 보였다.

"우리의 국력이 그만큼 커졌다는 뜻이지요. 안 그렇습니까? 우리 사장님은 특히 사원들의 복지를 최우선 목표로 생각하고 있습니다. 우리 회사 가족이면 누구든지 잘 살아야 한다고 특별히 강조하시는 분이십니다. 그런데 한국은 뭡니까. 얼마 전 티브이를 보니 큰 회사 회장님들께서 회사 돈을 빼돌렸다가 검찰에 불려가는 것을 봤습니다. 누가 벌어 준 돈입니까? 사원들이 피땀 흘려 번 돈이 아닙니까? 우리 회사는 절대로 그런 파렴치한 짓은 하지 않습니다. 며칠 전 본사에서 해외 현장에 근무할 사람을 속히 보내 달라는 이메일을 보내 왔습니다."

금테 안경은 민수영의 얼굴을 조심스럽게 살피더니 말을 이어 갔다.

"들으니 한국에는 힘이 들고 깨끗하지 못한 일은 외국 사람들이 하고 있다고 하던데 한심한 일이 아닙니까? 우리도 한때 독일에 간호사와 광부를 보내고 월남 파병이다 해서 외국에 나가서 달러를 벌어들인 전력이 있습니다만 그때 우리 형편은 입에 풀칠도 할 수 없는 가난한 나라였습니다. 그러나 지금은 어떻습니까. 선배들이 고생한 덕분에 반세기만에 세계 십위라는 경제 대국을 건설했습니다. 해방된 이래 지금처럼 호의호식하며 잘살아 본 적이 있습니까? 이 모든 것이 우리 선배님들의 피와 땀으로 이루어진 결실입니다. 지금 사람들은 일류 회사만 찾는데 일류 회사에 들어간다고 사람까지 일류가 됩니까?"

금테 안경의 음성이 점점 고조되었다.

"처음부터 일류 회사가 어디 있습니까? 일류 회사도 처음에는 다 힘들고 어려운 시기를 지나왔습니다. 고진감래(苦盡甘來)란 말이 왜 생겼습니까? 형씨 같이 신체 건강한 분이 아직도 실업자로 있다는 것은 국가적인 손해입니다. 이 사회가 뭔가 잘못 돌아가고 있다는 증거입니다. 사장님에게 특별히 말씀드려 잘 검토하도록 하겠습니다."

금테 안경의 말이 민수영의 가슴속에 송곳처럼 꽂히는 순간이었다. 민수영은 처음으로 자기를 알아주는 사람을 만난 것 같아 속이 후련했다.

"감사합니다."

"감사할 것 없습니다. 당연한 일을 할 뿐입니다. 우리 회사는 언제나 사람이 먼저입니다. 이메일로 연락을 보내드리겠습니다."

사무실을 나서는 민수영의 마음은 하늘을 날고 싶을 정도로 가벼웠다. 세상에 태어나서 좌절만 맛보며 살아왔는데 생전 처음으로 인생의 즐거움을 느낀 순간이었다. 그동안 취직에 실패할 때마다 자살 충동을 여러 번 느꼈는데 오늘은 길가에 서 있는 전신주에도 키스를 해주고 싶고 은행나무 가로수에도 키스를 해 주고 싶고 달리는 자동차에도 키스를 해주고 싶은 강한 충동을 느꼈다. 세상이 너무 아름답게만 보였다. 자살하려고 한강에 나갔다가 강물이 너무 깊어 보여 포기한 적도 있고, 물고기에게 살이 뜯기면 얼마나 아플까 해서 자살을 포기한 적도 있었다. 이제 희망이라는 작은 씨앗을 보고 나니 한강 물에 키스를 해 주고 싶었다.

며칠 후 합격되었다는 이메일이 도착했다. 금요일 사무실에 와서 회사 지시 사항을 듣고 다음 주 월요일부터 출근하라는 내용이었다. 민수영은 모든 고난의 시간이 마감되고 희망찬 새날이 다가오고 있다고 생각했다.

금요일이 돌아왔다. 백 명이 넘는 신입 사원들이 비좁은 사무실 복도를 가득 메웠다. 하나같이 희망에 넘치는 얼굴이었다. 오전 열 시, 이윽고 금테 안경이 나타나더니 일장 훈시를 시작했다. 목소리는 그 어느 때보다도 힘이 넘쳤다.

"존경하는 신입 사원 여러분! 우리 회사에 입사한 것을 진심으로 환영하는 바입니다. 오늘 여러분을 이렇게 대하고 보니 우리 회사의 앞날이 더욱 창창하다는 사실을 깨닫게 되었습니다. 사장님께서 오늘 이 기쁜 자리에 참석하셔서 여러분의 입사를 환영해야 하지만 사정이 생겨 그러지 못한 점을 몹시 애석하게 생각하며 제가 사장님을 대신해서 사과의 말씀을 드리는 바이올시다. 우리 회사로 말할 것 같으면 세계적인 건설 회사로써…"

금테 안경은 장황하게 회사 설명을 늘어놓은 다음 주위를 조심스럽게 살폈다. 금테 안경의 인사말이 끝날 때마다 여기저기서 박수가 터졌다. 박수 소리를 들은 금테 안경의 목에 점점 심줄이 굵어지며 힘이 들어갔다.

"에… 끝으로 몇 가지 당부의 말씀과 함께 양해의 말씀도 아울러 드리고자 합니다. 이 점에 대해서 참으로 죄송스럽고 안타깝게 생각하는 바이올시다."

신입 사원들의 얼굴이 자못 긴장했다. 시선은 일제히 금테 안경의 입을 주시했다.

"우리 회사는 해외 근무자들에게 유니폼을 입도록 하고 있습니다. 처음부터 옷값은 회사에서 부담하는 것이 원칙이지만 우선 여러분들이 먼저 자비로 옷을 만들어 입은 후 첫 월급과 함께 옷값을 지불하도록 되어 있습니다. 에… 또 한 가지…"

금테 안경은 말을 멈추고 신입 사원들의 표정을 살폈다. 잠시 주위가 웅성웅성 하더니 다시 조용해졌다. 금테 안경은 동요가 없음을 확인하고 안도하는 듯 헛기침을 몇 번 토했다. 눈에서 다시 광채가 번득였다. 그리고 차분하게 하던 말을 이어 갔다.

"에, 작업 현장에 도착하기까지 교통비도 본인이 부담해야 합니다. 저는 이 문제의 부당성을 본사에 지적한 바 있습니다만 이사회에서 결정한 사항이라 당장 고칠 수 없다면서 앞으로 반드시 시정하겠다는 약속을 받아 냈습니다. 그래도 문제가 있다고 생각하시는 분은 지금 손을 들어 주시기 바랍니다. 합격을 취소해 드리겠습니다."

여기저기서 웅성거렸으나 곧 잠잠해졌다. 다들 모처럼만에 찾아온 기회를 놓치고 싶지 않았는지 손을 드는 사람이 없었다. 금테 안경의 얼굴에 서서히 긴장감이 소멸되더니 알 수 없는 미소가 스쳤다.

"좋습니다. 손을 드는 사람이 없는 걸 보니 모두 찬성하는 뜻으로 받아들이겠습니다. 따라서 모두 합격되었습니다. 옷은 최고급 원단을 사용하고 있어 비싼 편입니다. 항공료와 옷값을 포함해서 도합 삼백만 원을 경리부에 이달 말까지 입금하셔야 합니다. 돈을 완납하신 분에게는 합격증을 발부해 드리고 있습니다. 앞으로 일주일밖에 남지 않았습니다. 유니폼은 돈을 완납하신 분에 한해서 동대문 상가에 있는 가나다 의상실에 가셔서 맞추시기 바랍니다. 가실 때는 반드시 회사에서 발행한 합격증을 소지해야 합니다. 약속한 날짜에 돈을 완납하지 않으면 불합격으로 처리하겠습니다. 그러면 지금부터 궁금한 사항을 질문 받도록 하겠습니다."

질문하는 사람이 없었다.

"좋습니다. 합격된 것을 축하드립니다. 모든 수속을 끝내신 분은 다음 주부터 출근하시기 바랍니다."

금테 안경은 어깨를 한번 으쓱하고 사무실로 들어가 버렸다. 민수영은 다음날 아파트를 장만하기 위해 붓고 있는 적금을 깨서 삼백만 원을 사무실 경리 직원에게 지불하고 합격증을 받았다. 집은 직장만 구하면 얼마든지 장만할 수 있다고 생각했다. 경리 직원은 합격증을 주면서 동대문 시장에 있는 가나다 의상실에 가서 유니폼을 맞추라고 말했다. 그날 가나다 의상실은 아침부터 태평주식회사 신입 사원들로 북적거렸다. 줄자를 들고 설쳐대던 콧수염의 사내가 민수영을 향해 다가와 줄자로 민수영의 몸을 이리저리 재더니 이틀 후 가봉하러 오라고 말했다. 가나다 의상실 벽에는 하나같이 현란한 의상을 걸치고 패션쇼에 선 모델들의 사진이 걸려 있었다. 민수영은 가벼운 마음으로 가나다 의상실을 나섰다.

그리고 월요일, 민수영은 회사 유니폼을 입고 아침 일찍 사무실로 출근했다. 신입 사원들이 사무실 앞 비좁은 복도에 가득 모여 웅성거렸다. 하나같이 분노로 일그러진 표정이었다. 눈에 살기가 번득였다. 누구든지 걸리기만 하면 잡아먹고 말 것 같은 험상궂은 얼굴들이었다. 대체 간밤에 사무실에서 무슨 일이 벌어진 것일까. 그때 스포츠형 머리의 사내가 불끈 쥔 두 주먹을 하늘 높이 치켜올리더니 목청껏 소리쳤다.

"도둑놈을 잡아서 콩밥을 먹입시다!"

"안 됩니다! 붙잡으면 아예 우리가 박살을 내버립시다!"

입에 담지 못할 험악한 소리가 쏟아져 나왔다. 태평주식회사 사무실도 난장판이 되었다. 집기들은 성한 것이 하나도 없었다. 부서지고 깨지고, 민수영은 어리둥절한 모습으로 스포츠형 머리를 지켜보았다. 그는 입에 허연 거품을 물고 실성한 사람처럼 설쳐댔다. 대체 사무실에서 무슨 일이 일어났기에 이 야단들인가. 민수영은 어리둥절해 옆 사람에게 물어보았다.

"무슨 일이오?"

"당신도 신입 사원이쇼?"

"그렇소만."

"날랐소."

"뭐가 날라요?"

"당신은 대한민국 말도 모릅니까? 돈을 가지고 튀었단 말이오."

"누가요?"

"허, 딱한 양반이시구먼. 금테 안경이지 누구겠소."

순간 민수영은 눈앞이 깜깜해졌다. 자기 귀를 의심했다. 믿을 수 없었다. 주택 적금까지 깨서 어렵게 마련한 돈인데 그 돈을 가지고 금테 안경이 튀었다니 말도 되지 않았다. 금테 안경의 부드럽고 선량하게 미소 짓던 얼굴이 떠올랐다. 그럴 사람이 아니라고 몇 번이고 부정해 보지만 눈앞에 벌어지고 있는 현실을 보며 가슴이 무너져 내렸다. 사무실에 남아 있는 몇 개의 집기마저 이들의 손에 박살이 나고 말았다. 세상에서 가장 선량한 체, 가장 정직한 체, 가장 잘난 체하던 금테 안경이 가장 추악한 사기꾼이었다니 믿을 수 없었다.

스포츠형 머리가 소리쳤다.

"대책을 강구합시다!"

"좋은 수라도 있다는 거요?"

"없으니 지금부터라도 대책을 세우자는 거지요. 자, 흥분하지 말고 침착해 주시오."

스포츠형 머리는 흥분한 사람들을 진정시키려고 애를 썼다. 소란스럽던 분위기가 잠시 조용해졌다.

"건물 주인부터 잡아와 족칩시다. 건물 주인은 뭔가 알고 있을 것 아닙니까? 어쩌면 한패일지도 모르고…"

"맞습니다."

"족치면 뭔가 불겠지요."

잠시 후 건물 주인이 사내들에게 멱살이 잡힌 채 끌려왔다. 점퍼 차림의 건물 주인은 그때까지도 무슨 영문인지 몰라 어리둥절한 표정이었다. 체구는 작지만 당차 보이는 인물이었다. 흥분 때문인지 얼굴이 벌겋게 상기돼 있었다.

스포츠형 머리는 마치 건물 주인이 범인이라도 되는 듯이 윽박질렀다.

"당신도 한패지!"

"뭐가 한패여?"

그때까지도 건물 주인은 사건 전말을 알지 못하는 것 같았다.

"우리 돈 내 놔!"

"뜬금없이 무슨 돈을 내놓으라는 거야. 미친 것 아냐!"

"시침 떼지 마! 그런다고 속을 것 같아."

"이것들이 사람을 어떻게 보고! 생사람 잡네."

밑도 끝도 없이 도둑으로 몰아세우자 건물 주인은 어이가 없는지 눈을 뒤집었다.

"자세하게 말해야 알아들을 것 아냐. 한패는 뭐고 돈은 또 뭐야?"

"닭 잡아먹고 오리발 내밀지 마, 그런다고 우리가 속아 넘어갈 줄 알고."

"머리통에 쥐가 나려고 하니까 자세하게 설명해 보라니까."

잠시 후 사건의 내용을 간파한 건물 주인은 눈에 불을 켰다. 도저히 참을 수 없다는 듯 두 주먹을 불끈 쥐었다.

"씨바 자식들이네. 내가 봉으로 보이냐? 도둑을 잡으려면 제대로 잡아야지. 무고한 백성을 도둑으로 몰면 무슨 죄가 되는지 몰라서 그래? 빨리 보내 줘, 지금 내가 돌아버릴 것 같으니까. 나 특전 용사 출신이여. 너희 몇 놈쯤은 단박에 가루로 만들 수 있지만 인생이 불쌍해서 참는 거여. 나쁜 시키들!"

특전 용사 출신이라는 말에 스포츠형 머리가 주춤했다. 군대에 갔다 온 사람치고 모르는 사람이 없을 만큼 특전 용사는 용맹스러운 군인이다. 그러나 스포츠형 머리뿐만 아니라 다른 사람들도 돈 때문에 쉽게 포기할 수 없었다.

"금테 안경과 고스톱 친 게 아니란 말이오?"

스포츠형 머리는 아까보다 순한 말투에 존댓말까지 사용했다.

"내 말을 알아듣지 못하는 모양인데, 내가 도둑놈하고 고스톱이나 칠 한가한 놈으로 보여? 병신 같이 사기나 당하는 주제에 누구 앞에서 까불어!"

건물 주인이 눈을 부릅뜨자 스포츠형 머리가 슬그머니 꼬리를 내리고 말았다. 무슨 일을 당할지 몰라 조심하는 눈치였다. 사내들은 건물 주인으로부터 더 이상 기대할 수 없다는 사실을 알고 보내 줄 수밖에 없었다. 건물 주인이 돌아가자 모두 맥이 빠진 듯했다. 낙담해 있을 때 누군가 소리쳤다.

"동대문으로 갑시다!"

"거긴 왜?"

동대문에는 유니폼을 만들어 준 가나다 의상실이 있다.

"어쩌면 그놈이 범인과 한패일지도 모릅니다. 콧수염의 사내가 어쩐지 양아치처럼 생겼던데 아무래도 그날 수상한 점이 많았습니다."

"맞습니다. 그놈이 수상합니다."

사내들은 두 주먹을 불끈 쥐고 동대문 시장으로 우루루 몰려갔다. 회사 유니폼을 만들어 주었기 때문에 쉽게 발을 뺄 수 없을 거라는 확신을 가졌다. 가나다 의상실에 도착한 사내들은 무조건 콧수염의 사내 멱살을 틀어쥐고 윽박질렀다. 돈 때문에 눈에 뵈는 게 없었다.

"너도 한패지!"

콧수염의 사내는 영문을 모르는 듯 눈을 휘둥그렇게 떴다.

"씨바 새끼들이 어디서 나타난 깡패들이여! 나도 왕년에 종로 갈쿠리 형 밑에서 놀던 놈이여. 개과천선하여 마음잡고 업무에 매진하고 있는데 한판 붙자는 거여 뭐여. 우리야 돈만 주면 살인범이라도 옷을 만들어 달라면 만들어 주는 것이 고객에 대한 예의여. 헛소리 집어치우고 꺼져, 병신 새끼들. 어디서 사기 당하고 와서 누구에게 생떼여."

결국 이곳에서도 이번 사건과 관련되었다는 증거를 찾지 못했다. 모두 내리쬐는 폭염과 실망 때문에 지쳐 기진맥진하여 있을 때 이번에는 점퍼 차림의 사내가 금방 생각이 떠오른 듯 소리쳤다.

"삼양동으로 갑시다!"

"거긴 또 왜?"

모두 시큰둥한 표정으로 점퍼 사내를 바라보았다. 두 번이나 실패하자 지친 얼굴이었다.

"금테 안경 어머니가 살고 있는 집을 알고 있소."

"왜 이제야 그 말을 하는 거요?"

"이제 막 생각이 떠올랐기 때문이오. 행방을 감추기 전에 빨리 갑시다!"

"갑시다!"

사내들은 꺼져가는 잿더미 속에서 작은 불씨라도 발견한 듯 우르르 삼양동 언덕을 향해 숨이 가쁘게 치달았다. 이번에야말로 반드시 금테 안경을 잡을 수 있을 거라고 확신했다. 모두 주먹을 불끈 쥐고 두 눈에 불을 켰다. 언덕을 올라가는 길목에 아파트 공사가 한창이었다. 앞서 달려가던 점퍼 사내가 허름하고 낡은 건물 앞에서 걸음을 멈추었다. 바람벽 여기저기 빗물이 샌 흔적이 보이는 귀중중한 건물이었다. 주위에는 이미 고층 아파트가 하늘을 찌르고 있었다. 이 집만은 외딴 섬처럼 개발구역에서 제외되어 딱정벌레처럼 땅에 누워 있다. 여덟 살 정도의 남자아이가 대문 밖에서 장난감 총으로 사격 연습에 열중하고 있었다.

땅땅땅…!

아이는 달려오는 사내들을 향해 총을 쏘았다.

"너 이 집에 사냐?"

"네."

"아빠 계시냐?"

"없는데요."

"아버지가 박달수냐?"

"박 자, 달 자, 수 자는 맞는데요. 누구세요?"

"아버지 친구다."

"아버지는 친구가 없대요."

그때 문이 벌컥 열리며 주름투성이의 얼굴 하나가 문밖으로 고개를 불쑥 내밀었다. 팔십 중반을 넘어 보이는 백발 할머니였다. 얼굴에는 칡넝쿨 같은 주름살이 겹겹이 그어져 있었다. 할머니는 일행을 잠시 훑어보더니 못 마땅한 표정으로 질문했다.

"뉘시우?"

"물어볼 것이 있어 왔습니다."

"물어보시우."

"박달수 집이 맞습니까?"

"내 아들이지."

"집에 있소?"

"없지."

"집에 있다는 연락을 받고 왔소."

"이 늙은이의 말을 못 믿겠다는 거야?"

할머니의 얼굴이 금세 일그러졌다.

"어디 갔습니까?"

사내들은 할머니를 의심하는 눈으로 바라보았다. 할머니는 아들을 방안에 꼭꼭 숨겨 놓고 시침을 떼고 있을 거라고 생각했다.

"물어볼 것을 물어봐야지. 두 발 달린 짐승이 어디로 갔는지 내가 어떻게 알아."

"거짓말 하면 혼이 나요, 할머니."

"그 놈이 집을 나간 지 벌써 몇 개월 되었어."

"그럼 방을 좀 봐도 되겠소?"

점퍼 사내의 말에 할머니의 얼굴이 벌겋게 상기되었다. 못마땅하다는 표정이었다.

"경찰이시우?"

"아니오."

"그럼 무슨 권한으로 남의 집을 뒤지겠다는 거야!"

할머니 얼굴에 주름이 꿈틀거리며 쌀쌀한 표정으로 점퍼 사내를 노려보았다. 점퍼 사내는 어쩔 수 없이 그동안에 일어났던 일을 사실대로 말해 주었다. 이야기를 다 듣고 난 할머니의 얼굴 표정이 다시 일그러졌다.

"그러니까 한마디로 내 아들이 사기꾼이라는 거 아냐. 증거가 있어?"

점퍼 사내가 머뭇거리자 할머니는 불쾌한 듯,

"경찰을 부를까?"

점퍼 사내가 말을 못하고 머뭇거리다 입을 닫고 말았다. 결국 여기서도 허탕이었다. 다들 제풀에 지쳐 힘없이 돌아서 나오는데,

"땅땅땅."

아이가 점퍼 사내의 등 뒤에 대고 총을 발사했다. 일행은 멋쩍게 아이에게 손을 흔들어 준 후 힘없이 삼양동 언덕길을 내려왔다. 금테 안경은 땅속으로 꺼졌는지 하늘로 솟았는지 어디에서도 흔적을 찾을 수 없었다. 세상은 점점 더 복잡하고 살기 힘들게 변해가고 있었다. 비가 오려는지 하늘이 얼굴을 찌푸렸다.

푸른 보리밭

해는 져서 어두운데 찾아오는 사람 없어
밝은 달만 쳐다보니 눈물만 흐른다

박정자의 노래가 우렁우렁 산골에 퍼져 간다. 수미산 아래 넓은 평지에는 봄 가뭄을 이기고 보리가 파랗게 자라고 있다. 냇둑을 따라 걷는 박정자는 산들거리는 봄바람이 볼을 스치자 기분이 한층 좋아졌다. 그때 수미산 정상으로 둥근 달이 떠오른다. 박정자의 노랫소리가 정막을 깨고 산골에 퍼지자 숲속에 잠을 자려고 둥지를 찾았던 새가 놀라 푸드득 날아간다. 어느새 쟁반같이 둥근 달이 별들과 함께 냇물에 내려와 목욕하고 있다. 노래가 끝나자 박정자는 아버지의 얼굴이 그리워 눈에 눈물이 핑 돌았다.

아버지가 돌아가신지 엊그제 같은데 벌써 삼 개월이 되었다. 박정자는 수미산 아래 덕산 마을이 좋아 아버지가 계시던 고향땅에서 오래 살기로 마음먹었다. 여름이면 산허리로 감도는 물안개, 여름이면 키보다 더 크게 자란 옥수수가 바람에 일렁이는 모습, 가을이면 산골짜기마다 붉게 타오르는 단풍, 친구가 되어 주는 냇가에 메기, 이 모두 고향을 떠날 수 없게 하는 박정자의 친구들이다. 박정자는 집에 도착해 방문을 열었다. 혼자 기다리고 있을 줄 알았던 어머니가 송달호 아저씨와 함께 있었다. 박정자의 얼굴이 붉어졌다. 송달호 아저씨가 왜 어머니와 함께 있는 것일까. 어머니는 수미여자중학교 이 학년인 박정자가 학교에서 일찍 오리라는 것을 예상하지 못한 듯 한마디 했다.

"오늘은 어째서 학교에서 공부도 하지 않고 일찍 온 거야?"

전 같으면 다 큰 여자가 늦게 다닌다며 야단쳤을 텐데 오늘은 딴소리를 했다.

"우리 엄마 맞아?"

"어미에게 대들기라도 하겠다는 거냐?"

"아저씨는 왜 우리 집에 와 있어?"

"너는 몰라도 된다."

"엄마…"

"여러 소리 말고 밖에서 놀다 와라."

박정자는 집에서 쫓겨났다. 송달호 아저씨는 오년 전 아내와 이혼한 후 혼자 살고 있다가 일 년 전 쑥고개 솔 다방 민 마담과 동거한다는 소문이 마을에 파다하게 퍼졌다. 그러나 두 사람은 얼마 못가 금전 문제로 대판 싸움을 한 후 헤어졌다는 것이다. 이런 사건이 있은 후 마을 사람들은 송달호 아저씨의 품행을 좋지 않게 보고 있었다. 그런 송달호 아저씨가 이번에는 무슨 마음을 먹고 어머니와 함께 있는지 박정자는 불길하기 짝이 없었다. 금방이라도 집에 무슨 일이 벌어 질 것만 같은 나쁜 예감이 들었다.

덕산 마을 앞에는 큰 개울이 있어 사시사철 맑은 물이 흐르고 있다. 개울가 양쪽에는 미루나무가 줄을 서 있어 여름이면 바람이 불 때마다 나뭇잎 부딪치는 소리가 쏴르르르 들려왔다. 박정자는 냇둑을 따라 걸으면서 마음이 무거웠다. 아버지가 살아계실 때는 이 세상에 아버지밖에 없다고 입버릇처럼 말씀하시던 어머니가 아버지가 돌아가시자마자 기다렸다는 듯이 송달호 아저씨를 집으로 불러들인 것은 지금도 믿기지 않았다.

며칠 후 박정자는 어머니에게 따졌다.

"아버지가 불쌍하지도 않으세요?"

"나는 너의 아버지에게 그동안 꼼짝 못하고 살았다."

"아버지밖에 없다던 말씀은 다 거짓이었어요?"

"그때는 그랬지, 지금은 달라졌다."

"어떻게 달라졌는데요?"

"너도 알다시피 요즘은 여자가 기 펴고 사는 세상이다. 남은 인생을 나도 기 좀 펴고 살고 싶다."

박정자는 어머니의 마음이 변했다고 생각했다. 오늘 같은 날 박정자는 평소처럼 냇둑을 따라 걸어도 노래를 부르고 싶은 생각이 없어졌다. 언제나 변함없이 졸졸 소리 내며 흐르는 시냇물, 여름이면 냇

둑에 가득 피어 있는 달맞이꽃, 봄이면 하얗게 피어나는 버들강아
지, 개구리 소리, 모래무지, 지저귀는 새들이 자신의 유일한 친구가
되어 주었는데, 오늘은 아무리 친숙한 물소리, 새소리를 들어도 한
없이 외롭기만 했다.

잠시 후 수미산에 떠오르는 쟁반 같은 둥근 달을 보자 눈에 눈물이
글썽거렸다. 무심코 시냇물을 들여다보던 박정자가 깜짝 놀랐다. 별
들이 우수수 쏟아져 내린 사이로 아버지의 얼굴이 보였다. 아버지는
박정자를 보자 예전처럼 반갑게 웃어 주었다. 순간 바람이 뒤따라와
심술을 부리듯 시냇물을 흔들어 놓았다. 그러자 아버지의 얼굴이 슬
그머니 물속으로 사라졌다.

"아버지!"

박정자는 가만히 아버지를 불러보았다. 눈에 이슬방울이 달빛에
반짝거렸다. 그날 목격한 어머니 이야기를 아버지에게 들려주고 싶
었지만 참았다. 아버지가 이야기를 들으면 더 슬퍼할지도 모른다고
생각했다.

박정자 아버지 박달수도 한때는 수만 평의 땅을 소유하고 있는 덕
산 마을에서도 손꼽히는 땅 부자였다. 아랫마을 팽달자와 결혼해서
박정자를 낳고 행복하게 살고 있었다. 그런 아버지에게 불행이 닥친
것은 초등학교 동창생 민기식을 만난 후부터였다. 어느 날 어둑어둑
해가 서산에 넘어갈 무렵 민기식이 양주 한 병을 들고 나타났다.

"박달수 있는가?"

"뉘시오?"

박달수가 궁금해 문을 열어 보니 민기식이 저만치 감나무 아래에서 웃으며 서 있었다. 박달수는 오랜만에 만나는 얼굴인데다 정장을 하고 있어 처음에는 누군지 선뜻 알아보지 못하다가 잠시 후 민기식임을 알고 반가워했다. 읍내에 나간 후 몇 해 동안 소식이 없더니 대체 무슨 바람이 불어 저녁 시간에 이곳까지 찾아온 것인지 궁금했다.

"자네가 나를 다 찾고, 내일은 해가 서쪽에서 뜨겠구먼."

"이 사람아, 친구가 친구 찾아왔는데 못 올 곳에라도 왔다는 것처럼 들리네."

"그런 것이 아니라 하도 소식이 없다가 불쑥 찾아왔기에 하는 소리네. 읍내에서도 자네가 오래전에 바람처럼 사라졌다고 하더구먼."

"허, 내가 귀신이라도 된다는 건가? 바람처럼 사라지게. 오늘은 자네와 둘이서 술이나 한잔 할까 하고 찾아왔네."

"어서 들어오시게."

민기식이 방으로 들어오더니 박달수의 아내 팽달자에게 인사를 건넸다.

"제수씨도 그동안 별 일 없으셨지요?"

"저야 늘 그렇지요. 한동안 소식이 없어 모두 궁금해 했는데…"

"내가 고향을 놔두고 어디로 가겠습니까? 오늘은 제수씨도 보고 친구도 만나고, 마침 좋은 술이 생겨서 겸사겸사 찾아왔습니다. 안주 좀 부탁드립니다."

"그러지요."

박달수는 민기식이 아내를 제수씨, 제수씨 하자 못마땅한 듯 눈을 흘겼다. 제 놈이 언제부터 아내와 가깝게 지냈다고 저러나 싶어 괘씸

한 생각이 들었지만 술 한 잔 마실 생각을 하니 그리 기분 나쁘게 받아들일 것도 아니었다. 아내는 썩 기분이 좋은 듯 주방으로 가더니 금세 술상을 봐 왔다.

"제수씨도 앉으시지요."

"두 분이 드셔요."

박달수 아내 팽달자는 술상만 봐주고 저만치 물러나 앉았다. 두 사람은 초등학교 때부터 짝꿍이어서 막역한 사이였다. 민기식도 처음에는 대학 졸업 후 취직이 어려워지자 아버지를 따라 농사를 지었다. 그러나 민기식은 처음부터 농사일이 싫었다. 해마다 봄이면 밭에 뿌리는 계분(닭똥) 냄새가 죽기보다 싫었다. 이후 민기식은 아버지가 돌아가시자마자 기다렸다는 듯이 농토를 모두 처분하여 읍내에 나가 장사를 시작했지만 일 년도 안 되어 돈을 몽땅 털어먹고 행방을 감추고 말았다. 그 후 민기식은 한동안 소식이 묘연했다. 몇 해 동안 읍내에서도 마을에서도 민기식을 보았다는 사람은 없었다. 마을 사람들은 돈을 털어먹고 창피해 자취를 감춘 모양이라고 생각했다. 그렇게 소식이 없던 민기식이 오늘 박달수 앞에 불쑥 나타난 것이다. 그것도 양주 한 병을 들고 개선장군처럼.

박달수도 처음에는 의아스럽게 생각했다. 재산을 몽땅 털어먹은 사람치고 얼굴이 고생한 사람같이 않았기 때문이다. 술을 마시는 동안 민기식은 뭔가 할 말이 있는 표정이지만 박달수에게 술만 권할 뿐 좀체 입을 열지 않았다. 잠시 후 두 사람이 어지간히 취하자 박달수가 재촉했다.

"그간 자네 어디에 있었는가?"

"서울에 갔었네."

"거긴 왜?"

"왜긴 왠가. 나도 먹고 살아야지."

"그래, 살 구멍은 찾은 건가?"

"그렇다네."

민기식이 술잔을 들고 건배를 하자며 잔을 부딪쳤다.

"말해 보시게. 이유 없이 날 찾아올 리 없을 테고, 무슨 일인가?"

민기식이 벙긋 웃었다.

"역시 자네는 눈치 한번 빠르구먼."

"척 보면 삼천리지. 소식도 없던 자네가 오랜만에 나타났으니 하는 소리일세."

"천천히 술이나 들며 이야기하세. 자네에게 좋은 정보를 줄까 해서 찾아왔네."

"내게 무슨 정보?"

"우리 사이에 정보라면 돈 버는 정보지 뭐가 있겠는가."

"허, 그려."

"그렇다네."

박달수는 너무 궁금했지만 꾹 참고 한참 동안 술을 마시며 기다렸다. 얼마나 마셨을까, 민기식이 딸딸하게 술에 취하더니 요즘은 아무리 농사를 지어 봤자 수지가 맞지 않는 세상이라며 입을 열었다. 앞으로는 외국 농산물이 밀물처럼 쏟아져 들어와 농촌이 고사(枯死)하게 될 거라며 박달수를 쳐다보았다. 그때까지 건성으로 듣던 박달수도 슬슬 관심을 보이기 시작했다. 그러잖아도 이미 시장에는 이름도 생소한 외국산 농산물이 가득했다. 박달수가 귀를 쫑긋거리자 민기식은 더욱 신이 나서 떠들어댔다. 아무리 땀을 흘려도 수지맞지 않는 농사는 하루 빨리 걷어치우는 것이 돈 버는 길이라며 바람을 넣었다.

"허, 사람 참, 농사를 짓지 말라는 이야기 같은데. 나야말로 농사밖에 모르는 놈인데 농토를 정리하면 뾰족한 수가 있나?"

"있다네."

"그려?"

"그러니 빨리 살길을 찾아야지…"

민기식은 돈을 벌려면 하루 빨리 다른 길을 택해야 살 수 있다고 강조했다. 박달수는 민기식의 말이 아주 허튼 수작으로 들리지 않았다. 요즘 농촌은 젊은 사람들이 도시로 다 빠져나가고 노인들만 남아 있다. 농사일을 기계가 한다고는 하지만 그래도 사람의 손이 필요한 곳이 한두 가지가 아니다. 하지만 비싼 임금을 주어도 일손을 구하지 못하는 것이 요즘 농촌의 현실이다. 그러니 농번기에는 애를 태울 수밖에 없다. 농사를 천직으로 알고 있는 박달수도 이럴 때는 당장 농사일을 때려치우고 시내로 나가고 싶은 욕망이 굴뚝같이 치밀었다. 그때마다 이래서는 안 된다고 마음을 고쳐먹곤 했는데 민기식의 이야기를 듣자 가슴이 콩닥거리기 시작했다.

"하기는 나도 하루에 몇 번 씩 농사를 때려 치고 싶으이."

"그럴 테지."

"하지만 방법을 모르니."

"딱도 하시구면."

민기식은 충분히 그 마음을 이해한다는 듯이 맞장구를 치며 술잔을 비웠다. 박달수는 해마다 농사를 집어치우겠다고 벼르지만 지금까지 농사일을 때려치우지 못했다. 농사철만 돌아오면 언제 그런 생각을 했더냐 싶게 트랙터를 끌고 논밭으로 향했다.

박달수가 궁금한 듯이 물었다.

"틀림없이 쉽게 돈을 벌 수 있는 방법이 있단 말인가?"

"그러니 내가 정보를 주겠다는 거 아닌가. 요즘 같은 세상에 눈만 크게 뜨면 방법은 널려 있네."

"듣자 하니 농사를 짓던 사람들이 읍내로 나갔다가 사기 당해 신세 망쳤다는 이야기가 많던데."

"사람을 잘못 만난 탓이지. 그렇다면 자네는 이 민기식이 사기꾼으로 보이는가. 설사 그렇다고 해도 자네같이 똑똑한 사람이 호락호락 나 같은 사기꾼에게 당할 사람인가. 어림도 없지. 나는 다만 자네가 힘든 농사를 때려 치고 직업을 바꿔보라고 권하는 것뿐일세. 선택은 자네가 하게. 근데 이것만 분명히 알아두게. 인생은 백년도 안 된다는 사실 말일세. 전에 어떤 스님께서 본래무일물(本來無一物)이라 했다네. 처음부터 내 것은 하나도 없다는 말이지. 죽을 때는 다 놓고 빈 몸으로 간다 이 말일세. 짧은 인생을 좀 더 멋지게 살다가 가야지. 그렇지 않나? 생각을 어서 바꾸게."

은근슬쩍 민기식은 문자까지 써 가며 박달수를 추켜세웠다. 하지만 박달수는 그동안 해 오던 농사일을 당장 그만둔다는 게 쉽지 않은 모양이었다.

"나야 이제껏 땅이나 파먹던 놈일세. 뭐 아는 게 있어야 장사라도 할 것 아닌가."

하고 박달수가 말하자,

"그러니 머리를 써야지. 자네는 똑똑하니까 내가 땅 짚고 헤엄치는 방법을 알려 주겠네."

박달수는 힘들이지 않고 돈을 벌 수 있는 방법만 있다면 어떤 미친 놈이 이렇게 힘든 농사일에 매달리겠느냐며 지금이라도 방법만 있다면 당장 때려치우겠다고 했다.

"그럼 당장 해 보세."

박달수의 마음이 움직이기 시작했다.

"잘 생각했네. 하지만 세상은 그렇게 호락호락하지 않다네. 그러기 위해서는 우선 교육부터 받아야 하네. 모든 일은 순서라는 게 있네. 내일 읍내로 나오시게."

"나는 공부라면 머리가 아픈 사람일세."

"자네는 그냥 앉아 있기만 하면 되네."

"그런 공부도 있다는 건가?"

"내가 선생님에게 미리 말을 잘해 놓겠다는 거지."

"그렇게 해 보세."

박달수는 농사를 짓지 않고도 부자가 될 수 있다는 말에 다음날 당장 양복을 좍 뽑아 입고 집을 나섰다. 신혼 때 해 입었던 옷이다. 명절 때만 입는 귀한 옷인데 오늘은 그 옷을 입고 구두에 때 빼고 광내며 집을 나서자 아내는 시샘이 나는지 읍내에 여자라도 감추어 두었느냐고 따졌다. 그러자 박달수는 어깨를 으쓱해 보이며,

"이 사람아, 농담도 가려서 하시게. 이제 좀 있으면 자네도 이런 시골구석에서 땅이나 파는 신세를 면하게 해 주겠네,"

하고 한껏 폼을 낸 후 거들먹거리며 집을 나섰다.

　박달수는 읍내에 도착해 민기식이 알려준 교육장으로 찾아갔다. 과연 듣던 대로 덕성빌딩 오 층에 사무실이 있었다. 정장을 쫙 뽑아 입은 청년들이 분주하게 움직이는 모습이 보였다. 그들은 하나같이 손에 서류 봉투 하나씩을 들고 있었다. 모두 부자가 되는 교육을 받으러 온 사람들이었다. 교육을 받고 나오는 사람들의 얼굴이 벌겋게 충혈되어 금세 금맥이라도 잡은 듯이 보였다. 박달수는 그날 교육을 받으면서 뭐가 뭔지 하나도 알아들을 수 없었다. 선생님의 입에서 나오는 말들은 생소한 단어들뿐이었다. 며칠 교육을 받기는 했지만 내용은 머리에 하나도 남아 있지 않았다. 박달수는 수업 시간 내내 하품만 하다가 끝냈으니 그럴 수밖에 없었다. 다른 사람들은 교육장에서 선생님의 이야기를 듣고는 금세 떼 부자가 된 듯 흥분했다. 며칠 후 박달수는 그곳이 다단계 판매 회사라는 사실을 알게 되었다.
　“나같이 무식한 놈도 그런 어려운 일을 할 수 있겠는가. 그런 일은 날고 기는 놈도 일하기 힘들다던데.”
　하고 박달수가 의문을 제기하자 민기식은 무슨 소리를 하느냐며 자네야말로 이 일에 적격자라고 추켜세웠다.
　“자네는 이 일에 탁월한 능력이 있는 사람일세.”
　“내가 그렇게 똑똑하게 보인단 말이지?”
　“그렇다네, 동창이라는 게 뭔가. 이럴 때 서로 돕고 사는 것일세. 요즘은 줄만 있으면 얼마든지 출세하는 세상일세. 학연이니, 지연이니 하는 것들이 다 뭔가. 백이 있어야 산다는 뜻이 아닌가.”

민기식은 자기가 마치 큰 백이라도 되는 듯이 어깨를 으쓱였다.

"허허허, 하기는 그려. 자네가 아니라면 이런 일이 있는지조차 알 수 없었겠지."

"그렇게 알아주니 고맙네."

교육이 끝나자 민기식은 사무실에 근사한 책상과 회전의자를 하나 내 주며 박달수에게 앉으라고 권했다. 그날부터 박달수는 정장을 하고 책상 앞에 앉아 있으려니 농사꾼에게는 여간 곤욕이 아니었다. 민기식이 자네 같은 인재는 책상에 가만히 앉아 있기만 하면 돈이 된다네, 하고 바람을 넣는 바람에 시키는 대로 하고 있긴 하지만 답답해서 가슴속에서 천불이 날 지경이었다. 그래도 무더운 여름 내내 햇볕을 쬐며 흙과 씨름하는 것에 비하면 이런 일은 신선놀음이나 마찬가지였다. 회사원이라는 사람들은 하나같이 정장을 번지르르하게 뽑아 입고 다니지만 하는 일은 별로 없는 것 같았다. 매일 같이 무엇이 그렇게 바쁜지 서류 봉투 하나씩을 들고 이쪽에서 저쪽으로 우르르 몰려다니며 웅성댈 뿐 일하는 것은 하나도 없었다. 그들은 매일 아침 사무실을 우르르 나갔다 여섯시만 되면 다시 우르르 사무실로 돌아왔다. 박달수는 맥없이 이들을 바라보며 하품만 하고 있으려니 따분하기도 하고 다리에 쥐까지 났다.

다음날 점심때가 되자 민기식이 나타나 밥 먹으러 가자는 것이었다.

"오늘 점심이나 같이 하세."

"그러지 뭐."

듣던 중 제일 반가운 소리였다. 박달수는 할 일이 없어 하품만 하던 처지에 잘 되었다고 생각했다.

"점심도 비즈니스네."

"그럴 테지."

박달수는 교육을 받을 때 신물이 나도록 들은 말이어서 고개를 끄덕였다.

"허허, 자네도 이제 우리 회사 사원이 다 되어 가는구먼."

"나야 자네에 비하면 아직 멀었네."

"그거야 그렇지."

민기식은 은근히 어깨에 힘을 주며 무엇이 그리 좋은지 연신 킬킬거렸다. 이들이 찾아간 곳은 가정집 같은 음식점이었다. 방에 들어가자 한복을 잘 차려 입은 예쁜 마담이 이들을 향해 허리를 반쯤 꺾어 인사를 했다. 두 사람이 자리에 앉자 떡 벌어진 밥상이 들어왔다. 박달수는 지금까지 한 번도 구경하지 못한 산해진미가 가득했다.

박달수는 민기식을 바라보며 물었다.

"자네 매일 이런 점심을 먹는가?"

그러자 민기식은 한껏 거드름을 피우며,

"이 사람아, 이까짓 거 가지고 뭘 놀래나. 잘하면 금으로 지은 밥도 구경시켜 주겠네. 그러니 자네는 내 말만 잘 들으시게. 허허허."

"그럼세."

잠시 후 젖가슴이 살짝 보이는 예쁜 옷을 입은 아가씨가 나와 반찬을 한 가지씩 젓가락에 집어 입 속에 쏙쏙 넣어 주니 임금님 밥상도 부럽지 않았다. 박달수는 밥 먹는 내내 입이 귀밑에 걸렸다. 오십 평생 세상을 살았지만 이렇게 째지는 기분은 처음이었다. 살을 비비고

사는 여편네에게도 아직 이런 대접은 받아본 적이 없었다. 세상에 이렇게 좋은 곳이 있다니 자기는 그동안 우물 안에 개구리처럼 살았다는 생각이 들었다. 지금까지 죽어라 일만 하며 산 것이 억울하기 짝이 없었다.

민기식이 한마디 했다.

"앞으로는 내 말을 잘 듣게."

"알겠네. 자네가 죽으라면 죽겠네."

"허허허, 그렇게까지 뭐."

그날 민기식은 지갑을 열고 오만 원짜리 지폐 한 장을 꺼내더니 여자의 가슴에 쿡 찔러 주었다. 그러자 여자가 허리를 반이나 꺾으며 또 오라며 요염하게 웃었다. 박달수는 사무실로 돌아오며 마치 구름 위를 걷는 기분이었다. 세상에 이런 별천지가 다 있구나 하는 생각이 들었다. 다음에는 또 어떤 곳이 기다리고 있을지 궁금해졌다. 그동안 박달수는 돈을 벌기만 했지 쓸 줄은 전혀 몰랐다.

다음날 박달수가 출근하자 민기식이 기다리고 있었다는 듯 여러 직원들에게 박달수를 소개했다.

"새로 부임하신 전무님이시니 각별하게 대해 주시기 바라네."

"네."

여기저기서 박수가 터졌다. 박달수는 하루아침에 금나리 주식회사 전무가 되었다. 박달수는 뭐가 어떻게 돌아가는지 알 수 없으나 감투라는 것을 처음 쓰고 보니 세상이 달라져 보였다. 모두 전무님, 전무님 하고 고개를 숙이자 박달수는 별천지에 온 기분이 들어 거드름까지 피웠다. 세상에 태어나서 죽어라 땅만 파던 몸이 이렇게 인간 대접을 받아보기는 처음이었다. 그래도 농사꾼의 천성은 어디로 가지 않는 모양인지 잠이 들면 눈앞에 보리가 자란 파란 밭고랑이 어른거려 괜한 짓을 하고 있는 것은 아닌가 하는 의문이 들었다. 그러나 이미 모든 것은 쏟아진 물이었다. 자신도 모르는 사이 돌아갈 수 없을 만큼 멀리 와버렸다.

며칠 후 민기식은 박달수에게 지방 출장을 가자며 번쩍거리는 고급 승용차에 타라고 했다. 외제 승용차였다. 여러 지방을 다니게 되는 출장이라며 며칠 걸릴지 모른다는 것이다. 박달수는 전국에 산재한 영업점 순찰이라는 얘기에 기분이 좋았다. 막상 이곳저곳 출장을 다녀보니 말이 영업점 순찰이지 전국으로 돌아다니며 구경이나 하고 맛 집을 찾아다니며 호화판 음식을 먹는 것이 고작이었다.

"이것도 일인가?"

박달수가 의문이 들어 물으면 민기식은 웃으며,

"맛있는 음식을 먹으면서 구경하는 것도 일 중에 하나일세."

하는 것이었다.

"허, 별난 일도 다 있구먼."

그러면서 박달수는 출장이라는 것도 별 것이 아니구나 하고 생각했다. 며칠 동안 지방을 돌며 신선놀음을 하니 마치 귀신에 홀린 기분이었다. 가는 곳마다 선녀 같은 여자들이 줄을 서서 기다렸다. 밤이면 나이트클럽에 갔다. 그곳에는 인형 같은 여자들이 수두룩했다. 외국에서 온 무희들이 날씬한 몸을 한곳만 겨우 가린 채 너울너울 춤

을 줄 때는 박달수도 애간장이 다 녹았다. 저런 날씬한 여자와 하룻
밤만 자 봤으면 평생소원이 없겠다고 생각했다. 박달수는 몰래 자기
살을 꼬집어 봤지만 분명 꿈은 아니었다. 예쁜 아가씨들을 보자 이제
그까짓 흙냄새가 푹푹 나는 찌그러진 마누라는 생각도 나지 않았다.

"이렇게 놀고도 돈이 생긴다는 건가?"
"그렇다네. 자네는 아무 걱정 마시게."
"정말 좋은 세상이구먼."
"돈만 있으면 여기가 천국일세."
"그렇구먼."

민기식이 이렇게 매번 술을 푸짐하게 사더니 하루는 벙글거리며 넌
지시 말했다.
"자네 땅을 처분해 회사에 투자하게. 소득도 없는 땅을 많이 가져
봐야 아무 소용없네. 그까짓 이자도 나오지 않는 땅을 아무리 많이
가지고 있으면 뭐하는가. 재물이란 굴려야 눈덩이처럼 커지는 법일
세. 잠긴 물이 썩는다는 진리도 모르는가. 돈을 벌면서 이런 곳에서
신선놀음이나 하며 한평생 멋지게 사는 거지."
하고 달콤한 이야기를 했다.
"그야 그렇지만."
"그러니 자네도 나처럼 묶여 있는 재산을 굴려 보시게."
"그럴까."
"암, 그게 돈 버는 좋은 방법일세."

박달수는 민기식의 이야기를 듣자 금세 귀가 솔깃했다. 지금까지 민기식이 떵떵거리며 사는 모습을 두 눈으로 확인하자 자기는 우물 안에 개구리였음을 발견했다. 그까짓 땅덩어리 수만 평이 있어도 돈이 생기지 않으니 있으나 마나한 물건이었다. 농사를 지어도 힘만 들고 수입은 점점 줄어들었다. 그럴 바에야 차라리 이런 곳에 투자해서 큰돈을 번다면 더할 나위 없었다. 이쪽 일을 잘 모른다고 해도 민기식이 하는데 나라고 왜 못하랴 하는 자신감도 생겼다. 누구는 뱃속에서 돈 버는 법을 배워가지고 나왔겠느냐며 힘들이지 않고 큰돈 버는 것은 식은 죽 먹기일 것 같았다. 한번 해 볼만 한 일이라고 결론을 내렸다.

"놀면서 돈만 생긴다면 까짓 한번 해 보지 뭐."

"잘 생각했네."

박달수 아내는 요즘 남편이 수상하게만 보였다. 한동안 읍내 출입이 잦더니 허파에 바람이라도 들었는지 집에 와서 밤낮없이 거울을 보며 실실거리다 외출할 때는 양복을 쫙 뽑아 입고 거울 앞에서 요리조리 모양을 내며 신이 났다. 신발은 파리가 앉으면 미끄러져 곤두박질 칠 정도로 윤이 나게 닦았다. 아내가 무슨 좋은 일이라도 생긴 모양이라고 하자 박달수는 실실 웃기만 하고 확실한 이야기를 해 주지 않았다.

"내가 모르는 좋은 일이 생긴 모양이구먼."

"자네는 굿이나 보고 떡이나 드시게."

"내가 남인가?"

"남자가 하는 일에 여자가 꼬치꼬치 따지지 말게. 앞으로 우리도 손에 흙을 묻히지 않고 떵떵거리며 살 때가 올 걸세."

박달수가 꿈같은 이야기만 늘어놓자 아내는 어이가 없는지 피식 웃었다.

"누울 자리보고 발을 뻗으라는 옛말이 있어. 괜히 헛꿈 꾸지 마."

"이놈의 여편네가 재수 없게."

"땅치고 후회하는 일 하지 말라는 경고야."

"사람을 뭘로 보고."

"내가 아무리 살펴봐도 당신은 하늘이 내린 농사꾼이야. 읍내에서 다른 짓하다가 쫄딱 망한 사람이 한두 사람이야!"

"나는 그들과 다르네."

"어떻게 다른데?"

"두고 보면 알 테지."

박달수는 그날로 조상 무덤이 있는 선산(先山) 하나만 남겨 놓고 땅을 다 처분하여 회사에 투자했다. 민기식은 처음 몇 개월은 남은 이문이라면서 꽤 많은 돈을 꼬박꼬박 박달수 통장에 입금했다. 회사에서 파는 물건이라는 것이 국적도 알 수 없는 화장품 몇 가지뿐이었다. 하지만 박달수는 통장으로 돈이 꼬박꼬박 들어오자 돈 버는 것을 땅 짚고 헤엄치는 것으로 생각했다. 이렇게 쉽게 돈을 버는 방법이 있는데 여태 힘들게 일을 한 것이 억울하게 생각되었다. 얼마 후 민기식이 이번에는 물건을 받아야 하는데 전무님의 담보 서류가 필요하다며 집 등기와 인감을 떼 달라고 했다. 그동안의 신용으로 보아 믿을 수 있다고 판단한 박달수는 아무 의심 없이 서류를 해 주었다. 그로부터 몇 개월 후 집안에 난데없이 건장한 청년들이 들이닥치더니 물건마다 붉은 딱지를 붙였다. 무슨 일이냐고 박달수가 항의하자 민기식이 몇 개월 전 집을 담보로 돈을 대출해 갔는데 기한 내 갚지 않아 압류한다는 것이었다. 박달수는 절대 그럴 리가 없다고 말했지만 소용이 없었다. 눈이 뒤집힌 박달수가 당장 회사에 쫓아가 보니 며칠 동안 출장을 다녀온다던 민기식은 아직도 돌아오지 않았다. 어디에 있는지 행방까지 묘연했다. 사무실에 있는 집기들도 감쪽같이 사라지고 깨끗하게 정리된 상태였다.

"이런 쳐 죽일 놈! 친구까지 등쳐먹다니…"

박달수는 그제야 민기식에게 사기 당한 사실을 알고 땅을 쳤지만 모든 것은 엎질러진 물이었다. 그날로 빚쟁이들이 벌떼처럼 몰려와 박달수에게 당신이 전무니 돈을 갚으라고 윽박질렀다. 자기는 모르는 일이라고 아무리 발뺌해도 소용이 없었다. 전무가 모르면 누가 아느냐며 멱살을 잡았다. 이게 다 그놈과 짜고 친 고스톱이 아니냐며 거세게 몰아칠 때는 박달수도 미칠 지경이었다. 어떤 변명도 그들에게 통하지 않았다. 확인해 보니 민기식은 그동안 유령 회사를 차려 놓고 박달수를 앞세워 은행 융자는 물론 많은 사람들로부터 보증금 조로 돈을 긁어모은 뒤 도주했다는 것이었다. 박달수도 감쪽같이 친구에게 농락당했다. 조상으로부터 물려받은 천금 같은 땅을 한입에 홀랑 털어먹었으니 속이 까맣게 타들어 갔다. 붙잡히기만 하면 갈아 마시고 싶지만 민기식은 땅속으로 꺼졌는지 하늘로 솟았는지 잡히지 않았다. 경찰서에 신고한 박달수는 언제 올지 모를 연락을 기다리며 가슴에서 열불이 치밀었다.

그로부터 몇 개월 후, 경찰서에서 범인을 체포했다는 연락이 와서 달려가 보니 민기식은 이미 알거지 신세였다. 박달수를 보자 미안한 기색도 없이 비실비실 웃기까지 하며 돈은 유흥비로 몽땅 날려버렸으니 자네가 하고 싶은 대로 처리하라는 것이었다. 목이라도 베고 싶으면 베라고 했다.

　"아, 이 사람아, 그 돈이 어떤 돈인데…"

　"돈이란 돌고 도는 법일세."

　여전히 입만 살아 있었다.

　"이 뻔뻔한 자식아, 그것도 말이라고 하는 거야!"

　박달수가 화를 내도 민기식은 미안한 기색도 없이 유들유들했다. 자네도 그 돈으로 잠시나마 호화판 생활을 함께 하지 않았느냐며 오히려 큰소리쳤다. 박달수는 미칠 것만 같았다. 온몸이 부들부들 떨렸다.

　"자네도 사람인가?"

　하고 원망했지만 민기식은 뻔뻔스럽게도,

　"나도 정직하게 살아보려고 무던히 노력했지. 하지만 세상이 그렇지 않더구먼. 도둑질한 놈들은 떵떵거리며 잘살고 선량한 놈들은 깡통 차고, 이게 세상인심일세."

　하는 것이었다.

　"남은 똥줄이 타는데 그걸 말이라고 해, 이 나쁜 자식아."

　"나를 원망하지 말고 세상을 원망하게."

　이야기를 들은 아내는 금세라도 금덩어리라도 캐 올 듯이 설쳐대더니 꼴좋게 되었다며 고소해 하는 눈치였다. 이놈의 여편네가 서방이

시궁창에 빠졌으면 건질 생각을 해야지 오히려 좋아서 박수를 치다니 요망한 것. 하지만 박달수는 조상으로부터 물려받은 땅을 아내와 한마디 상의도 없이 홀랑 털어먹었으니 아내에게 욕을 먹을 만도 했다. 박달수는 아내가 무슨 소리를 해도 할 말이 없었다. 결국 박달수는 울화병이 도져 술로만 살다가 나중에 뼈대만 남더니 꽃비가 내리던 날 하늘나라로 가버리고 말았다.

송달호는 박정자 어머니 팽달자와 동거를 하면서 시간이 가자 서서히 본색을 나타내기 시작했다. 송달호는 술만 마시면 팽달자에게 폭력을 행사하며 돈이 있으면 다 내놓으라고 윽박질렀다. 팽달자는 시달리다 못해 꿍쳐놓은 돈을 주면 며칠 사이 몽땅 유흥비로 날려버리고 또 돈을 요구했다. 송달호가 무슨 도술을 부리는지 그때마다 팽달자는 고양이 앞에 쥐처럼 꼼짝 못하고 돈을 만들어 주었다. 집안은 점점 지옥으로 변했다. 하루는 팽달자가 송달호에게 잘 보이려고 그러는지 박정자를 방으로 불러들이더니,

"아버지라고 불러라."

하고 강요했다. 박정자는 어이가 없어 어머니의 얼굴만 바라보았다. 지금까지 한 번도 송달호가 아버지라고 생각해 본 적이 없었다. 그날 송달호는 방안 한쪽에서 담배만 퍽퍽 피우며 박정자를 노려보았다.

"싫습니다."

박정자가 단박에 거절했다. 그러자 송달호가 불쾌하다는 듯,

"왜 내가 네 애비가 되는 게 싫으냐?"

하고 다그쳤다.

"네."

"어째서?"

"전 아버지가 있어요."

"죽은 아버지 말이냐?"

"네."

"죽은 사람이 너를 돌볼 수 있다고 생각하냐? 너를 책임지고 대학까지 보내고 시집보낼 사람은 나밖에 없다."

"그래도 싫습니다."

그러자 송달호는 못마땅한 듯 담배 연기만 퍽퍽 내뿜더니 방에서 나가버렸다. 이 소문을 들은 동네 사람들은 박정자 어머니가 사내에게 미치더니 딸에게까지 못할 짓을 한다며 사람으로 보지 않았다. 하루는 마을 사람들이 시장에 있는 호박 나이트에서 송달호가 젊은 여자와 춤을 추는 것을 목격했다며 제 버릇 개 주겠느냐고 박정자에게 몸조심하라고 당부했다.

"요즘 남자는 늙은이고 젊은이고 다 늑대여. 몸조심해라."

"설마요."

"설마가 사람 잡는다는 말도 있다."

박정자는 의붓아버지도 부모인데 나쁜 짓이야 하겠느냐고 철석같이 믿었다.

며칠 후 비가 추적추적 내리는 날이었다. 송달호는 팽달자와 돈 때문에 한바탕 말다툼을 하더니 결국 팽달자는 내가 돈 찍어내는 기계냐며 말다툼을 한 후 집을 나가버렸다. 그날 해가 저물어도 팽달자는 집으로 돌아오지 않았다. 송달호는 팽달자의 행방을 몰라 애를 태우는데 밤이 되어서 팽달자로부터 전화가 걸려왔다. 오늘 친정집에서 자고 갈 테니 혼자 있어 보라는 것이었다. 송달호는 약이 올라 오늘 집에 들어오지 않으면 무슨 일이 일어날지 자기도 장담할 수 없다고 엄포를 놓자 팽달자는 마음대로 하라며 전화를 끊어버렸다. 송달호는 씩씩거리다 집을 뛰쳐나가더니 밤이 늦은 시각에 술에 취해 돌아왔다. 송달호는 술 취한 눈으로 한참 동안 박정자를 노려보더니,

"너도 나이가 그만하면 알 건 다 알아야 한다. 오늘 가르쳐 주마."

하고 달려드는 것이었다. 박정자는 깜짝 놀라 뒤로 물러서며 소리쳤다.

"경찰을 부를 거예요!"

"그러면 너뿐만 아니라 네 어미도 죽어! 살려면 순순히 내 말을 듣는 게 좋아."

송달호가 늑대로 변하여 박정자의 몸을 낚아채려는 순간, 박정자가 자리에서 벌떡 일어나 문을 박차고 밖으로 뛰어나갔다. 술이 취한 송달호도 자리에서 비실비실 일어나더니 다 잡은 병아리를 놓진 독수리 눈을 하고 뒤를 쫓았다. 박정자가 냇둑을 따라 정신없이 뛰었다. 박정자의 치마가 바람에 펄럭거렸다. 송달호가 쫓아오며 애걸복걸했다.

"제발 거기 좀 서라! 안 잡아먹는다니까."

송달호가 아무리 뒤를 쫓아가도 두 사람의 사이는 점점 더 멀어졌다. 멀리서 개 짖는 소리가 컹컹 울렸다. 시냇물에 보석 같은 별들이 우수수 쏟아져 내리는 밤이었다.

꿈 이야기

    백주봉이 앞서 거들먹거리며 걸어가고 그 뒤를 박삼순이 종종걸음으로 따라갔다. 큰길가에는 노란 개나리꽃이 수줍은 듯 배시시 입을 벌리고 있다. 초롱마을에도 봄이 찾아왔다. 봄바람이 불자 백주봉을 따라가는 박삼순의 마음도 싱숭생숭했다. 백주봉의 아버지 백 회장님을 만나러 가는 길이었다. 언덕길을 오르는 박삼순의 얼굴이 땀으로 범벅이었다. 앞서가던 백주봉이 큰 교회가 있는 골목길로 접어들었다. 길옆에 서 있는 은행나무 한 그루가 밑동에 껍질이 벗겨진 채 몸통에 수액 주사를 맞고 있다. 박삼순은 그 모습을 보는 순간 가슴이 울컥했다. 자기는 아이를 갖고도 링거 주사 한 방 맞지 못했는데 수액 주사를 맞고 있는 은행나무를 보자 부러운 생각이 들었다. 박삼순은 '네 팔자가 나보다 낫구나.' 하고 중얼거리며 불룩한 배를 쓰다듬어 보았다. 그때 뱃속 아이가 발길질을 하는 듯 꿈틀했다. 길가에는 카페 '들꽃'과 '파리 빵집'이 형제처럼 나란히 붙어 있었다. 달콤한

빵 냄새가 박삼순의 코를 자극했다. 백주봉은 모른 체 그냥 지나쳤다. 박삼순은 군침을 꿀꺽 삼키며 잠시 서서 얼굴 위로 흘러내리는 땀을 손으로 쓱 문질렀다. 다시 종종걸음으로 백주봉의 뒤를 쫓아갔다. 앞서 가던 백주봉이 작고 허름한 기와집 앞에서 걸음을 멈추었다.

"이 집일세."

하고 박삼순을 향해 비죽 웃었다. 박삼순은 어이가 없는지 멍하니 백주봉을 바라보며 한마디 건넸다.

"아버님이 회장님이라면서유?"

"그랬지."

"간 떨어지게 농담 그만해유. 회장님이라는 분이 겨우 코딱지 같은 이런 집에서 살아유?"

"그놈의 코딱지는 크기도 하구먼."

집이 낡아서 금세 무너질 것 같이 허술하기 짝이 없었다. 이 기와집 한 채가 달랑 회장님 댁이라니 박삼순은 어이가 없었다. 순간 백주봉이 자기를 얕보고 사기 치려는 것은 아닌가 하고 의심이 들었다. 집은 바람벽 여기저기에 금이 간 곳도 있었다. 빗물이 흘러내린 흔적도 보이고 수리한 흔적도 보였다. 이런 낡고 헐어 빠진 집이 회장님 댁이라니 믿을 수 없었다.

"참말 회장님 댁이 맞아유?"

"맞네."

"참말이어유?"

"그렇다니까."

몇 번이나 확인해도 돌아오는 백주봉의 대답은 한가지였다.

"거짓말 말아유."

"자네는 세상을 속고만 살았는가."

"믿을 수 없어서요."

"믿으시게."

순간 박삼순은 어이가 없어 가슴이 꽉 막혔다. 박삼순이 상상하고 있는 회장님 댁과는 거리가 너무 멀기 때문이었다. 적어도 회장님 댁이라고 하면 대지 몇 천 평에 으리으리한 저택과 기본적으로 골프 연습장, 수영장 정도는 갖추어져 있어야 하고 식구들마다 자가용 한 대씩은 있을 거라고 믿었다. 하지만 이 코딱지 같은 낡은 기와집 한 채가 달랑 회장님 댁이라니 어이가 없었다. 백주봉에게 감쪽같이 속은 것 같았다.

"참말로 회장님 댁이 맞아유?"

"그렇다네. 우리 회장님께서는 부정 축재를 모르는 정직한 분이시네. 옛날 같으면 청백리상을 받으실 분이시지."

"황희 정승이라도 환생하셨다는 거유?"

"그렇다네."

"황희 정승께서 어쩌다 이런 볼품없는 댁에 환생하여 고생을 하신대유. 기가 차네유,"

박삼순이 아무래도 속은 것 같아,

"가겠어유."

하자 백주봉은 어이가 없는지 빙긋 웃더니,

"이 사람아, 누구 승낙을 받고 간다는 거야. 갈려면 그 뱃속에 아이는 끄집어 내놓고 가야지. 그 아이의 임자는 바로 날세. 아이만 두고 가면 자네는 잡지 않을 걸세. 하지만 어디 가서 어느 놈하고 붙어서 잘살 수 있는지 두고 볼 거야. 그렇게 되면 그때는 연놈의 모가지를 닭 모가지처럼 비틀어 단칼에 쳐 죽일 걸세. 이 백주봉 님께서 성질나면 무서운 놈이라는 거 확실하게 보여 줄 거야. 그러니 내 아이가 뱃속에서 자라는 한 자네는 어느 놈하고도 붙어서는 안 된다는 거지."

협박이었다.

"순 날강도 같은…"

"날강도는 내가 아니라 자넬세."

"어째서유?"

"회장님 댁 며느리가 되어 호의호식을 누려보려고 한 것은 자네 꿍꿍이속 아니었나. 내가 틀린 말 했는가?"

"어머, 저 구렁이. 그럼 내 속을 다 알고 있으면서…"

박삼순은 가슴속에 품고 있는 비밀을 들키기라도 한 듯 얼굴을 붉혔다. 백주봉은 박삼순의 마음속을 훤하게 꿰뚫어 보고 있었다. 박삼순도 이왕 이렇게 된 바에야 더 숨길 필요가 없다고 생각하고 감추고 있던 속내를 털어놓았다.

"그건 그래유. 회장님 댁 며느리가 되어 호의호식 한번 해 보려고 했던 것은 사실이어유. 하지만 그 꿈이 개꿈이 되고 말았네유."

"걱정 말게. 내가 팔자 늘어지게 호강시켜 줄 테니까."

"무슨 재주로?"

"두고 보면 알 걸세."

박삼순은 자기 발등을 자기가 찍은 꼴이니 이제 와서 어쩌겠는가. 기가 막혀 자리에 털썩 주저앉고 말았다. 지난 일들이 주마등처럼 스치고 지나갔다.

백주봉을 처음 만난 곳은 청계천 포장마차에서였다. 박삼순은 시골에서 상경하여 가족들을 먹여 살리느라 나이 서른다섯이 넘도록 연애는 꿈도 꾸지 못했다. 회사에서 월급을 받으면 생활비만 제하고 꼬박꼬박 부모님에게 송금해 주었다. 그러던 어느 날, 박삼순은 사무실 부근에 있는 단골 포장마차를 찾게 되었다. 배가 출출해 국수라도 한 그릇 말아먹기 위해서였다. 마침 퇴근 시간이어서 포장마차는 손님들로 만원이었다. 남자 손님들은 닭똥집에 소주 한 잔씩 걸치면서 하루 종일 몸에 달라붙은 피곤을 털어냈다.

택배 회사에서 배달 일을 하는 백주봉도 포장마차 단골손님이었다. 그날 백주봉은 포장마차에서 닭똥집을 시켜놓고 소주를 마시고 있는데 박삼순이 옆에 앉았다. 백주봉은 박삼순의 얼굴을 흘깃 보자마자 그래, 이 여자가 나의 배필이야. 하고 점을 찍은 후 소주잔을 박삼순에게 내밀었다.

"한잔 하쇼."

"지는 술을 못해유."

박삼순이 손사래를 쳤다.

"물은 마실 줄 아쇼?"

"물을 마시지 못하는 바보 같은 사람이 어디 있대유."

하자 백주봉은 빙긋 웃으며,

"그렇다면 술도 마실 수 있소."

"그래도 전 못 해유."

"누군 뱃속에서 술 마시는 법을 배워가지고 태어났소?"

하자 박삼순은 마지못해,

"그럼 잔만 받겠어유."

"그러쇼."

박삼순은 더 거절 못하고 잔을 받아 국수 그릇 옆에 놓았다. 아무리 기다려도 박삼순이 잔을 넘겨줄 생각을 하지 않자 백주봉이 윽박질렀다.

"술잔을 받았으면 잔을 돌려주는 게 주법이요."

"별난 주법도 다 있네유."

"내가 만든 주법이오."

박삼순은 어쩔 수 없이 술잔을 백주봉에게 건네주었다.

"잔을 주었으면 술도 따라야지."

"제가유?"

"그럼 여기 누가 또 있소?"

박삼순은 마지못해 잔에 술을 따라 주었다. 백주봉은 흐뭇한 표정을 지었다. 술을 거듭 몇 잔 마신 백주봉은 알딸딸하게 취기가 오르자 자기 집 자랑을 늘어놓았다. 아버지께서는 회장님이시고 자기는 회장님의 재산을 상속받을 유일한 외아들이라고 큰소리쳤다. 술을 마시고 하는 말이라 허황되게 들리지만 아버지가 회장님이라는 말 한마디에 박삼순의 눈이 둥그렇게 떠졌다. 회장님이라면 자기 같이 말단 사원은 감히 쳐다볼 수조차 없는 하늘같은 분이시다. 그런 하늘을 시아버지로 모시고 산다면 평생 마나님 소리를 들어가면서 호의호식하며 살 수 있겠지 하는 생각에 박삼순은 가슴이 콩콩 뛰었다. 백주봉에 대한 의문점이 아주 없는 것은 아니었다. 집안이 좋고 돈이 많은 회장님의 자제분이 무엇 때문에 힘이 엄청나게 소요되는 택배 회사 배달 일을 하는지 알 수 없었다. 배달 일은 책상 앞에서 컴퓨터로 하는 일과 달리 육체로 일하는 막노동이나 다름없다. 박삼순이 물었다.

"부자 도령님께서 어째서 객지에 나와 이런 고생을 한대유?"

"우리 속담에 어렸을 때 고생은 사서도 한다는 이야기가 있소. 크게 될 사람은 어떤 어려운 일도 경험해야 한다는 뜻이오. 택배일 만큼 세상 구경하기 좋은 직업도 없소. 택배 일은 앞으로 큰 회사를 이끌어갈 수 있는 힘을 축적하게 하는 자리요. 나는 앞으로 지금보다 더 힘든 일도 할 수 있소."

"부럽네유."

"눈물의 빵을 먹어 본 자만이 세상 돌아가는 이치를 안다고 했소."

"무슨 이야긴지 알겠어유."

박삼순은 그때부터 백주봉에게 잘 보이려고 노력했다. 백주봉은 이런 박삼순의 눈치를 조심스럽게 살피며 한술 더 떠 장차 회장으로서 나아갈 방향과 회장 부인이 될 사람의 덕목을 열거하는 등 자신의 원대한 포부까지 밝혔다. 박삼순은 귀가 점점 솔깃해졌다. 어떻게 들으면 허황한 것도 같으면서 또 어떻게 들으면 요즘 젊은 사람들과 확연하게 다르다는 생각이 들어 박삼순은 백주봉을 우러러보게 되었다.

포장마차에는 여러 종류의 직업을 가진 사람들이 모이는 곳이다. 사람들은 닭다리 안주에 소주잔을 입에 털어 넣으며 회사에 대해 불만들을 먼지 털 듯 털어내고 있었다. 불황이 지속되자 월급이 지불

되지 않을까 걱정하는 사람, 몇 개월 째 월급을 타지 못해 아내의 바가지가 두려워 집에 들어가기 무섭다고 실토하는 사람, 자식의 학비를 걱정하는 사람, 월세 방값을 못 내 걱정하는 사람 등 제각각 가슴에 담고 있는 불만을 실타래처럼 풀어냈다. 어떤 사람은 박삼순을 술안주로 생각하는 모양인지 박삼순의 얼굴을 흘낏 본 후 소주잔을 홀짝 비우는 사람도 있었다. 이를 본 백주봉은 살벌한 분위기를 감지한 듯 자리에서 일어났다. 다 잡아놓은 생선을 고양이에게 빼앗기는 봉변을 당할지 모른다는 위기감 때문이었다. 박삼순도 눈치 챈 듯 따라 일어났다.

"가시게유?"

"바람이라도 쐬고 싶소."

"같이 가유."

"그러지."

두 사람은 청계천을 따라 걸었다.

"자고로 여자는 남자를 잘 만나야 팔자를 펴는 법이오. 누구를 사랑해 본 적이 있소?"

그러자 박삼순이 얼굴을 붉혔다. 지금까지 연애를 못해 봤기 때문이다.

"없어유."

"허, 그렇다면 내가 첫사랑이 될지도 모르겠군."

"높은 댁 자제분께서 저같이 미천한 여자를 사랑할 수 있어유?"

"모르는 소리 마쇼. 사랑에는 국경이 없다고 했소. 이 도령께서 성춘향이를 사랑할 때 출신 성분을 따지는 거 봤소?"

"그렇기는 하네유."

"요즘 같이 밝은 세상에 출신 성분을 따지는 사람이 있으면 오히려 그 사람이 이상하지. 누구나 다 대통령의 부인도 될 수 있고, 누구나 다 군수님의 부인도 될 수 있고, 누구나 다 판사님의 부인도 될 수 있는 세상이오. 본인 하기에 달렸소."

백주봉은 한마디 던져 놓고 박삼순의 눈치를 살폈다. 자기가 쳐 놓은 그물에 순진한 잉어 한 마리가 걸려들었다고 확신했다. 다 잡은 잉어를 회 쳐 먹을 일만 남았다고 생각했다.

두 사람은 골목에 자리 잡고 있는 홍콩 반점으로 들어갔다. 백주봉은 수육에, 잡채에, 만두에, 배갈에 푸짐하게 음식을 시켰다. 백주봉은 오늘이 이 여자를 자기 여자로 만들 수 있는 처음이자 마지막 기회라고 생각했다. 음식이 나오자 백주봉은 먼저 배갈 한 잔을 비운 후 박삼순에게 잔을 내밀었다.

"한잔 하시오."

"못 한다고 했잖아유."

"요즘 같이 신경 쓸 일이 많은 세상에는 술 한 잔 하는 것도 좋소."

백주봉의 검은 속셈을 알 턱이 없는 박삼순은,

"그렇다면 한 잔 먹어야 하겠네유."

"허허허, 이제야 제정신이 돌아온 모양이구먼."

박삼순은 배갈 한 잔을 냉큼 입속에 털어 넣었다. 배갈이 어떤 술인가. 소주보다 두 배 독한 술이다. 불이 붙을 정도로 도수가 높은 술이지만 박삼순은 알 지 못해 배갈을 입에 털어 넣고 말았다. 순간 목구멍이 불타기 시작했다. 목구멍만 타는 것이 아니라 위장 속에서 장작불이 타오르는 것 같이 화끈거렸다.

"속에서 불이 나유."

"소방차를 불러올까요?"

"사람 죽겠는데 농담이 나와유?"

"내가 독약이라도 먹였을까 봐 그러쇼. 죽기는 왜 죽어."

"속에서 천불나니 그래유. 밖으로 나가유."

백주봉은 기다리고 있었던 듯 그 말이 떨어지기가 무섭게 자리에서 일어났다. 거리로 나온 두 사람은 네온불이 번쩍거리는 종로 거리를 몇 바퀴 돌아다니다 종로 삼가 뒷골목으로 접어들었다. 밤이 깊은 탓인지 뒷골목은 사람이 보이지 않아 음산하기 까지 했다. 뒷골목 깊숙하게 들어가자 쌍고동 모텔이 나타났다. 백주봉은 모텔을 보자 더 가지 못하겠다는 듯 걸음을 멈추었다.

"쉬어가는 게 좋겠소."

"모텔은 안 돼요."

"내가 잡아먹기라도 할까 봐?"

"남자는 늑대라면서유."

"나는 착한 늑대요."

"늑대면 늑대지, 착한 늑대가 또 어디 있대유."

"세상에는 나쁜 늑대만 있는 건 아니오. 착한 늑대도 있고, 착한 호랑이도 있고, 착한 사자도 있소."

박삼순은 백주봉의 음흉한 속셈을 어느 정도 짐작하고 있었지만 회장님의 며느리 자리를 쉽게 포기할 수 없어 백주봉의 의견을 따르기

로 결심했다. 회장님의 며느리만 될 수 있다면 사자 굴속이라도 들어
갈 수 있고 가난을 벗어날 수만 있다면 지옥이라도 마다하지 않고 따
라갈 용기가 있었다. 박삼순에게 가난은 이가 갈리도록 싫었다. 가
난 때문에 학교에도 진학하지 못했고, 가난 때문에 아버지를 큰 병원
에 모셔 보지도 못하고 저 세상으로 떠나보냈다. 박삼순은 가난이야
말로 죽음 같은 존재라고 생각했다. 그렇다고 냉큼 백주봉의 말을 듣
는다면 감추고 있는 마음이 노출될까 걱정이 되어 조심스럽게 접근
했다.

"늑대에게 잡아먹히면 구해 주셔유."

"두 말하면 잔소리요."

그때 모텔 종업원이 다가왔다. 백주봉이 모텔 종업원을 향해 눈을
찡긋해 보였다. 모텔 종업원은 무슨 뜻인지 금세 눈치 챈 듯 고개를
끄덕였다. 한두 번 해 본 솜씨가 아니었다. 백주봉이 심각한 표정을
지으며 모텔 종업원에게 물었다.

"방이 있소?"

하자 모텔 종업원이 박삼순을 향해,

"어쩌죠. 방은 하나밖에 없는데요."

백주봉의 신호가 먹힌 것이다.

"큰일인데… 이 밤중에 다른 곳으로 갈 수도 없고…"

백주봉이 박삼순의 눈치를 살피자 박삼순도 어쩔 수 없다는 듯이,

"마음대로 하셔유."

하고 못이기는 척 승낙했다. 그러자 백주봉이 어쩔 수 없다는 듯이
종업원을 향해,

"좋습니다. 그 방이라도 주쇼."

"알겠습니다."

모텔 종업원은 백주봉을 향해 빙긋 웃어 주고 두 사람을 이층으로 안내했다. 백주봉은 박삼순이 잠시 한눈을 파는 사이 만 원을 꺼내 모텔 종업원의 손에 쥐어 주었다. 모텔 종업원은 고개를 끄덕인 후 재미 많이 보슈, 속삭이듯이 말하고 가버렸다. 방으로 들어간 백주봉은 박삼순에게 침대에서 쉬라고 하고 자기는 욕실로 들어갔다. 방에는 칫솔, 일회용 면도기 말도고 콘돔까지 준비되어 있었다. 잠시 후 쏴―하고 몸에 물을 끼얹는 소리가 났다. 일부러 물을 세게 틀어놓은 것 같았다. 박삼순은 자리에 누워 자는 척 했지만 눈은 점점 더 말똥말똥해지며 별의별 생각이 다 들었다. 오늘 밤 백주봉이 가만히 있지 않을 거라는 생각이 들자 욕실 물소리가 점점 무서워졌다. 각오하고 따라 들어오기는 했지만 첫 경험이어서 두려운 마음이 앞섰다. 회장댁 며느리가 된다면 몸이 부서지는 아픔도 참을 수 있다고 각오했지만 막상 백주봉이 가까이 오면 어떻게 대처해야 할지 몰라 불안했다.

잠시 후 백주봉이 샤워를 끝내고 방으로 들어와 옆에 슬그머니 누웠다. 박삼순은 눈을 감고 일부러 자는 척 했지만 가슴이 벌렁거려 좀체 안정이 되지 않았다. 박삼순이 반응이 없자 백주봉은 안심이 되었는지 손이 슬그머니 가슴으로 파고들었다. 박삼순은 숨도 크게 쉬지 못했다. 거절하려고 해도 몸이 말을 듣지 않았다. 몸이 굳어버린 듯 했다. 백주봉의 손이 이번에는 아래쪽으로 슬금슬금 내려가더니 불두덩까지 접근했다. 박삼순은 더 참을 수 없어 백주봉의 손을 꼭 잡고 말았다.

"안 돼유."

"자지 않았소?"

"잠이 안 와유."

"남자가 처음이오?"

"네."

"요즘은 처녀가 아니면서도 처녀인 척하는 여자들이 많소."

"저를 막돼먹은 여자로 보지 마셔유,"

"그렇다면 내가 알아서 할 거요."

박삼순은 기회라도 잡은 듯,

"제가 회장님 댁 며느리가 되는 게 확실해유?"

"두말하면 잔소리요."

"그럼 마음대로 하셔유."

박삼순은 그날 보증수표도 받지 않고 꼭꼭 닫고 있던 순결의 문을 열어 주었다. 회장님 댁 며느리가 되기 위해서는 어떤 고통도 감수해야 한다고 생각했다. 두 사람은 날이 훤히 밝아서야 모텔을 빠져나왔다.

백주봉은 몇 개월이 지났는데도 결혼하자는 이야기가 없었다. 몸이 단 사람은 보증수표도 받지 않고 몸을 열어 준 박삼순이었다. 백주봉은 구렁이 담 넘어가듯 하루하루 넘기면서 자기 욕심만 채웠다. 한번 당한 박삼순은 두 번 세 번도 꼼짝없이 당할 수밖에 없었다. 오늘은 무슨 일이 있더라도 언제 결혼식을 올려 줄 건지 따지기로 마음

먹었다. 밤에 백주봉이 찾아왔다. 몸을 요구하자,

"언제 결혼식을 올려유?"

하고 다그치자 백주봉은 바쁠 것이 없다는 듯이 말했다.

"우리는 이심동체일세. 마음은 둘이지만 몸은 하나라는 거지. 식은 올리지 않아도 부부나 마찬가지라는 말일세."

"그래도 식은 올려야지유."

"누가 뭐라고 해도 자네는 어엿한 회장님 댁 며느리일세."

"그러면 혼인신고만이라도 해야지유."

"누가 회장님의 며느리 자리를 채 갈까봐 그러는 건가?"

"그래유."

"걱정 놓으시게."

아무리 사정해도 백주봉은 느긋하기만 했다. 봄이 가고, 여름이 가고, 가을이 가도 백주봉은 욕심만 채울 뿐 결혼식에 대해서는 여전히 오리무중이었다. 박삼순은 백주봉이 결혼식을 차일피일 미루는 것으로 보아 혹시 불순한 의도가 있지 않을까하는 의심을 품게 되었다. 회장님 아들 정도라면 여자가 줄을 서서 기다리고 있을 거라는 생각이 들자 마음이 점점 불안해졌다. 박삼순의 성화에 백주봉은 정 못 믿겠으면 돌아오는 가을에 하자고 말했다. 그렇게 약속한 가을이 두 번이나 지나갔지만 같은 소리만 되풀이했다.

"이번에는 참말이셔유?"

"그렇다니까. 그러니 어서 옷이나 벗게."

"쯧쯧, 남자들이란…"

"남자는 다 그런 거지."

하루는 박삼순이 아침 일찍 부엌에 나가 밥을 지으려다 밥 냄새를 맡고 속이 확 뒤집혔다. 어제 회사에서 닭고기를 먹은 것이 체한 것 같아 화장실에 들어가 손가락을 입 속에 밀어 넣고 일부러 토해냈지만 똥물까지 올라와도 시원하지 않았다. 한참 토하고 나서 이제는 괜찮거니 하고 화장실을 나와도 좀 있으면 속이 다시 거북해졌다.

박삼순이 닭고기를 싫어하는 데는 그만한 이유가 있다. 어렸을 때 아버지가 집에서 키우는 닭만 보면 저 놈은 내 술안주여, 라고 하더니 하루는 마당에서 모이를 먹는 닭을 붙잡아 모가지를 비틀어 도마 위에 올려놓고 칼로 목을 내려치는 것을 보았다. 자기가 모이를 주는 닭이 처참하게 죽는 것을 보자 온몸에 소름이 끼쳤다. 그 후 닭만 보면 그때 생각이 나 속이 메슥거리는 증상이 생겼다. 점심 때 회사에서 닭볶음탕이 나왔을 때 박삼순은 그때 생각이 나서 먹을까 말까 망설이다가 다리 한쪽을 먹었는데 그것이 목에 걸린 모양이었다. 시간이 가도 울렁증은 멈추지 않고 계속되었다.

"혹시…"

친구 남순이가 의심스러운 듯이,

"너 나 몰래 남자를 만나는 것 아녀?"

하고 박삼순의 눈치를 살피자 박삼순이 펄쩍 뛰었다.

"그런 소리 말어. 나는 남자 근처에도 못 가 본 사람이여."

박삼순은 백주봉을 떠올리면서 고개를 저었다.

"괜히 시침 떼지 마. 지금이라도 남자가 누군지 이실직고해 봐. 숨기면 괜히 일만 점점 커지는 거여."

"진짜로 남자 근처에도 못 가 본 사람이라니까.

얼마 안 가 한 달에 한 번씩 있어야 할 달거리가 없다는 사실을 알
게 되자 박삼순은 불안했던 마음이 차분하게 가라앉았다. 아이를 가
졌다면 천하에 바람둥이 백주봉도 어쩔 수 없이 자기를 안방마님으
로 받아드릴 수밖에 없으리라는 확신을 가지게 된 것이다. 산부인과
에 가서 확인해 보니 벌써 두 달째라는 것이었다. 박삼순은 이 기쁜
소식을 백주봉에게 당장 알리고 싶어 전화를 걸었다.

"저녁에 만나유."

"생각이라도 난다는 거야?"

"개 눈에는 똥만 보이고 바람둥이 눈에는 여자만 보인다더니 남자
마음에는 한 가지 생각밖에 없구먼유… 쯧."

"그럼 할 이야기가 뭔데?"

"저녁에 만나서 이야기해유."

"알겠네. 헛헛헛."

백주봉의 입이 귀밑에 걸렸다. 지금까지 사귀어도 박삼순이 자청
해서 만나자고 하는 경우는 거의 없었다. 항상 백주봉이 먼저 만나자
고 했다. 그때마다 박삼순은 톡톡거리면서도 어쩔 수 없이 만나 주었
는데 오늘은 무슨 바람이 불어 먼저 만나자고 하는지 백주봉은 밤이
은근히 기대되었다.

　

　백주봉은 퇴근 시간이 되어 쏜살같이 달려왔다. 자취방에 도착해
서 욕심부터 채우려고 달려들었으나 전에 없이 박삼순은 목에 힘까
지 넣으며 받아주지 않았다. 백주봉은 저녁에 음식이라도 잘못 먹은
것이 아닌가 하고 의심했다. 박삼순은 느긋한 표정으로 사람을 함부

로 대하지 말라고 경고까지 했다. 백주봉은 어이가 없어 비죽 웃었다. 박삼순은 한참 동안이나 뜸을 들이더니 아이를 가졌다고 어깨를 으쓱했다. 그러자 백주봉의 얼굴이 금세 환하게 밝아졌다.

"이게 꿈이여 생시여. 그렇다면 조심해야지."

백주봉은 굴뚝같이 치미는 욕심을 거둬들였다. 허벅지를 꼬집어보아도 아픈 것을 보니 정녕 꿈은 아니었다. 백주봉은 박삼순의 배를 이리저리 만져보며 좋아했다.

"혹시 나 몰래 딴 놈을 만난 건 아니겠지?"

백주봉이 기쁜 나머지 일부러 한번 찔러보자 박삼순이 펄쩍 뛰었다.

"벼락 맞을 소리 하지 말아유."

"허허허, 농담으로 해 본 소리네."

"그런 농담이 어디 있대유."

"알았네. 회장님께서 이 말을 들으면 뒤로 넘어지실 거야."

"왜유?"

"왜긴 왜야 좋아서지. 허허허허."

"정말이셔유?"

"이제 자네 팔자도 맘껏 펴게 생겼네."

박삼순의 마음은 벌써 회장님 댁 안방에 가 있는 듯 했다. 이제 오뉴월 개 팔자가 되는 것은 시간문제라고 생각했다. 지금까지 겪어 왔던 피눈물 나는 가난은 남의 일처럼 생각되었다. 회장님은 적어도 승용차 한 대와 아파트 한 채쯤은 자기 앞으로 사 줄 거라고 믿었다. 아파트를 사 주면 늙은 홀어머니를 먼저 모셔온 후 천천히 오빠와 올케를 위시해서 가까운 친척들을 차례로 모셔오기로 마음먹었다. 금세 백만장자가 된 기분이었다.

　그랬었는데…

　오늘 백주봉의 낡고 헐어 빠진 작은 기와집을 확인하는 순간 모든 기대는 모래성처럼 무너지고 말았다.

　"아… 감쪽같이 속다니…"

　박삼순은 하늘이 무너지고 땅이 꺼져도 이런 절망적인 마음은 아닐 것 같았다. 지금까지 꿈꿔 왔던 모든 행복이 일시에 개꿈이 되어 버렸다고 생각하니 하늘이 노랗게 변했다. 한강 물에 투신할 일만 남았다고 생각했다. 살아갈 희망이 일시에 무너지고 말았다.

　그때, 백주봉의 아버지 음성이 들려왔다.

　"뭣들 하는 거여. 왔으면 어서 들어오지 않고,"

　"네, 아버지."

　박삼순도 어쩔 수 없이 백주봉을 따라 방으로 들어갔다. 큰방 하나와 작은방 두 개가 이 집 구조의 전부였다. 큰방 하나는 회장님 내외가 쓰고 작은방 하나는 아들 내외가 쓸 방이었다. 다른 방 하나는 창고 대용으로 사용한다고 했다. 먼저 연락을 받아 임신 사실을 알고 있는 회장님은 박삼순의 불룩한 배를 한참 바라보더니 얼굴에 환한 미소를 지었다.

　"나 닮은 손자 하나 쑥 낳아주시게나."

　그러자 백주봉의 어머니가 불만스러운 표정으로 한마디 했다.

　"당신 닮은 아들 낳아서 어디다 쓰게."

　"허, 이 사람."

회장님은 아내에게 눈을 한번 흘긴 후 박삼순의 배를 유심히 살폈다. 박삼순이 민망해 얼굴을 붉혔다. 회장님은 손자 한번 안아 보지 못하고 저 세상으로 가는 줄 알고 있었다며 이게 다 조상님의 은덕 때문이라고 말했다. 마치 박삼순이 하늘에서 내려온 천사처럼 보인다는 것이다. 회장님의 과찬과 달리 박삼순의 가슴속은 숯검정처럼 타들어 갔다. 지금 심정 같아서는 자식이고 뭐고 다 팽개치고 삼십육계를 놓고 싶은 심정이었다. 남의 속을 모르는 회장님은 백주봉을 기특하다는 듯 바라보더니,

　"인간 구실 못 할 줄 알았더니, 아이까지 만들어 오고. 세상은 오래 살고 볼 거여."

　하고 백주봉을 칭찬했다. 그러자 백주봉이 어깨를 으쓱했다.

　"제가 병신인가요? 애도 못 만들게."

　"하기는 나를 닮았으면 끝내줄 거구먼, 허허허."

　"아이만 만들 줄 알면 뭐하누. 돈이 있어야지."

　어머니가 심드렁한 표정으로 회장의 얼굴을 쳐다보면서 한마디 쏘았다.

　"임자도 내 실력 알지?"

　"그 자식에 그 애비가 아니랄까 봐. 관두슈. 지금까지 고생시킨 일을 생각하면 이가 갈려요."

　"허, 새아기 앞에서 못하는 소리가 없구먼."

　박삼순은 회장님의 이력서가 궁금해 견딜 수 없었다.

　"아버님께서는 어느 회사 회장님이셔유?"

　드디어 박삼순이 참을 수 없다는 듯이 물었다. 그러자 회장님은 한

참 동안 입을 열고 경쾌하게 웃었다.

"헛헛헛, 아들놈이 회사 회장님이라고 뻥쳤구먼. 하긴 회장님이라고 해서 틀린 말은 아닐세. 회사 회장님은 아니라고 하더라도 한때 마을 일을 본 적이 있는데 그 후부터 마을 사람들은 나를 회장님이라고 부르고 있다네. 일을 잘 본 덕분에 도지사 표창장까지 받았으니 자랑할 만하지."

비로소 모든 수수께끼가 실타래처럼 풀렸다. 알고 나니 눈앞이 더욱 캄캄해졌다. 팔자를 고치려다 오히려 고생 줄에 접어든 것 같았다.

그날 이후 박삼순은 어떻게든 도망칠 궁리를 했지만 그도 여의치 않았다. 그렇게 뾰족한 대책도 없이 그 집 식구들과 한 집에 동거하면서 어영부영 세월만 죽이고 있었다. 백주봉은 며칠마다 염치없이 박삼순에게 달려들어 불만을 해소했다. 박삼순은 옆방에 부모님들이 알까 봐 조심했지만 소용이 없었다. 막무가내 식으로 덤비자 박삼순도 어쩔 수 없었다.

그러던 어느 날 염려했던 일이 터지고 말았다. 어머니가 불쑥 아들의 방문을 열었다가 백주봉이 박삼순의 배 위에 있는 것을 목격하고 문을 쾅 닫아버렸다. 쯧쯧, 문이나 걸고 할 것이지, 하고 나무라자 백주봉도 어머니를 향해 불만을 털어놓았다.

"아무리 자식 방이지만 들어오실 때는 노크를 하셔야지. 신혼부부 방에 왜 주책없이 들락거려요."

"이놈아, 나는 느 어미여. 어미가 자식 방으로 들어가는데 일일이 자식 놈에게 허락을 받아야 하는 거여?"

"지금이 어떤 세상인지 아세요?"

"어떤 세상인데?"

"며느리가 시어머니를 시집살이시키는 세상입니다."

"알았네, 다음부터는 꼬박꼬박 허락을 받을 걸세."

　해가 갈수록 가난한 집에 식구만 늘었다. 박삼순은 다음해 가을에
두 번째 사내아이를 낳았다. 식구 수는 자꾸 늘어 가는데 가정 형편
은 좀체 나아질 기미를 보이지 않았다. 박삼순은 이러다가 결혼식도
올리지 못하고 죽을지도 모른다는 생각이 들어 초조했다. 결혼식을
올리지 못하고 죽으면 처녀귀신이 되어 구천을 떠돈다는데 자기가
그렇게 되지 않을까 겁이 났다. 남은 초조해 안달이 나는데 백주봉은
하나도 걱정되지 않는 모양이었다. 박삼순은 속이 타서 자식만 만들
면 어떻게 사느냐고 핀잔을 주자 그때마다 백주봉은,

　"지 먹을 것은 다 타고 난다고 했네. 걱정 말어."

　하고 느긋한 표정이었다.

　"면사포는 언제 씌워 줄 거유?"

　"올 가을에는 틀림없이 씌워 줄 거여."

　"그 놈의 가을 이야기는 이제 신물이 나네유."

　"이번에는 진짜로 믿어 보시게."

　박삼순은 백주봉의 말이라면 콩으로 메주를 쏜다고 해도 곧이듣지
않았다. 박삼순이 정 이런 식으로 나오면 도망이라도 가버리고 말겠
다고 엄포를 놓아도 소귀에 경 읽기였다. 백주봉이 아무리 약속을 지
키려고 해도 돈이 없으니 소용이 없는 일이었다.

박삼순에게 시달리던 백주봉이 어느 날 중대한 결심을 한 듯 회장님과 함께 장사를 하겠다고 폭탄선언을 했다. 장사해서 돈을 벌면 반드시 면사포를 씌워 주겠다는 것이었다. 두 부자(父子)가 백수로 시간을 죽이고 있던 처지라 장사를 하겠다니 용기가 가상했지만 장사도 밑천이 있어야 하는데 밑천 한 푼 없으면서 어떻게 장사를 하겠다는 것인지 걱정이 되었다.

"손가락 빠는 주제에 장사를 어떻게 한대유?"

"무(無)에서 유(有)를 창출하는 것이 사나이가 아니겠어."

말은 청산유수였다.

"입은 녹도 안 쓰는 모양이네유."

"여편네가 재수 없게."

백주봉은 당장 산이라도 떠 올 듯이 큰소리쳤다. 다음 날 백주봉은 작은 중고 트럭 한 대를 끌고 당당하게 등장했다. 이윤이 많이 남는다는 생물 장사부터 시작하겠다며 확성기를 구해 와 운전석 위에 매달았다. 이튿날 새벽에 두 부자는 가락동 농산물 시장으로 가서 배추, 무, 파, 쑥갓 등 야채 한 트럭을 싣고 귀가했다. 새벽에 백주봉은 회장님을 트럭에 모시고 전쟁터로 나가는 병사처럼 비장한 각오를 하고 집을 출발했다.

"싱싱한 배추 사려! 강원도 태백산에서 막 올라온 고랭지 채소 사려!"

하고 확성기를 틀어놓고 골목길을 누비고 다녔지만 사람들은 귀가 먹었는지 코빼기도 구경할 수 없었다. 모두 여름에 피서 갔다가 물에 빠져죽은 모양이라고 생각했다.

회장님과 백주봉은 지친 몸을 이끌고 밤이 늦어서 패잔병처럼 귀가

했다. 트럭에는 야채가 그대로 실려 있었다. 생물 장사란 그날 물건을 팔지 못하면 상품 가치가 떨어져 다음날은 팔 수 없다. 생물 장사는 이윤이 많이 남는 만큼 위험도 그만큼 큰 것이다. 집에 돌아온 두 부자는 씩씩하던 패기마저 길거리에 버리고 온 듯 기가 한풀 꺾였다.

"돈이란 놈이 눈이 먼 거여."

"송충이는 솔잎을 먹어야 살고 누에는 뽕잎을 먹어야 산다고 했어유. 이러다 모두 쪽박 차게 생겼네유."

"이놈의 여편네가 어디다 염장질이야!"

백주봉은 일부러 큰 소리를 쳤지만 가슴속은 바작바작 타들어 갔다. 백주봉의 꿈은 박삼순에게 돈을 한 트럭 안겨 주는 것이었지만 뜻대로 되는 것은 하나도 없었다.

"두고 봐, 비록 지금은 백수지만 반드시 호강을 시켜 줄 거여."

"땅속에 들어가서유."

"허, 아무리 세상이 뒤집혀도 남자는 하늘이고 여자는 땅이여."

"비가 내리지 않는 하늘이 무슨 소용이 있대유."

"말세로군."

며칠 후 박삼순은 친정에 다녀온다며 집을 나간 후 소식이 없었다. 비로소 백주봉은 아내가 가출했다는 사실을 알게 되었다. 아이들은 밤낮없이 엄마를 찾았다.

"이놈의 여편네! 붙잡기만 해 봐라. 가랑이를 확 찢어버리고 말 테다."

하지만 지금처럼 약아빠진 세상에 먼지만 풀풀 날리는 가정에 붙어서 함께 고생할 여자가 몇이나 있겠는가.

달집태우기

　어느 날 굉음을 울리며 땅 파는 기계가 점성산에 들어오더니 울창한 나무들이 맥없이 잘려나가고 땅은 벌건 속살을 드러냈다. 점성산 정상에 자리 잡은 억새밭은 며칠 만에 반이 사라지고 넓은 공터가 만들어졌다. 공사가 시작된 지 반년도 안 되어 점성산에 궁전 같은 모텔이 들어섰다. 쉬리 모텔이었다. 시골에서는 장사가 안 되리라던 예상을 깨고 모텔은 날로 번창해 갔다. 전국에서 사람들이 모여들어 점선산은 밤마다 몸살을 앓았다.

　점성산은 여름에서 가을까지 넓은 억새밭이 장관을 이루고 있어 전국에서 풍치 좋은 곳으로 소문이 난 곳이지만 부자들의 손에서 벗어날 수 없었다. 쉬리 모텔 지하에는 노래방까지 생겨 밤마다 쿵쾅거리는 음악 소리가 점성산을 흔들었다. 휴일이면 전국에서 몰려오는 승용차가 홍수를 이루었다. 이러다가 아름다운 삼천리금수강산이 모텔로 뒤덮일 날도 멀지 않은 것 같다.

　모텔을 개업한지 한 달쯤 되었을 때 덕양리 마을에 믿고 싶지 않은 괴소문까지 돌았다. 매일 저녁 억새밭에 용이 나타나 처녀를 잡아먹는다는 소문이었다. 심지어 용을 직접 목격했다는 사람들까지 나났다. 이런 괴소문은 꼬리를 물고 삽시간에 마을 전체로 퍼져나가 마을 처녀들은 불안에 떨어야 했다.

　"처녀만 잡아먹는다니 조심해라."

　"총각용인 모양이지. 요즘 같이 과학이 발달한 세상에 정말 용이 있을까?"

　"이상한 일들이 하도 많이 일어나는 세상이니까 누가 아냐."

　덕칠이와 순옥이 함께 점성산 억새밭을 걸어가며 하는 소리였다.

　두 사람은 연인사이다. 순옥은 점성산 너머 등너미 마을에 살고 있는데 등너미 마을은 억새밭을 지나서 한참 더 가야 하는 외진 산골 마을이었다. 덕칠은 흉흉한 소문 때문에 오늘밤은 순옥을 집까지 바래다주기로 했다.

　밤이 깊어갔다. 점성산 억새밭을 지날 때 쏴르르 스치는 바람소리만 들릴 뿐 사방이 적막했다. 억새밭을 반쯤 갔을 때였다. 어디선가 두런두런하는 말소리가 들려왔다. 억새밭에 달빛이 환하게 금가루를 뿌려 주었다. 밤하늘에는 주먹만 한 별들이 빼곡하게 매달려 있다. 점성산에서 바라보는 달은 밝고 별은 유별나게 크게 보였다.

　"조심해."

　"나같이 못생긴 처녀를 잡아먹겠다는 용은 마약을 먹었을 거야."

　"잡아먹어 달라는 말 같은데."

"오빠는 내가 용에게 잡아먹힐까 봐 겁나지?"

"웃기지 마, 내가 용이라면 너 같이 못생긴 처녀는 잡아먹지 않을 거다. 잡아먹는다면 네 말처럼 마약을 먹어 정신이 혼미할 때겠지."

"오빠의 시커먼 속을 내가 모를 줄 알고."

그때 바람을 타고 예사롭지 않은 소리가 들려왔다. 두 사람은 긴장했다. 소문으로 떠도는 용의 정체가 아닐까, 덕칠은 숨을 죽이고 소리 나는 쪽으로 조심스럽게 접근했다. 정말 용인지 확인해 보고 싶었다. 가까이 가자 색정적인 음성이 바람을 타고 선명하게 들려왔다. 용이 아니라 사람의 음성이었다.

"오빠."

"왜 그래."

"나 이러다 숨넘어갈지도 몰라."

"흐흐흐."

두 사람의 신음 소리는 점성산 밤공기를 숨 가쁘게 흔들었다. 그 소리는 바람을 타고 점점 뚜렷하게 들려왔다. 바람이 쏴– 하고 불더니 키 큰 억새가 포복 자세를 취하며 비스듬하게 옆으로 누웠다. 순간 두 물체의 모습이 달빛 속에 선명하게 나타났다. 한쪽은 소문대로 용의 모습을 하고 있고 한쪽은 벌거숭이 여자의 모습이었다. 용은 여자의 몸을 칭칭 감고 있었다. 몸의 비늘이 달빛에 번득였다. 용의 입에서 혀가 나오더니 여자의 몸을 핥기 시작했다. 여자는 금세 자지러질 듯 몸을 비틀며 까무러치는 소리를 냈다. 용이 움직일 때마다 여자의 숨소리가 점점 가빠졌다. 이 모습을 본 순옥은,

"용이잖아."

하고 말했다. 그러자 덕칠은 바보 같은 소리라며,

"맹추야, 너는 저것들이 용으로 보이냐? 정신 차리고 봐."

"그럼 용이 아냐?"

"용의 탈을 쓴 인간이야."

용이 격렬하게 움직일 때마다 여자는 까무러치는 소리를 냈다. 순옥은 지금까지 인어라는 말은 들어 본 적 있어도 인용(人龍)이라는 말은 들어 본 적이 없었다. 요즘은 변종이 판을 치는 세상이니까 변종된 용인지도 모른다는 생각이 들었다.

"만일 하늘에 진짜로 용이 살고 있다면 우리나라 우주인 이유선 씨가 하늘에 올라가서 용을 봤을 것 아냐. 인터뷰에 그런 내용이 있었어?"

"없었어. 하지만 바빠서 보지 못 할 수도 있잖아."

"그게 말이 된다고 생각해?"

"오빠 말처럼 용이 아니라고 치면 달빛에 번득이는 저 비늘은 뭐야?"

"문신이라는 거지."

지금까지 용은 인간이 함부로 범접할 수 없는 영험한 동물이라고 믿어 왔다. 그 때문에 폭력배들까지 상대를 위협하기 위한 수단으로 자신의 몸에 용의 문신을 새기는 것을 좋아한다. 덕칠은 가끔 찜질방에서 용의 문신을 한 사내들을 본 적이 있다. 그들의 몸에는 용의 문신이 온몸을 칭칭 휘감고 있었다. 황금색 비늘은 번들거렸고 혀를 날름거리는 용은 금방이라도 승천할 것 같은 모습이었다. 용은 정교하게 만들어져 움직일 때마다 살아 있는 것처럼 보였다. 가끔 덩치 큰 사내들이 용 문신을 향해 허리를 무릎 아래까지 꺾으며 형님! 하고 불렀다. 그러자 용 문신을 한 사내는 고개만 끄떡여 보였다. 이 모습을 바라보며 사람들은 용 문신이 찜질방을 나갈 때까지 숨을 죽였다. 잘못 보였다가 무슨 봉변을 당할지 모르기 때문이었다.

한편 덕칠은 용이 밤마다 점성산 억새밭에 나타나 여자와 사랑 놀음을 한 후 사라진다는 풍문을 들었지만 실제로 보기는 이번이 처음이었다.

"진짜 용 같은데."

"내가 만약에 진짜 용이라면 고작 처녀를 잡아먹겠다고 공해로 숨을 쉴 수도 없는 이런 지구까지 내려오지는 않을 거야. 멍청한 용이나 할 짓이지."

"여자를 좋아하는 용이겠지, 뭐."

"인간이야."

"인간이 왜 저런 모습을 하고 있어?"

"깡패 두목일 거야. 용 소문을 내서 사람들의 점성산 접근을 막으려는 수작이겠지. 뻔해."

"왜?"

"그래야 마음 놓고 여자와 즐길 수 있을 테니까."

"설마."

덕칠은 용 사건이 쉬리 모텔과 무관하지 않을 거라는 확신을 갖게 되었다. 모든 사건은 쉬리 모텔이 개업한 이후에 벌어졌기 때문이다. 쉬리 모텔 때문에 덕양리도 급속하게 변하고 있다.

"인간이 용이 되고 싶다는 이야기는 들었어도 용이 인간 세상에 내려와 여자를 잡아먹는다는 이야기는 아직 한 번도 들어 본 적이 없네. 이게 다 그 모텔 때문이야. 대체 점상산에 모텔이 들어 올 줄을 누가 상상이나 했겠어. 관청(官廳)에서 누군가 돈을 받아먹고 건축 허가를 내줬을 지도 모르지."

"공무원이 그런 나쁜 짓을…"

"돈 싫어하는 인간 봤어? 돈이면 뭐든지 다 되는 세상이니까."

달빛 속에 들어난 용은 여전히 여자를 애무하고 있다. 인간만이 할 수 있는 애정 표현이다. 용의 입술이 여자의 몸 여기저기 스칠 때마다 사지를 부르르 떨었다.

"저러다 여자가 죽지 않을까?"

"죽기는 왜 죽어! 좋아서 그러는데."

달이 서쪽 소나무 가지에 반쯤 걸리자 용은 자리에서 일어나 천천히 옷을 입고 여자와 함께 억새밭을 걸어 나와 쉬리 모텔 쪽으로 사라졌다.

"내 말이 맞지, 쉬리 모텔이 문제라고."

두 사람은 한참 동안 쉬리 모텔을 바라보며 한숨을 쉬었다.

점성산 쉬리 모텔이 불륜 장소로 호황을 누리면서 돈이 많은 사람들은 너도 나도 풍치 좋은 곳을 찾아 모텔을 지었다. 모텔 공사가 시작되자 수십 년 묵은 소나무, 신갈나무, 굴참나무, 떡갈나무 숲들이 무참하게 잘려나가는 참변이 벌어졌다. 푸른 산은 곳곳이 벌건 살점을 드러냈다. 기계 돌아가는 소리에 점성산은 하루도 조용할 날이 없었다. 모텔이 완공되고 노래방까지 생겨나더니 밤낮없이 쿵쾅거리는 음악 소리가 점성산을 흔들었다. 덕양리 마을 사람뿐만 아니라 짐승들까지도 불면증에 시달렸다. 개들도 소음에 시달리더니 정신이 나간 것처럼 하늘을 향해 밤낮없이 짖어댔다. 점성산에 주인인 새들은 물론 다람쥐, 산토끼, 고라니, 심지어 멧돼지들까지도 수면 부족으로 산을 떠나는 사태가 벌어졌다. 짐승뿐만 아니라 나무들도 불면증에 시달려 누렇게 병이 들었다. 점성산은 밤이면 도시의 한쪽을 옮겨 놓은 것처럼 화려한 불빛이 번쩍거렸다. 밤이면 넓은 농로(農路)가 금세 주차장으로 변했다. 점성산 억새밭에 용이 나타나 처녀를 잡아먹는다는 소문이 돌더니 이제는 치마만 두른 여자만 봐도 무조건 잡아먹는다는 흉흉한 소문까지 떠돌았다. 마을 여자들은 밤만 되면 문밖출입을 하지 못했다. 엎친 데 덮친 격으로 며칠 전에는 여자가 발가벗겨진 채 죽어서 억새밭에 버려졌다는 소문이 돌자 마을 여자들은 해가 지면 밖에 나가지 못했다. 소문은 더 고약한 소문을 만들어 냈다.

"낙지파 우두머리가 모텔에 와 있다던데."

"문어파 두목도 왔다더군."

"이런 곳에 뭘 먹을 것이 있다고 깡패 두목들이 줄줄이 나타난다는 거야?"

"한몫 챙기기 위해서겠지."

"뭐를 챙길게 있다고…"

"그래도 뭔가 챙길게 있으니 왔겠지."

"허."

이러다 언제 마을이 쑥대밭이 될지 알 수 없는 노릇이라며 사람들은 한숨을 쉬었다. 견디지 못한 마을 사람들은 마을을 살리기 위한 비상 대책 회의까지 열었다. 누군가 제의를 했다.

"군청(郡廳)에 진정서를 내는 것이 어떨까."

"우리만 죽일 놈이 되고 말겠지."

"진정서를 넣어도 놈들은 아마 눈도 꿈쩍 안 할 거야. 돈으로 쳐 발랐을 테니까. 높은 사람들에게 손을 써서 뒤를 봐준다는 소문까지 있던데."

"하긴 곳곳이 썩었으니까 놀랄 일도 아니지."

밤마다 쿵쾅거리는 음악 소리에 마을 사람들까지 불면증에 시달렸고 농토를 처분하고 하나둘 마을을 떠나는 사람들이 생겨났다. 사람들만 떠나는 것이 아니라 짐승들도 떠나갔다. 산 주인인 동물이 떠나가자 점성산은 시름시름 죽어갔다. 얼마 못 가 억새밭은 사람도 짐승도 찾지 않는 죽은 산으로 변모되었다. 전에는 관광객들이 점성산 억새밭을 보기 위해 찾았지만 모텔이 들어서면서 점성산을 찾는 관광객 수는 현저하게 줄어들더니 이제는 아예 발길이 뚝 끊어졌다.

덕양리 사람들은 대책회의를 열고 예전의 점성산을 되찾기로 했다. 그러기 위해서는 점성산에 나타나는 용부터 때려잡기로 결단을 내렸다.

"용이 우리 마을을 망쳤어."

"용은 영물(靈物)이 아니라 요물(妖物)일세!"

드디어 용의 퇴출 작전이 시작되었다. 밤이면 남자들은 몽둥이를 하나씩 들고 점성산 억새밭을 찾아가 나무 뒤에 몸을 숨긴 후 용이 나타나기를 기다렸다. 그러나 눈치를 챈 건지 며칠을 기다려도 용이 나타나지 않았다. 사람들이 지쳐갈 무렵 억새밭에서 사람의 목소리가 들려왔다. 그토록 애타게 기다리던 용이 여자와 함께 나타났다. 잠시 후 여자가 억새밭을 내달리고 그 뒤를 용이 쫓아가는 모습이 연출되었다. 여자가 붙잡히지 않으려고 전속력을 다해 억새밭을 휘젓고 다니자 여기저기서 억새가 뚝뚝 부러지는 소리를 냈다. 급기야 여자가 용에게 잡히더니 억새밭에 넘어지며 둘은 하나가 되었다. 이를 바라보던 마을 사람들이 한숨을 토했다.

"삼강오륜이 땅에 떨어지는 현장을 목격하게 되는구면."

"용 때문이었어!"

불길한 일은 그뿐만 아니었다. 며칠 후 억새밭에 여러 명의 여자들이 나타났다. 마을이 생긴 이래 이런 괴변은 처음이었다. 여자들이 무엇 때문에 환한 달밤에 집단으로 억새밭까지 찾아오게 되었는지 사람들은 숨을 죽이고 지켜보았다. 잠시 후 용 문신을 한 사내가 이번에는 여러 명의 남자들을 거느리고 나타났다. 남자들은 하나같이 용 문신을 한 사내를 두목처럼 떠받들고 있다. 잠시 후 용 문신을 한 사내의 목소리가 들려왔다.

"하나씩 짝을 맞춰라!"

점성산이 탄생한 이래 가장 끔찍한 일이 벌어질 모양이었다. 마을 사람들은 세상이 말세인줄 알고 있었지만 이 정도로 타락한 줄은 몰랐다. 그때 여자 쪽 우두머리가 강력하게 반발하고 나섰다.

"오빠, 우리가 짐승이야?"

"여기로 오자고 한 건 우리가 아니라 너희들이야."

용 문신을 한 사내가 말했다.

"그래도 이건 아니지."

"뭐가 아닌데?"

용 문신을 한 사내가 신경질적인 반응을 보이자 여자가 불만 섞인 음성으로 대꾸했다.

"여기가 호텔이야?"

"지금 우리 형편에 호텔로 가게 생겼어."

이 광경을 보고 마을 사람들은 일제히 두 주먹을 불끈 쥐었다. 아무리 세상이 썩었다고 해도 이 정도라니 어이가 없었다. 잠시 후 여자가 한풀 꺾인 목소리로 애원했다.

"오빠, 그럼 쉬리 모텔로 가자."

"웃기지 마."

"그럼 우리도 따를 수 없어!"

여자가 냉정하게 거절하자 용 문신을 한 사내가 화를 벌컥 냈다.

"너희들이 무슨 요조숙녀라도 된다는 거냐?"

"요조숙녀는 아니라도 짐승으로 취급받는 것은 싫어!"

여자는 실망했다는 표정으로 일행을 돌아보며 큰소리로 말했다.

"애들아 돌아가자, 오늘은 김샜다."

그러자 용 문신을 한 사내가 주먹을 불끈 쥐며 버럭 화를 냈다.

"올 때는 마음대로 왔지만 갈 때는 마음대로 갈 수 없어!"

"내 발 가지고 내가 가는 데 왜 못 가!"

"처음부터 각오하고 온 것 아냐?"

"이런 곳이라고 말 안 했잖아."

여자는 자리에서 일어났다. 순간 용 문신을 한 사내의 주먹이 번개처럼 여자를 향해 날아갔다. 퍽! 하는 소리와 함께 여자는 머리를 감싸 쥐고 그 자리에 털썩 주저앉았다. 다른 여자들은 이 광경을 목격하고 공포에 떨었다. 마을 사람들은 나무 뒤에 숨어서 두 주먹을 부르르 떨 뿐 어쩌지 못했다. 오늘 밤은 그 어느 때보다도 더 큰 일이 억새밭에서 벌어질 모양이라고 생각했다. 마을이 탄생한지 이백년이 넘었지만 이런 해괴한 사건은 처음이었다. 쓰러졌던 여자가 자리에서 간신히 일어나자 용 문신을 한 사내의 두 번째 주먹이 날아갔다. 여자가 비명 소리를 내며 다시 주저앉았다. 여자는 더 버틸 수 없다는 듯이 두 손을 모으며 항복하겠다는 뜻을 표시했다.

"오빠, 때리지 말고 말로 해."

"약속을 지킬 거야?"

"시키는 대로 다 할 거야."

"진작 그랬으면 이런 불미스러운 사건은 터지지 않았잖아."

"미안해, 오빠."

잠시 후 억새밭 숲속 여기저기서 숨 가쁜 신음소리가 들려왔다. 마을 사람들은 두 주먹을 부르르 떨었다.

"짐승만도 못한 인간!"

"천벌을 받아 마땅한 인간!"

"벼락 맞아 죽을 인간!"

마을 사람들은 더 참을 수 없어 일제히 몽둥이를 들고 억새밭을 달리며 소리쳤다.

"짐승 같은 놈들을 모두 때려잡자!"

바로 그때였다. 억새밭에 예상하지 못한 돌발 사태가 발생했다. 억새밭이 금세 커다란 불덩이로 변하더니 활활 타오르기 시작했다. 억새가 만들어 낸 불기둥은 하늘 높이 뜬 달까지 태울 기세였다. 바람이 불어오자 불기둥은 달 속의 계수나무도 태우고, 옥토끼도 태웠다. 황금빛 달이 연기에 일렁거렸다. 순식간에 억새밭이 화염에 휩싸여 커다란 불덩어리로 변했다.

"나쁜 시키들, 어디 혼 좀 나 봐라."

덕칠의 고함 소리가 바람을 타고 들려왔다.

"어떤 새끼가 억새밭에 불을 질렀냐!"

용 문신을 한 사내가 당황하여 벌떡 일어나 옷을 입지 못하고 바지를 들고 뛰었다. 마치 혼자 살겠다는 듯이… 그 뒤를 옷을 들고 여자가 허겁지겁 뒤를 따랐다. 불은 순식간에 억새밭 전체로 옮겨 붙었다. 세상이 불가마 속 같았다. 지옥 불구덩이 속에서 나체들이 춤을 추고 있는 것 같았다. 잠시 후 불은 억새밭 전부를 삼키고 말았다.

"오늘은 너희들의 제삿날인 줄 알아라!"

덕칠이 중얼거렸다. 저만치 달빛 아래 순옥이 서서 활짝 웃고 있었다.

어떤 귀향

　전철봉 사장의 승용차가 멈춘 곳은 아파트 공사 현장의 작은 공터였다. 처음 이곳은 나무와 잡풀이 무성하고 돌밭으로 이루어진 척박한 땅이었다. 이곳에 개발 이야기가 오고가더니 어느 날 굴착기가 와서 땅을 파고 뒤이어 불도저가 흙을 밀어내더니 며칠 후 상수리나무와 잡풀로 무성했던 산은 흔적도 없이 사라졌다. 곧이어 밋밋한 평지가 만들어졌다. 그런 다음 철골을 땅에 박고 인부들은 하루 종일 시멘트와 철골을 운반하느라 북새통을 이루었다. 이십 오층 아파트가 올라가는 우림건설 작업현장의 모습이었다.

　작업 현장에서 일을 독려하던 작업반장 안달수가 저만치 달려오는 검은 승용차를 발견하고 허겁지겁 공터로 달려갔다. 승용차가 멈추자 허리를 반쯤 꺾은 채 문이 열릴 때까지 꼼짝도 하지 않고 서 있다. 뿌연 먼지가 가라앉기를 기다려 운전기사가 밖으로 나와 차 뒷문을 열어주자 금테 안경을 눈에 걸친 신사복 차림의 전철봉 사장이 천천히 밖으로 나와 주위를 살펴보았다. 머리는 하얗게 서리가 내려 상노인처럼 보이지만 얼굴은 아직도 팽팽하다. 작업 현장에서 사건 사고가 발생하면서 전철봉 사장은 최근 하루에 몇 번씩 작업 현장을 직접 시찰했다. 하필 전철봉 사장이 시찰하는 그 시간에 철골을 운반하던 김봉두가 이층 계단에서 아래로 굴러 떨어지는 사고가 발생했다. 사장이 보는 앞에서 사고가 터진 것은 작업반장 안달수에게는 지독하게 재수 없는 날이었다.

"저런 개새끼!"

작업반장 안달수의 입에서 욕설이 튀어나왔다. 사고를 목격한 전철봉 사장의 얼굴이 일그러졌다. 현장 사고는 회사 이미지뿐만 아니라 경제적인 손실도 크기 때문에 건설 회사마다 첫 번째도, 두 번째도, 세 번째도 무사고를 부르짖지만 공사 현장에는 언제나 크고 작은 사고가 끊이지 않고 일어났다. 특히 사망 사고가 일어나면 회사의 손실이 더욱 크다. 전철봉 사장이 보는 앞에서 사고가 터지자 작업반장 안달수는 화가 머리끝까지 치밀었다. 욕설을 퍼붓던 작업반장 안달수는 사장에게 사고가 자기 책임이 아니라는 듯 변명했다.

"인력시장에서 온 놈이라 일에 익숙하지 않아서 그렇습니다. 앞으로는 절대 이런 사고가 없도록 주의 시키겠습니다."

"사고가 일어나면 현장 감독자 책임이라는 것을 명심하게."

전철봉 사장의 저음 목소리가 작업반장 안달수의 몸을 움츠리게 했다.

"알겠습니다."

"현장에서 일어나는 사고는 책임자의 안전 불감증 때문이라는 사실도 명심하고."

"앞으로는 단단히 주의시키겠습니다."

그러면서도 작업반장 안달수는 여전히 장황한 변명을 늘어놓았다.

"그놈 말로는 다니던 회사가 부도가 나서 일을 하러왔다고 하는데 이런 곳에 오는 놈치고 자기의 신분을 제대로 밝히는 놈이 있습니까? 무슨 좋지 않은 사정이 있겠지요. 고향이 정선 가마골 어디라고 했는데. 참 촌놈입니다."

그 이야기를 듣고 있던 전철봉 사장이 흠칫 놀라는 표정을 지었다.

"방금 가마골이라고 했나?"

"네, 아는 곳입니까?"

"실은 나도 가마골에서 태어나고 그곳에서 자랐네, 누군지 한번 만나보고 싶구먼."

그러자 작업반장 안달수는 강하게 고개를 저었다.

"그런 쓰레기 같은 놈을 만나봐야 좋을 것이 하나도 없습니다. 괜히 촌놈이 덕이나 보려고 할 텐데요."

전철봉 사장이 고향에 다녀온 지도 까마득했다. 고향에 아무 연고가 없다 보니 특별한 일이 없으면 고향에 다녀오기란 쉽지 않았다. 하지만 인간은 연어의 본능처럼 누구나 태어난 고향의 그리움을 가슴 깊이 간직하고 있다. 객지에서는 고향 까마귀만 봐도 반갑다고 하지 않는가.

"만나보고 싶으니 주선해 보게."

"알겠습니다."

전철봉 사장의 얼굴은 오랫동안 잊어버렸던 보물이라도 발견한 듯

감격스러운 표정이었다. 작업반장 안달수는 못마땅하지만 사장의 명령이니 어쩔 수 없이 만나도록 주선하겠다고 약속했다. 전철봉 사장이 현장을 돌아본 후 승용차를 타고 사라지자 핏기가 가셨던 작업반장 안달수의 얼굴에 화색이 돌아왔다. 긴장한 탓에 등에는 진땀이 주르르 흘러내렸다. 하마터면 목이 달아날 뻔 했다는 생각에 머리끝이 곤두섰다. 이처럼 사고가 한 번씩 터질 때마다 책임자는 십 년을 감수했다. 작업반장 안달수는 저만치 달려가는 승용차의 꽁무니를 노려보더니 가래침을 퉤! 하고 뱉으며 투덜거렸다.

"돈 좀 있다고 거들먹대는 꼬락서니를 볼 수 없단 말이야. 어느 놈은 왕년에 사장질 안 해 본 놈이 있어, 더럽다 더러워!"

그러고 난 후 사고를 낸 김봉두를 향해 화풀이라도 하려는 듯이 투덜거렸다.

"너 누구 목 자르려고 그래!"

"죄송해유."

"죄송하다면 다야! 하마터면 내 목이 뎅겅할 뻔 했잖아. 네가 우리 집 식구들 책임질 수 있어? 한 솥에 밥을 먹으려면 정신 똑바로 차려야지, 사람을 병신 만들지 말고."

"조심하겠어유."

"꺼져! 꼴도 보기 싫으니까."

김봉두는 몸을 한번 움츠리고 다시 철골을 메고 이층으로 올라갔다. 다리가 후들거렸다. 엊저녁을 부실하게 먹은 게 탈이었다. 김봉두는 인력시장을 통해서 이곳까지 흘러들어왔다. 인력시장이 어떤 곳인가. 예전 같으면 가방끈이 짧은 사람들이 일자리를 구하기 위해 모이는 곳이라고 하지만 지금은 사정이 많이 달라졌다. 큰 회사 사장 하던 사람도 있고, 높은 관직에 있던 사람도 있고, 부도를 내고 오는 사람도 있고, 노름하다 가산을 탕진하고 오는 사람도 있고, 마누라에게 쫓겨나 오갈 데 없어 찾아오는 사람도 있고, 빌빌 놀다가 발등에 불이 떨어져서 굶게 되니까 어쩔 수 없이 찾아오는 사람도 있다. 인력시장은 막장 인간들의 집합소나 다름이 없는 곳이다. 이곳은 과거에 무슨 일을 했든 상관하지 않는다. 따지지도 않고 묻지도 않지만 물어도 솔직하게 대답하는 사람은 없다. 이름을 부를 때도 그저 김씨, 이씨, 박씨로 통할 뿐이었다. 요즘처럼 경기가 없을 때는 새벽 일찍 나와도 일거리가 없어 공치고 돌아가는 사람이 많다. 잘 보이기 위해 사무실 사람에게 담배라도 한 보루 사다 바친 사람들은 일거리를 구하기 용이하지만 그렇지 못한 사람은 일하는 날보다 공치는 날이 더 많았다. 이런 막일 하는 곳에도 돈과 백이 판치는 세상이다. 돈도 백도 없으면 일 따기도 하늘에 별 따기다. 사무실 사람들은 노동자의 하루 일당에서 법정 수수료 이상을 떼먹어도 항의할 사람이 없다. 일자리를 얻기 위해서 알고도 눈을 감을 수밖에 없다.

　재수가 좋은 날은 힘이 들어가지 않는 청소일이 걸릴 때도 있지만 대개는 무거운 철골이나 시멘트를 낮은 곳에서 몇 층 높은 곳으로 운반하는 일이 대부분이다. 힘든 일을 하는 날에는 밤만 되면 온 몸이 쑤셔 밤새도록 앓았다. 아는 사람이 없는 김봉두는 처음부터 아파트 공사 현장에서 힘이 많이 들어가는 철근 나르는 일을 했다. 전철봉 사장이 현장 시찰을 나왔을 때도 철근을 나르다 지칠 대로 지쳐 넘어진 것이다. 그날 사고는 이미 예고된 것이나 마찬가지였다. 추석 명절을 며칠 앞둔 때여서 김봉두는 고향 생각이 간절해 계속 술을 마셨다. 사고 전날에도 진탕 술을 마셨다. 그래야 향수병을 조금이라도 달랠 수 있다. 빚에 쫓겨 온 몸이니 명절이 돌아와도 마음 놓고 고향에 안부조차 전할 수 없는 신세였다. 명절 때면 혼자 계시는 어머니 생각도 간절하고 살기 어렵다며 가족을 팽개치고 가출한 아내 점순이년 생각도 간절했다. 아이들은 아프지 않고 잘 크는지, 이런 저런 생각에 명절이 돌아오면 마음이 괴로워 술을 많이 마셨다. 차라리 명절 같은 것은 아예 없는 편이 좋겠다고 생각하는 사람이었다.

김봉두가 이렇게 거지 신세가 된 것도 친구 때문이었다. 하루는 친한 친구가 좋은 사업을 하게 되었다며 자기 체면을 봐서 한번만 교육장에 얼굴을 내밀어 달라고 사정하기에 무심코 나갔다가 돈을 쉽게 벌 수 있다는 이야기에 혹해 자기도 모르게 피라미드 사업에 빠졌다. 교육을 받고 난 후 금방 떼 부자가 될 것 같은 꿈에 부풀어 집안 돈을 모두 긁어모아 투자했지만 몇 개월 후 사장이 몽땅 돈을 가지고 튀는 바람에 김봉두는 하루아침에 거덜이 나고 말았다. 돈을 빌려 준 마을 사람이 매일 찾아와 돈을 내놓으라고 윽박지를 때는 땅에 머리를 처박고 죽고 싶은 심정이었다.

"내 돈 어떻게 할 거여!"

"사기꾼 놈아!"

친척도 돈에 얽히자 생판 모르는 사람처럼 행동했다. 밤낮없이 찾아와 돈을 내놓지 않으면 사기꾼으로 고소하겠다고 으름장을 놓는 바람에 죽을 맛이었다. 빚에 쪼들리다 못한 아내 점순이는 돈 벌러 간다며 우는 아이를 팽개치고 집을 뛰쳐나갔다. 그렇게 나간 점순이는 두 번 다시 돌아오지 않았다. 그 바람에 아버지도 울화병이 터져 세상을 떠나고 김봉두 역시 빚 독촉에 견디지 못하고 어머니와 아이들을 내팽개치고 혼자 살겠다고 서울로 야반도주하고 말았다. 돈 때문에 집안이 하루아침에 쑥대밭이 되고 말았다. 겨우 제 정신으로 돌아와서야 김봉두는 혼자만 살겠다고 도망친 자신을 발견하고 후회했다. 도망칠 때는 큰 아이는 네 살 먹은 여자였고 둘째는 첫 돌을 겨우 넘긴 남자아이였다. 객지 생활을 하면서 지금까지 김봉두는 아이들의 초롱초롱한 눈동자를 한 번도 잊어 본 적이 없었다.

"혼자 살겠다고 도망가, 나쁜 년!"

객지 생활을 하다 보면 울화통이 터질 때가 한두 번이 아니었다. 그럴 때는 별 수 없이 술로 허전한 마음을 달래곤 했다. 일시적으로 고통을 잊는 데는 술만큼 좋은 약이 없다.

그렇게 매일 하는 일도 없이 술로 세월을 보내던 어느 날 허무하게 인생을 끝낼 수 없다는 생각이 들어 인력 사무실을 찾게 되었다. 지금까지 공사판에서 막노동을 하며 하루하루 버티고 있다. 설이나 추석 명절을 앞두면 술 생각이 더욱 간절해 술을 더 많이 마시게 된다. 사고 나던 전날에도 울적한 마음이 들어 저녁에 술을 진탕 퍼마시고 잠을 자는 둥 마는 둥하여 새벽 같이 작업 현장에 나왔다가 사고가 터진 것이다. 아무리 천하장사라도 밤마다 술로 몸을 혹사하는 데야 무쇠 몸인들 견딜 수 있으랴. 결국 무거운 철골을 나르다 전철봉 사장이 보는 앞에서 머리가 핑그르르 돌며 아래로 굴러 떨어지고 말았다. 운이 좋아서 크게 다친 곳은 없지만 이를 바라보는 작업반장 안달수의 눈이 뒤집혔다. 김봉두는 반장에게 밉게 보였으니 목줄이 끊어지는 것은 시간문제라고 생각하고 있는데 어떻게 된 일인지 며칠이 지나도 아무 소식이 없어 더욱 불안했다.

하루는 하늘에서 비를 뿌리기 시작하더니 점심때가 되자 제법 굵은 빗줄기로 변했다. 이런 날은 공사장도 어쩔 수 없이 공치는 날이다. 인부꾼들은 하던 일을 중단하고 집으로 돌아갈 준비를 서두르고 있는데 작업반장 안달수가 김봉두를 찾았다.

"어이 김씨!"

사고 이후부터 김봉두는 작업반장 목소리만 들어도 등골이 서늘했다.

"어쩐 일이서유. 저를 다 찾고…"

"사장님이 자넬 찾고 있어."

"사장님 같이 지체 높으신 분이 지같이 낮은 놈을 왜 찾는대유."

"농담 그만 두고 어서 가세."

"별일이네유."

잠시 후 작업반장 안달수가 앞서고 김봉두가 엉거주춤한 걸음으로 그 뒤를 따랐다. 조금 후 두 사람은 전철봉 사장실로 들어섰다. 우림 건설 본사 사옥은 강남에 있지만 작업 현장에 임시로 지어진 가건물을 사무실 대용으로 사용하고 있다. 이 건물은 전철봉 사장이 현장 시찰을 나올 때만 사용했다. 두 사람이 사무실로 들어서자 수화기를 들고 있던 전철봉 사장이 김봉두를 바라보며 잠깐 기다리라는 듯 고개를 끄덕였다. 이윽고 통화가 끝나자,

"자네는 가고…"

하고 작업반장 안달수에게 말했다.

"알겠습니다."

작업반장 안달수의 표정이 굳어졌다. 김봉두를 향해 눈을 한번 흘겨 주고 사무실을 나갔다. 사무실에는 김봉두와 전철봉 사장 두 사람만 남게 되었다. 김봉두는 혼자 남게 되자 시선을 어디다 둘지 몰라 창밖을 내다보기도 하고 천장을 바라보기도 하며 안절부절 못했다. 틀림없이 사고 때문에 부른 것 같아 마음이 초조했다. 목을 자르면 그만인데 왜 사람을 불러 이렇게 애간장을 녹이는지 속이 탔다. 전철봉 사장이 이를 눈치라도 챈 듯 빙긋 웃었다.

"앉으시오."

하고 빈 의자를 턱짓으로 가르쳤다.

"그냥 서 있겠어유."

"앉으라니까."

"무슨 용건으로 저를 보자고 했는지 말씀해 보셔유."

"허, 고집 부리지 말고 앉으시오. 사람 참."

전철봉 사장의 입만 쳐다보고 있던 김봉두는 어쩔 수 없다는 듯이,

"좋아유, 염치없지만 앉겠어유."

김봉두는 엉거주춤한 자세로 빈 의자에 엉덩이를 걸쳤다. 의자에 앉아도 거북하기는 서 있을 때와 마찬가지였다. 어서 이 자리를 피하고 싶지만 사장이 쉽게 놓아줄 것 같지 않았다.

잠시 침묵이 흐른 후,

"차나 한잔 하자고 불렀으니까 부담 갖지 마시오."

전철봉 사장은 장부를 정리하고 있는 미스 장을 불러 자판기에서 커피 두 잔 뽑아오게 했다.

"고향이 가마골이라고 했소?"

"네."

"나도 고향이 그곳이오. 떠나온 지 오래되어 소식이 늘 궁금했소. 고향에 특별한 연고가 없으니 가 본 지도 오래되었고, 나이를 먹어서 그런지 요즘은 고향 생각이 많이 납디다. 고향 까마귀만 봐도 반갑다는데 고향 사람을 만나니 반갑소."

"원체 바쁘신 몸이시니…"

"게으른 탓이지요."

전철봉 사장은 눈을 지그시 감았다. 떠나올 때의 고향 전경이 영화의 한 장면처럼 떠올랐다. 운무에 덮인 깊고 높은 산, 산비탈의 작은 오두막집, 뒤란에 서 있는 큰 감나무, 산을 개간하여 만든 비탈진 밭에 잘 자란 옥수수, 개울을 따라 다닥다닥 붙은 천수답의 논, 냇가에서 고기 잡던 일, 모두 인심 좋은 그리운 고향 풍경이다. 요즘 도시는 고향이 객지 같고 객지가 고향 같은 사람들이 살고 있다. 어느 날 문득 거울을 보던 전철봉 사장은 머리에 하얗게 서리가 내리고 깊게 파인 주름진 얼굴을 보자 자기도 모르게 한숨이 나왔다. 세월의 덧없음을 한탄했다. 그런 차에 김봉두를 만나게 되자 피붙이라도 만난 듯이 반가웠던 것이다.

"그래, 고향에는 다녀왔소?"

"집을 떠나온 후 딱 한 번 가 봤구먼유."

"죄 짓고 도망쳐 온 거요?"

"빚 때문에 도망친 몸이니 그런 셈이지유."

김봉두가 깊은 한숨을 쉬었다.

"우리 내일 가마골에 다녀옵시다."

"왜요?"

"가 보고 싶소. 사실 혼자서는 엄두도 잘 안 나고…"

"그렇게 빨리요?"

"쇠뿔도 단김에 빼라는 말이 있소. 생각난 김에 다녀옵시다."

"그렇지만…"

"싫다는 말이오?"

"그런 것이 아니고… 빚에 쫓겨 온 몸이라…"

김봉두는 괜히 고향에 갔다가 빚쟁이들에게 붙잡히면 무슨 봉변을 당할지 몰라 두려운 생각부터 들었다. 김봉두는 그날 밤 한잠도 이루지 못했다. 기쁜 것 같기도 하고 그렇지 않은 것 같기도 하고 뭔가 말할 수 없는 착잡한 심정이었다. 사장은 소풍가는 기분으로 기차 여행을 하자고 했다. 김봉두는 그러자고 했지만 빚쟁이들을 만날까봐 마음은 불안했다. 잠을 자는 둥 마는 둥하고 다음날 청량리역으로 나갔다. 강릉 가는 기차를 탔다. 가마골로 가자면 영동선을 타고 가다가 민둥산역에서 내려 다시 정선으로 가는 기차를 바꿔 타야 한다. 나이를 먹어도 예나 지금이나 기차 여행은 즐겁다. 영동선 열차는 아침 열시에 출발했다. 두 사람은 오호차 중간쯤에 자리 잡았다. 기차가 산굽이를 돌 때마다 뚜— 하고 기적을 울리자 두 사람은 마치 소풍 가는 아이들처럼 마음이 설레었다. 차창 밖으로 밀려가는 들과 산을 바라보며 전철봉 사장의 마음은 만감이 교차했다. 함께 뛰놀던 사람들은 다 잘살고 있는지, 고향은 또 어떤 모습으로 변했는지 궁금했다. 기찻길 옆 전선줄이 휘청거리며 따라오고 새들이 전선줄에 앉았다가 하늘 높이 날아오르는 모습이 보였다. 차창 밖으로 높이 솟은 아파트 건물들이 산 풍경을 가로막고 있다. 예전에 볼 수 없었던 풍경들이었다. 요즘은 어디를 가나 높은 아파트 건물들이 자연경관을 해치고 있다. 전철봉 사장은 바깥 풍경을 열심히 살폈다. 이윽고 둘은 민둥산 역에서 내려 정선행 열차를 바꿔 탔다. 점점 낯익은 풍경들이 다가왔다. 고향이 가까워지자 어머니의 얼굴이 지나가고 아버지의 얼굴도 지나갔다. 잠시 까마득한 한국전쟁 속으로 들어갔다.

전철봉 사장의 나이 열한 살 때 한국전쟁이 일어났다. 일천 구백 오십년 유월 이십오일, 동족상잔(同族相殘)의 비극으로 삼천리금수강 산은 피로 물들었다. 이웃과 이웃을, 형이 아우를, 아우가 형을 죽이는 참극이 곳곳에서 벌어졌다. 자식 부모 간에도 원수로 변하는 이상한 일이 벌어졌다. 이념 갈등으로 아무 것도 모르는 백성들의 애꿎은 목숨만 무참하게 죽어 갔다. 가마골이라고 무사할리 없었다. 전철봉 사장의 아버지 전필두도 이 소용돌이 속에서 온전하지 못했다. 전필두는 농사밖에 모르는 착한 사람이었지만 형이 빨갱이라는 이유로 마을 청년들에게 잡혀가게 되었다. 반건달이었던 형 전종수는 인민군이 남하하자 새로운 세상을 만난 듯 붉은 완장을 차고 설치며 지주나 경찰 가족을 앞장서서 잡아갔다. 몇 개월 후 이번에는 국군이 들어오자 마을 청년들은 빨갱이에 부역했다며 전종수를 붙잡으려고 혈안이 되었다. 신변에 위협을 느낀 전종수는 동생 전필두 집으로 피신했다가 정보를 듣고 마을 청년들이 들이닥치자 귀신 같이 도망치고 말았다. 이날 마을 청년들은 형이 빨갱이면 동생도 빨갱이 물이 들었을 거라며 동생 전필두를 잡아간 것이다. 전쟁 중에 산골 마을은 무법천지였다. 법이 통하지 않으니 마을 청년 대장 만득이의 말 한마디가 곧 법이 되었다.

"만득이, 자네는 내가 농사일밖에 모르는 사람이라는 것을 누구보다도 잘 알고 있지 않는가."

전필두가 사정했으나 만득이는 난처한 듯이 말했다.

"물론 알고 있네. 하지만 지금은 전쟁 중일세."

"무고한 사람이 죽으면 안 되지 않는가."

"그걸 모르는 사람은 아무도 없네. 전쟁 중에 억울하게 죽는 사람이 어디 한둘인가. 자네 목숨을 구할 사람은 형 전종수밖에 없네, 지금 내가 나서서 자네를 놔주면 나까지 빨갱이로 몰려 죽을 수밖에 없네."

동생이 잡혀가도 끝내 형 전종수는 나타나지 않았다. 그날 전필두가 끌려가 형이 어디에 숨었는지 대라며 심한 고문을 당했다. 며칠 후 거의 초주검이 되어 잠시 풀려나긴 했지만 그건 죽음을 하루 앞두고 마지막으로 베푼 만득이의 배려였다. 그날 밤 전필두는 집에 왔지만 밤은 순식간에 지나갔다. 동이 틀 무렵 밖에서 인기척이 나자 전필두는 아내의 손을 잡으며 말했다.

"우리의 인연은 여기까지인 모양일세, 전쟁 통에 헤어지는 게 어디 우리뿐인가. 사람은 누구나 이 세상에 태어났다가 한 번은 가는 걸세. 저 세상에서 다시 만나 못 다한 사랑을 나눔세."

그때 문 밖에서 만득이의 음성이 들려왔다.

"이보시게 필두, 어서 나오시게. 시간이 됐네."

"기다리시게."

그날 동구 밖에서 까마귀가 몹시 울었다. 불길한 징조였다. 전필두는 아내의 손을 꼭 잡아 주었다.

"잘 있게."

"잘 다녀오셔유."

아내는 남편이 다시 돌아올 수 없는 길을 가고 있다는 사실을 알고 있지만 속수무책이었다. 소매로 눈물을 찍어냈다.

"꼭 오셔야 해유."

"잘 계시게."

만득이가 걸음을 재촉했다. 해가 뜨기 전에 모든 것을 끝내야 했다. 까마귀도 거먹산으로 끌려가면 불귀의 객이 된다는 사실을 알고 있는 듯 까악까악 하고 울었다. 지금까지 거먹산으로 끌려간 사람들은 아무도 돌아오지 못했다. 인민군이 왔을 때도 그랬고, 국군이 수복한 후에도 그랬다. 마을 사람들은 지금까지도 거먹산에 대해 이야기하는 것을 두려워했다. 그날 총을 메고 뒤를 따르던 만득이가 전필두에게 말했다.

"자네 죽더라도 우리를 원망하면 안 되네. 형 때문에 죽는 걸세. 이 난리 통에 억울하게 죽는 사람이 자네뿐이겠는가."

"원망 안 하네, 내가 죽으면 시신이라도 가족이 거두게 해 주시게나."

"걱정 마시게, 자네 처가 거두도록 하겠네."

해가 뜨기 전에 거먹산 쪽에서 총소리가 두 번 울렸다. 잠시 후 만득이의 일행은 아무 일도 없었다는 듯이 거먹산을 내려왔다. 다음날 전필두의 시신은 만득이의 배려로 집으로 돌아왔다. 전철봉 사장의 어머니도 충격을 받고 다음해 아버지를 따라갔다. 전철봉 사장은 고아가 되었다. 이미 반세기가 훨씬 넘은 일이지만 아직도 전철봉 사장의 눈앞에 당시의 기억들이 생생하게 떠올랐다. 지금도 전철봉 사장은 술만 마시면,

"다시는 이 땅에 동족 간에 피를 뿌리는 어리석은 전쟁은 있어서는 안 되네. 동족간의 깊은 상처만 남길 뿐 얻을 수 있는 것은 아무것도 없네."

세월이 흘러 나이를 먹자 전철봉 사장의 강철 같은 마음도 여려졌다. 차창 밖으로 밀려가는 정다운 고향 산천을 바라보며 소주잔을 비운 전철봉 사장은 김봉두에게 잔을 내밀었다.

"받으시게."

"고맙구먼유."

김봉두는 소주잔을 단숨에 비웠다. 얼큰하게 취하자 말이 많아졌다.

"밤중에 도망 나와 무작정 청량리역에 내렸을 때는 눈앞이 깜깜하고 살길이 막막하데유. 주머니에 동전 한 푼 없었어유. 도망쳐 나온 놈이 무슨 돈이 있겠어유. 생각하다 못해 서울역에서 손님을 상대로 구걸도 해 봤구먼유. 사지가 멀쩡한 놈이 할 짓이 못 되더구먼유. 이게 아니다 싶어 공장에서 일을 했는데 얼마 안 되어 회사가 부도가 나데유. 안 되는 놈은 자빠져도 코가 깨진다더니 그 말이 맞더구먼유. 죽을 고생을 하다가 이제는 죽는 길밖에 없겠구나 생각이 들어 남의 집 담 밑에 힘없이 앉아 있는데 지나가던 사람이 딱하게 보였는지 이층으로 가 보라고 하데유. 이층에 인력시장 사무실이 있더구먼

유. 오늘까지 인력시장에 다니며 날품을 팔아먹고 살았어유."

"산 입에 거미줄이야 치겠소."

"그러자니 오죽하겠어유."

"앞으로 어떻게 할 거요?"

"살길이 막막하네유."

하늘에 검은 구름이 모여들었다. 비라도 한줄기 하려는가. 산골 날씨는 변덕스럽다. 김봉두가 술에 취해 어눌한 목소리로 말했다.

"몰래 고향에 딱 한 번 다녀간 적은 있어유. 그때 눌러앉고 싶었는데."

"눌러앉지 그랬소."

"빚 생각을 하니 엄두가 안 나더구먼유."

얼마 전 술이 취해 문득 어머니 소식도 궁금하고, 집을 나간 여편네 점순이년도 궁금하고 자식들도 보고 싶어 고향에 다녀오기로 했다. 집에 갔다가 어머니가 붙들기만 하면 못 이기는 체하고 주저앉아 농사를 지을 생각이었지만 막상 고향 마을 앞에 도착하자 떠나올 때의 용기는 어디로 가고 빚쟁이들의 얼굴만 떠올랐다. 정신이 화들짝 들었다. 집에 들어갈 용기가 나지 않아 뒷산 큰 상수리나무 뒤에 숨어서 집의 동정을 살폈다. 추석 명절을 며칠 앞둔 터여서 어머니는 탈곡기로 벼를 털고 못 본 새 성큼 자란 아이들은 메뚜기를 잡으려고 할머니 주위를 맴돌았다. 남매의 모습을 본 김봉두는 눈에 눈물이 핑 돌았다. 자기가 없는 동안 아이들이 무탈하게 자라주어 대견스럽기까지 했다. 이번에는 부엌 쪽을 살펴보았는데 점순이년 모습은 보이지 않았다.

"짐승만도 못한 년!"

그날 결국 상수리나무 밑을 떠나지 못하고 이리저리 맴돌다가 해가 지고 어둑어둑할 무렵 눈물을 뿌리면서 서울로 돌아오고 말았다고 했다. 도망간 점순이년은 그렇다 치더라도 어머니나 아이들을 생각하면 지금도 가슴이 찢어지는 것처럼 아프다고 했다.

"죽고 싶은 생각도 했어유."

"그렇게 약한 마음을 먹다니…"

"하지만 살기 힘들다고 가족을 팽개치고 도망치는 그런 썩을 년은 인간도 아녀유."

김봉두가 아내 점순이를 두고 하는 말이었다. 그러자 전철봉 사장의 얼굴에 비죽 웃음이 흘렀다.

"그렇게 따지자면 자네도 어머니와 자식을 버리고 도망친 게 아닌가?"

"할 말이 없네유."

금세 김봉두가 시무룩해졌다.

"지금쯤은 아내가 돌아왔을지도 모르지."

"무슨 낯짝으로…"

김봉두의 눈에 눈물이 술잔에 떨어졌지만 김봉두는 상관없다는 듯 잔을 단숨에 비웠다. 그동안 답답한 속을 털어놓아서인지 얼굴이 아까보다 훨씬 밝아졌다. 정선역에 도착하자 구름이 산 쪽으로 솜이불처럼 내려앉았다. 낮인데도 높은 산은 잠에서 깨어나지 않은 듯 음험한 모습으로 구름 속에 웅크리고 있다. 열차가 멈추자 김봉두가 서둘러 자리에서 일어났다.

"저기 가마골이 보이네유."

김봉두가 손을 들어 강 건너 한곳을 가리켰다. 가마골이 구름에 가려 산봉우리가 조금 보일 뿐이지만 김봉두의 눈에는 환하게 보이는 듯이 말했다. 전철봉 사장은 감개가 무량한 듯,

"산은 그대로인 것 같은데 읍내는 많이 변한 것 같구먼."

"세월이 얼마나 흘렀는데유."

"그려."

구름이 걷히자 고불고불한 오솔길이 강 건너 산 중턱을 향해 실뱀처럼 뻗어 있었다. 멀리 버스가 곡예하듯 산길을 타고 내려오고 있다. 정선 장을 보기 위해 손님을 가득 싣고 오는 길이리라. 버스 안에는 산에서 뜯은 고사리며 참나물, 취나물, 더덕이 가득 실려 있으리라. 전철봉 사장은 문득 어머니의 얼굴이 떠올랐다. 어머니는 초등학교 운동회가 있던 하루 전날 가마골 뒷산에서 산나물을 뜯어 읍내 장날에 내다판 돈으로 하얀 운동화를 사 왔다. 전철봉 사장은 운동화 때문에 밤새도록 잠을 이루지 못했다. 자다가도 일어나 운동화를 신어보고 또 잠을 자다가 일어나 신어보고 했다. 모든 것이 엊그제 같은데 까마득한 세월이 흘렀다.

두 사람은 정선역을 나와 음식점으로 들어갔다.

"어서 오세유. 서울 손님이구먼유."

"메밀국수도 주고 막걸리도 주시오."

전철봉 사장이 의자에 엉덩이를 걸치며 말했다.

"요즘은 외지 사람들이 워낙 들락거려 이곳 인심도 예전 같지 않아유."

"모두가 변하는데 여기라고 다르겠소."

"그건 그래유."

두 사람은 기차에서 소주를 마신 뒤끝이라 막걸리를 조금 마셨는데 금세 취기가 온몸으로 퍼졌다. 메밀국수 한 그릇을 눈 깜짝할 사이에 비우고 나니 뱃속이 따뜻해지며 정신이 번쩍 들었다. 산골의 해는 짧다. 일을 빨리 보고 서둘러 서울로 돌아가야 한다. 열차 시간까지 대기가 빠듯한 시간이었다. 김봉두가 자리에서 일어나더니 가마골과는 반대방향으로 발걸음을 재촉했다.

"이 길은 가마골과는 반대 길 같은데?"

"맞아유. 잠깐 들릴 데가 있구먼유."

"누가 계시오?"

"가 보시면 알아유."

김봉두는 산을 오르기 시작했다. 전철봉 사장이 뒤를 따랐다. 한참 가파른 산을 오르자 평평한 곳이 나타나고 숲속에 버려진 듯한 묘(墓) 한 기가 보였다. 사람의 손길이 닿은 지 오래된 듯 무덤 주변으로 칡 넝쿨과 억새풀이 무성하게 자라 묘비를 덮고 있고 고산(高山)은 가을을 맞을 채비를 서두르고 있었다. 무덤을 대하는 순간 김봉두의 눈에 눈물이 글썽거렸다. 무덤 앞에 무릎을 꿇더니 엉엉하고 소리 내어 울기 시작했다. 전철봉 사장이 눈을 커다랗게 떴다.

"누구신데 그리 슬프게 우는 거요?"

"불효자를 용서하셔유, 흑흑."

김봉두는 전철봉의 사장의 말에 아랑곳하지 않고 한참 슬프게 울더니,

"아버지 산소구먼유. 전에는 내가 일 년에 몇 번씩 돌보았는데 객지 생활을 하다 보니 이 지경이 되었네유."

무덤에 덮여 있는 칡넝쿨이며 억새풀을 거둬 내자 덤불 속에 감추어진 비석 하나가 얼굴을 내밀었다. 오석으로 잘 만들어진 값나가는 비석이었다. 김봉두가 아버지의 얼굴을 대하듯 조심스럽게 비석을 손바닥으로 닦아내자 비석에 선명하게 글귀가 나타났다.

　○○○氏萬得之墓

　전철봉 사장은 어디서 많이 듣던 이름 같아 만득, 만득, 하고 입속으로 몇 번 중얼거리다가 아― 하고 가벼운 신음을 토했다. 순간 기이한 인연이라고 생각했다. 어렸을 때 어머니로부터 들은 이야기가 떠올랐다. 아버지를 거먹산으로 데려갔던 바로 그 사람의 무덤이었다.

　"자네 부친인가?"

　"네."

　"허, 묘한 인연이로군."

　김봉두는 무슨 영문인지 몰라 어리둥절한 표정으로 전철봉 사장의 얼굴을 살폈다. 하지만 전철봉 사장은 조용히 웃기만 할 뿐 말을 더 하지 않았다.

　"저의 부친을 아세유?"

　"많이 듣던 이름 같아서 그러네. 나도 자네 부친에게 절 좀 하면 안 되겠는가?"

　"그러셔유."

　인사를 끝낸 전철봉 사장은 김봉두를 향해 말했다.

　"자, 해가 지겠네. 어서 돌아보고 가세."

　바람이 불자 억새풀에서 와스스 하고 바람 스치는 소리가 났다. 산자락에 내려앉았던 구름이 바람에 떠밀려 물러가자 가마골이 선명하

게 들어났다. 고향은 예전보다 더 쓸쓸하고 더 허전해 보였다. 인적
도 끊어진 듯했다.

"어서 가세."

"내 정신 좀 보셔유. 그래야지유."

김봉두가 앞서고 그 뒤를 전절봉 사장이 따랐다. 서울로 가는 기차
시간까지 대자면 가마골까지 빨리 다녀와야 했다. 두 사람은 부지런
히 산골길을 걸었다.

노을

한 사내가 오동나무 밥집으로 부지런히 들어섰다. 정장을 하고 나비넥타이를 맨 신사복 차림의 사내는 한쪽 어깨에 얼룩무늬 녹색 가방을 메고 있다. 얼굴은 깡마른 편이지만 코가 우뚝하고 눈은 번득거려 날카롭게 보였다. 둔내읍에서는 좀체 보기 드문 옷차림새였다. 사내는 밥집 안으로 들어와 이곳저곳을 유심히 살피더니 볕이 잘 드는 창문 가까운 의자에 엉덩이를 걸치고 앉았다. 그러더니 어깨에 멘 얼룩무늬 녹색 가방을 빈 의자에 내려놓았다. 따뜻한 봄 햇살이 창문을 통해 눈부시게 쏟아져 들어왔다. 사내는 목이 말라 술이라도 마시려고 들어온 것 같았다. 아직 시간이 일러서 그런지 밥집은 사람이 들지 않고 있다. 복순이는 행주치마를 허리춤에 두르며 사내 쪽으로 가까이 다가갔다. 오늘 첫 손님이었다.

"어서 오셔유."

"술이 있소?"

사내는 목이 마른지 컬컬한 목소리로 술부터 찾았다. 복순이가 물컵을 사내 앞 테이블에 내려놓으며 싱긋 웃었다.

"여기는 밥집이어서 술은 없고 밥만 있구먼유."

"나는 밥보다 술이 더 고픈 사람이오."

"그럼 잠깐만 기다리셔유. 옆 가게에서 소주 한 병 가져오겠어유."

"미안해서 그러지요."

"돈만 내면 돼유."

"헛헛, 그야 그렇기는 하지만."

복순이는 옆집 가게에서 소주 한 병을 가져와 빠르게 술상을 봤다. 사내는 복순이가 술상을 보는 동안 얼굴을 뚫어지게 바라보았다. 복순이가 술상을 들고 오며 사내의 눈길을 느끼자 얼굴을 붉혔다. 스물두 살에 결혼 해 서른두 살에 이혼당한 여자지만 복순이의 얼굴은 아직도 포동포동 예뻤다. 얼굴이 예쁘니 눈독을 들이는 남자가 많았다. 복순이는 사내의 시선을 느끼면서도 모른 체했다. 사내가 복순이의 얼굴을 한참 바라보더니 점잖은 목소리로,

"밥집이 힘들지 않소?"

하자 복순이는,

"힘들어도 어쩔 수 없지유."

"헛헛헛 얼굴도 예쁘고 마음씨도 고와 보이고…"

사내가 술잔을 내민다.

"술은 못 해유. 그렇게 보시면 제 얼굴이 닳아유."

"걱정 마쇼, 내가 책임지면 될 거 아뇨."

"남자들이란 생각한다는 게 고작 쯧쯧."

사내는 기분 좋은지 연신 싱글벙글한다. 복순이는 사내의 말을 귓등으로 흘리며 물 한 바가지 퍼 국솥에 붓고 엉덩이를 의자에 내려놓았다. 몸이 편안해졌다. 요즘 들어 허리 통증이 부쩍 심했다. 하루 종일 서서 일한 탓에 허리에 무리가 간 모양이라고 생각했다. 잠시 후 무청을 넣은 선짓국이 부글부글 끓어오르자 구수한 냄새가 사방에 진동했다. 사내가 구수한 냄새에 코를 벌름거리며 침을 꿀꺽 삼키자 눈치 빠른 복순이가 그 모습을 보고 얼른 선짓국 한 사발 퍼 사내에게 건네주었다. 사내가 빙긋 웃으며 선짓국을 몇 모금 마시자 십년 묵은 체증이 확 뚫어지는 것같이 가슴속이 시원했다. 사내가 감사의 표시로 비죽 웃어주었지만 복순이는 못 본 체 고개를 돌렸다. 봄 가뭄이 한 달 이상 지속되고 있지만 창밖으로 보이는 비옥한 땅에서는 보리가 파랗게 자라고 있다. 바람이 불 때마다 보리밭에서 풋풋한 냄새가 상큼하게 이곳까지 전해 왔다. 술 한 병을 비운 사내가 딸딸하게 취기가 오르자 복순이에게 말을 걸었다.

　"식당은 언제부터 했소?"

　"오 년쯤 됐어유."

　"돈 좀 벌었겠구먼."

　"돈은 무슨, 어깨 통증만 얻었어유."

　"돈 벌었다고 말하면 내가 도둑질이라도 할까 봐 그러슈. 나 그렇게 막돼먹은 놈은 아니니 안심하쇼."

　사내는 술잔을 들며 인상을 찌푸렸다. 소주가 쓰기 때문이었다.

　"그렇게 쓴 술은 왜 마신대유?"

　"습관이오. 여기는 아가씨는 없소?"

"산에서 숭늉을 찾으셔유."

"나는 여자가 없으면 술이 안 넘어가는 체질이요."

"그럼 지금은 물을 마신거유?"

"헛헛 오해 마슈, 말이 그렇다는 거지."

사내가 둔내읍 다리 공사를 하러왔다고 하자 복순이는 의아한 표정으로 사내를 바라보았다. 지금까지 막노동을 하는 사람들을 많이 상대해 왔지만 나비넥타이까지 맨 기이한 복장을 하고 막일을 하겠다는 사람은 생전 처음이었다. 아무리 봐도 책상 앞에 앉아서 컴퓨터로 서류나 작성해야 어울릴 인물 같았다. 불황이 이어지고 실업자가 늘어나면서 생기는 현상이었다. 읍내로 통하는 교통량이 부쩍 늘어나면서 원래 있던 다리를 허물고 그 두 배나 되는 다리 공사를 시작했다. 새 다리가 완성되면 읍내로 들어가기가 훨씬 빨라질 것이라며 사람들은 좋아했다. 다리 공사는 처음 야당 국회의원 한달수의 공약이었지만 여당이 집권하자 이런저런 사정으로 공사를 몇 년 미루다가 여당인 김달호가 국회의원에 당선되면서 사업이 빠르게 진척되었다.

사내는 공사 기술자라고 말하지만 복순이는 사내의 말을 믿을 수 없었다. 요즘은 눈만 뜨면 사기 당했다는 보도가 판을 친다. 얼마 전에는 어떤 사내가 병에 맹물을 넣고 노인들에게 정력제라고 속여 수억을 챙긴 기상천외한 사건이 있었는가 하면 쇠똥으로 환을 빚어 정력제라고 속여도 불티나게 팔려나가는 일도 있었다. 먹고 살 만하니까 노인들까지 정력제라면 사족을 쓰지 못했다. 가짜 비아그라를 먹고 부작용 때문에 혼이 난 노인들까지 속출했다. 사내는 몸을 으스스 떨더니,

"날씨가 꽤 추운데요."

"여기 사람들은 이 정도 추위는 이골이 나 괜찮아유."

방송에서는 남쪽은 영상이라는데 높은 산으로 둘러싸인 이곳은 여전히 영하권을 맴도는 차가운 날씨였다.

"혹시 지오피라는 이야기를 들어 보았소?"

"들어 보기는 한 것 같구먼유."

"최전방 초소요. 내가 그곳에서 근무했던 사람이오. 꽤 오래된 이야기지만 그때는 오줌을 싸면 오줌 줄기가 고드름처럼 땅 위로 솟구쳐 올랐소. 그런 추위는 처음이었소. 그때는 지금처럼 개발이 되지 않은 탓이지요. 요즘 우리나라는 기후도 덥고 습해 집중 호우가 계속되고 있는데 이게 다 지구온난화 때문이라니 이러다 지구 종말이 올지도 모르지요."

사내는 마지막 소주잔을 비운 후 자리에서 일어났다. 그러더니 넉살 좋게 한마디 건넸다.

"월말에 다 계산하겠소."

"언제 봤다고 외상이래유?"

복순이는 깜짝 놀랐다. 여러 해 밥장사를 했지만 이렇게 경우 없는 사람은 처음이었다. 한 달 정도 거래하다 외상이라면 또 모르거니와 생면부지 알지도 못하는 인간이 처음부터 외상을 하자니 낯가죽이 여간 두껍게 보이지 않았다.

"지는 흙을 퍼다 장사하는 사람 아니구먼유."

"떼먹겠다는 것이 아니라 현장에서 돈이 나오면 갚겠다는 겁니다."

"그걸 어떻게 믿어유."

"지금까지 속아만 살았소?"

"저는 돈은 믿어도 사람은 못 믿네유."

"그렇다면 이번에는 사람을 믿어 보쇼. 그렇게 못 믿겠다면 이거라도 받으슈."

사내는 어깨에 둘러메었던 얼룩무늬 녹색 가방을 홱 던져 주었다. 무엇이 들었는지 알 수 없으나 가방은 배가 더부룩하게 불러 있다. 복순이는 보나마나 객지를 떠도는 사람이라면 십중팔구 빨랫감이 틀림없을 거라고 생각했다. 떠돌이 사내가 밥을 먹고 돈이 없다고 하자 목을 비틀 수도 없고, 그렇다고 먹은 밥을 토해 놓고 가라고 할 수도 없어 어쩔 수 없이 복순이는 속는 셈치고 얼룩무늬 녹색 가방을 맡아 두기로 했다.

"좋아유. 그럼 가방은 당분간 제가 보관하겠어유. 하지만 사람을 못 믿어서가 아니라는 것만 알아주면 좋겠네유."

"헛헛헛, 그 안에 금송아지가 들었으니 잘 보관하쇼."

"약속이나 잘 지키셔유."

"염려 마쇼, 헐헐헐."

사내가 실없이 헐헐거리더니,

"참 내 이름은 덕돌이요, 박덕돌. 수첩에 잘 적어 놓으시오. 촌스러운 이름이긴 하지만 우리 아버지께서 덕을 많이 쌓으라고 지어준 귀한 이름이오. 아직 남에게 덕을 한 번도 베풀어 본 적은 없지만 장차 돈을 벌면 베풀 작정이오."

"허풍떠는 사람치고 좋은 일 했다는 이야기는 듣지 못했네유."

"그럼 이번에는 믿어 보슈."

"하나를 보면 열을 안다고 했구먼유. 외상값이나 잘 갚으셔유."

"염려 마쇼."

덕돌은 손을 흔들면서 다리 공사 현장으로 떠나갔다.

요즘 공사판에는 불황 때문에 여러 종류의 사람들이 모이고 있다. 인부들 중에는 큰 회사 임원을 지낸 사람도 있고, 개인 사업을 하다 부도를 맞고 오는 사장님, 큰 회사에서 조기 은퇴한 사람, 취직을 못한 청년 등 별의별 사람들이 다 있었다. 불황이 길어지자 일감도 줄어들었다. 사람들은 불황이 길어질까 봐 겁을 내지만 지금 같으면 불황은 쉽게 끝날 기미가 보이지 않았다. 문제는 아무리 불황이라고 외쳐도 있는 사람은 더 잘 살고 없는 사람은 더 가난해진다는 것이었다.

"이놈의 불황이 언제 걷힐 건가."

"언젠가는 걷히겠지."

일하러 오는 사람들은 언제 일자리가 끊어질지 몰라 늘 바늘방석에 앉은 기분이었다.

구멍가게 할머니는 복순이가 처음 보는 남자에게 외상을 주었다는 이야기를 듣자 야단쳤다.

"자네, 흙 파다가 장사하는가?"

"사정이 딱한 것 같아서…"

"자네, 세상을 헛살았구먼. 요즘 같이 불한당 같은 세상에 사기꾼이 한둘인가. 그렇게 장사하다가 자네도 멀지 않아 쪽박 차는 건 시간문제일세."

"무슨 사정이 있겠지유."

"사정은 무슨 얼어 죽을 놈의 사정, 사내들이란 원래 혼자 사는 여자는 귀신처럼 냄새를 잘 맡는다네. 그놈이 벌써 자네가 혼자 사는 것을 냄새 맡은 모양이지. 남자의 마음속에 시커먼 구렁이가 몇 마리 들어앉아 있는지 자네는 모른다네, 조심하시게."

할머니의 얼굴에 주름이 더욱 깊어 갔다.

"저도 산전수전 다 겪은 여자여유."

"열 번 찍어 안 넘어가는 나무를 못 봤다네."

그러나 구멍가게 할머니가 염려하는 것과 달리 덕돌이는 약속을 잘 지켜주었다. 월말이면 그동안 먹은 밥값을 꼬박꼬박 계산하고 돌아갔다.

그러던 어느 날 봄바람이 살랑살랑 불어올 때였다. 덕돌이가 외상을 한지 오 개월이 되던 달에 한 달 밥값을 외상으로 달아 놓은 채 행방을 감추었다. 덕돌은 봄바람을 타고 어디론가 떠나갔다. 복순이는 믿었던 도끼에 발등 찍힌 기분이었다. 아무리 찾아도 하늘로 솟았는지 땅으로 꺼졌는지 덕돌의 행방을 찾을 수 없었다. 공사판 사람들에게 물어봐도 행방을 알고 있는 사람은 없었다. 구멍가게 할머니는 그것 보라며 남자는 이유 여하를 불문하고 믿어서는 안 되는 동물이라고 강조했다. 복순이도 남자라는 족속은 다 같은 것인가 하는 실망감에 화가 치밀었지만 참을 수밖에 없었다.

"앞으로 절대 남자에게 속는 일은 없을 거구면유."

"흥, 이제야 제정신이 드는 모양이구먼. 남의 사정을 봐주다 반드시 후회할 날이 올 거라고 말했지. 하지만 염려 마시게. 혼자 사는 여자 등골 빼먹고 잘된 놈을 못 봤다네."

복순이는 더 이상 덕돌이 찾는 일을 포기하고 말았다. 얼마 동안 덕돌이를 까맣게 잊은 채 바쁘게 살았다.

그러다 다음해 봄이 되었다. 공사를 재개할 때쯤 행방을 감추었던 덕돌이가 봄바람을 타고 홀연히 복순이 앞에 나타났다. 복순이는 마음을 정리하고 있었던 터라 덕돌이가 나타나자 혼란스러웠다. 복순이는 속으로 덕돌이를 보는 순간 반가우면서도 겉으로는 냉랭한 척 대했다.

"무슨 염치로 또 나타났대유."

"사정이 생겼소."

"사정은 무슨, 밀린 외상값이나 마저 갚으셔유."

"밥값은 여기 있소. 그동안 나를 보고 싶지 않았소?"

복순이는 덕돌이에게 마음속을 들킨 것 같아 얼굴을 붉혔다. 복순이는 그동안 덕돌이를 잊겠다고 단단히 마음먹었지만 하루도 잊지 못했다. 눈만 감으면 덕돌이의 얼굴이 어른거려 일이 제대로 잡히지 않는 때도 있었다. 그랬던 덕돌이가 바람처럼 나타나자 반가웠지만 모른 척 시침을 떼었다.

"착각은 자유네유."

"나는 알고 있소."

"알기는 뭘 안대유."

그러던 복순이는 못 이기는 체 덕돌이를 다시 받아 주었다. 이 소식을 전해 들은 구멍가게 할머니는 그런 썩을 놈을 왜 다시 받아 주었느냐며 당장 내쫓으라고 말했지만 복순이의 마음이 이미 덕돌이에게 가 있음을 알고 더 간섭하지 않았다. 몇 개월 후 다리 공사가 마무리되어 갈 무렵 덕돌이가 복순이에게 오늘 저녁은 특별히 술상을 잘 봐달라고 부탁했다. 복순이는 무슨 좋은 일이라도 있는 모양이라고 생각하고 그날 저녁에 상다리가 휘도록 술상을 차렸다. 공사도 끝나가는 판이었다. 그날 저녁 덕돌이는 술을 몇 잔 마시더니 잔을 복순이에게 권했다. 복순이가 밥집을 몇 년째 하고 있지만 지금도 술 냄새만 맡아도 취하는 체질이라고 말하자 덕돌이는 잔만이라도 받아달라고 간청했다. 복순이는 더 거절 못하고 잔을 받아 마시는 시늉만 하고 돌려주었다.

"허, 술잔을 주었으면 술도 따라야지요."

"제가유?"

"여기 다른 사람이 있소?"

"……"

복순이는 어쩔 수 없이 술을 따라주었다. 덕돌이는 술을 몇 잔 마신 뒤 취기가 오르자 사방을 다녀 봤지만 둔내읍만큼 산 좋고 물 좋은 곳이 없다며 떠돌이 생활을 이제 청산하고 이곳에 정착하고 싶으니 결혼해 달라고 했다. 그 소리에 복순이의 가슴도 콩닥콩닥 뛰었다. 결혼 이야기가 나오자 까맣게 잊고 살았던 악몽 같은 결혼 생활이 영화필름처럼 스치고 지나갔다. 복순이는 결혼하고도 아이를 갖지 못해 쫓겨났다. 시어머니는 아이를 갖지 못하는 책임이 여자에게 있다며 복순이만 나무랐다. 참고 있던 복순이도 할 말은 해야 한다고 생각하고,

"하늘을 봐야 별을 따지유."

하고 남편의 외도를 항의하자 시어머니는,

"별을 따는 것도 여자가 할 탓이여. 오죽 신통하지 못하면 남편이 밖으로만 나돌까."

시어머니는 노름과 술독에 빠진 아들 편을 들었다. 시아버지도 아들처럼 평생 술과 노름에 빠져 살다가 겨우 아들 하나만 두고 돌아가셨다는 것이다. 과부가 되어 아들만 끼고 살던 시어머니는 며느리가 들어오자 질투가 생기는 모양이었다. 어쩌다 남편이 집에 와서 복순이와 잠자리를 같이 하려고 하면 시어머니는 이 핑계 저 핑계 대며 아들을 자기 방에서 자도록 했다. 이러니 복순이는 결혼을 했지만 남자 냄새조차 맡을 수 없었다. 그러던 시어머니는 미운 털이 박힌 며느리를 내쫓을 생각이었는지 하루는 용한 점쟁이에게 물어봤다며 더 이상 아들과 같이 살면 아이는 고사하고 서방까지 잡아먹는다며 당장 갈라서라고 말했다. 자기 대에 와서 손을 끊으면 저 세상에서 조상을 대할 면목이 없다는 이유였다.

"지금이 어떤 세상인데 점쟁이 말을 믿으셔유?"

"너는 안 믿어도 나는 믿는다."

"아이를 갖지 못하는 게 어찌 내 죄여유."

"여자 잘못이지."

"지는 결혼을 했지만 남자 구경도 못했어유."

"나 때문이라는 거여?"

"네."

어머니와 아내가 옥신각신해도 남편은 옆에 있으면서도 꿀 먹은 벙어리였다. 몇 개월 후 결국 복순이는 시어머니 등살에 견디지 못하고 입을 옷가지만 몇 가지 달랑 챙겨 들고 친정으로 쫓겨 오고 말았다.

결혼한 지 십 년만이었다. 결혼하면 시집 귀신이 되어야 한다는 말도 옛말이 되었다. 요즘은 신혼여행에서 돌아와 이혼 하는 부부도 있는가 하면 아이 낳기 싫어 이혼 하는 부부도 있고 서로 생각이 다르다고 이혼하고, 싸운 후 화가 나서 이혼하고, 이렇게 이유 같지 않은 이유로 이혼과 재혼이 밥 먹듯이 이루어지는 요상한 세상이다. 복순이는 시어머니 등쌀에 쫓겨났지만 친정어머니를 보자 자기가 잘못해서 쫓겨난 것처럼 왈칵 눈물을 쏟았다.

"죄송해유."

"죄송할 것 없다. 착한 너를 내친 그쪽이 복이 없는 거여."

복순이는 그 해 둔내읍에 오동나무 밥집을 차렸다. 처음에는 목숨을 연명하기 위해서 시작한 일인데 음식 솜씨가 좋아서인지 시작하자마자 단골손님도 생기고 장사도 잘되었다. 몇 년 후 생활이 안정되어 가고 있을 무렵 덕돌이가 봄바람을 타고 나타나 복순이의 마음을 흔들어 놓았다. 결혼 생활에 한번 실패한 경력을 가지고 있는 복순이는 두 번 다시 악몽을 반복하고 싶지 않았다.

"결혼은 안 돼유."

"아까운 청춘을 그대로 썩힐 작정이시오?"

"결혼 말만 들어도 신물이 나네유."

"남자라고 다 그런 건 아니오. 세상에 왔으면 씨는 남기고 가는 것이 인간의 도리요."

덕돌이의 끈질긴 설득에 복순이는 손을 들고 말았다. 승낙이 떨어지자 덕돌이는 쇠뿔도 단김에 빼야 한다며 결혼식을 서둘렀다. 복순이는 번갯불에 콩 볶아 먹을 일이 있느냐며 천천히 하자고 제안해도 덕돌이는 큰일은 원래 질질 끌면 김이 샌다며 빨리 하자고 졸랐다. 둘은 결국 한 달도 안 되어 마을에 있는 작은 교회에서 결혼식을 올렸다. 주례는 교회 김철식 목사가 맡았다. 축하객은 몇 명 되지 않았지만 엄숙하고 경건한 결혼식이었다. 마을 사람들은 아픈 상처를 가진 복순이가 진심으로 행복하기를 빌어 주었다. 신혼여행은 없었다. 첫날밤을 집에서 보낸 다음날 덕돌이는 꿈에 큰 돼지 한 마리가 자기 품에 달려들었다며 태몽이 확실하다고 호들갑을 떨었다. 복순이는 태몽 같은 것은 믿지 말라고 말했다. 그런 기적 같은 일은 평생 자기 몸에 일어나지 않을 거라고 말했다. 만일 그런 일이 일어난다면 그건 삼신할머니가 잠시 정신 줄을 놓았을 때라며 자기 같은 박복한 년에게 그런 큰 복을 주겠느냐는 것이었다. 덕돌이는 자신 있게 말했다.

"두고 보쇼. 아들을 낳을 테니."

"꿈 깨서유."

얼마 후 복순이는 정말 매월 있어야 할 달거리가 없다는 사실을 발견하고 깜짝 놀랐다. 병원에 갔더니 의사는 임신이라며 축하해 주었다. 복순이는 자기 귀를 의심했다. 의사가 분명하다고 확인해 주자 기쁨을 감추지 못했다.

"참말이서유?"

"그렇소."

집에 돌아온 복순이는 덕돌이에게,

"삼신할머니께서 잠시 잠든 사이 우리가 일을 치른 모양이네유."

하고 농담을 건네자 덕돌이가 벙싯거리며,

"허허허, 내가 뭐랬소. 아이를 낳는다고 했지요?"

"아이의 이름을 뭐라고 해유?"

"여름에 낳을 테니 하지라고 하지."

하지는 일 년 중 낮이 가장 긴 여름 절기 중에 하나이다. 하지처럼 오래오래 살면서 열심히 일해 부자가 되라는 의미를 내포하고 있는 깊은 뜻을 가진 이름이었다. 복순이는 열 달을 채우고 튼튼한 사내아이를 낳았다. 그러나 복순이의 이런 기쁨도 오래가지 못했다. 하지를 낳은 다음해 복사꽃이 흐드러지게 피는 봄이 오자 덕돌이는 봄바람을 타고 말 한마디 남기지 않고 홀연히 집을 떠났다. 봄바람이 다시 잠자고 있던 덕돌이의 방랑 병을 깨운 모양이었다. 복순이는 하지의 양육을 혼자 떠맡게 되어도 불평 한마디 하지 않았다. 삼신할머니가 주신 귀한 선물이니 잘 키워 훌륭한 사람을 만들겠다고 다짐했다. 복순이의 이런 마음을 알기라도 하듯 하지는 건강하게 잘 자라주었다. 공부도 잘해 초 · 중 · 고등학교를 우수한 성적으로 졸업하고 서울 명문대학에 합격했다. 서울 유학을 떠나는 날 복순이는 하지의 손을 꼭 잡아 주었다.

"열심히 공부하는 것이 부모에 대한 효도다."

"훌륭한 사람이 되어 어머니의 은혜를 갚겠습니다."

"자식 은혜 바라고 공부시키는 부모는 없을 거다."

복순이는 가슴이 뭉클했다. 어느 새 자식이 철이 들어 부모의 심정을 알아주자 고생했던 지난 일들은 하나도 생각나지 않았다. 자식은 이런 재미로 키우는 구나 생각했다. 서울에 유학을 간 후에도 복순이는 뼈가 부서지도록 일을 해서 학비를 보내 주었다. 아무리 힘들고 고생스러워도 자식 공부시키는 일만은 소홀히 할 수 없었다. 효도 같은 것은 바라지도 않았다. 그저 여느 부모처럼 자식이 잘 되어주기만을 바랐다. 하지가 대학 졸업을 앞두자 복순이의 지리한 고생도 이제 마감되는 듯했다.

그러다 산과 들에 봄이 내릴 무렵, 그동안 소식이 없던 덕돌이가 불쑥 병든 몸을 이끌고 복순이 앞에 나타났다. 세월이 많이 흐른 탓인지 얼굴은 누렇게 떠 있고 볼 위로 광대뼈가 툭 튀어나와 사람을 알아볼 수 없을 정도였다. 패기로 왕성하던 청년의 모습은 어디서고 찾아볼 수 없었다.

"뭔 염치로 이제야 나타났대유?"

"그렇게 되었네. 착한 자네를 두고 못할 짓을 많이 했으니 천벌을 받은 게지."

"이제 와서 그런 변명이 무슨 소용이 있대유."

덕돌이는 한참 동안 복순이를 바라보더니 다 죽어가는 목소리로.

"당신 얼굴이나 한번 보고 가려고 왔네."

"내 얼굴은 왜유?"

"왜긴 왠가, 사랑하기 때문이지."

'그놈의 사랑은 신물이 나네유. 집을 버리고 갔으면 어디서 잘 살아야지 거지꼴을 하고 이제야 나타나다니…'

복순이는 이렇게 쏴 주고 싶었지만 참고 병부터 물어보았다.

"봐하니 병이 깊은 것 같은데 무슨 병이시유?"

"감기 몸살이오."

"감기 몸살이라면서 왜 다 죽어가는 사람처럼…"

"헛헛, 자네 같은 천사를 버렸으니 벌을 받은 게지. 임자 얼굴을 봤으니 가겠네.”

덕돌이가 돌아서려 하자 복순이가 앞을 막아섰다. 짧은 기간이지만 살을 섞은 사람인데 이렇게 병든 사람을 야박하게 그대로 보낼 수 없었다.

“몸을 추수린 후에 떠나슈. 그때는 붙잡지 않을 테니.”

“그래도 되겠는가. 면목이 없어서…”

“나를 매정한 년으로 만들고 싶지 않으면 그렇게 하셔유.”

“헛헛헛, 그럼 염치없지만 당분간 신세 지겠네.”

“신세는 무슨…”

이웃 사람들은 송장이 다 되어 찾아온 사내를 내쫓으라고 야단이었지만 복순이는 끝내 그러지 않았다. 덕돌이는 시간이 날 때마다 복순이에게 “자네는 내게 하늘이 내려주신 천사일세.” 하고 감격했다. 며칠 후 비가 억수로 쏟아지는 날 덕돌이는 한 장의 편지만 남기고 홀연히 집에서 사라졌다. 편지 내용에는 자기는 위암에 걸려 살아갈 날이 얼마 남지 않았다며 이제 임자 얼굴도 보고 융숭한 대접까지 받았으니 편안한 마음으로 먼 길을 떠나게 되었다며 다음 세상에서 만나면 못 다한 사랑을 하자는 내용이었다. 편지 여기저기에는 눈물자국이 묻어 있었다.

“그래유, 나도 두 번 다시 당신 같은 남자는 만나고 싶지 않네유.”

복순이는 화가 나서 이렇게 말하면서도 좀 더 잘해 주지 못한 것을 후회했다.

얼마 뒤, 서울에 살고 있는 하지로부터 전화가 왔다. 며칠 후 여자를 데리고 집으로 가겠다며 잠시 밥집 문을 닫아 달라는 것이었다. 복순이는 어이가 없어 밥집과 사귀는 여자와 무슨 관계가 있느냐고 따지려다 이내 가슴이 철렁하고 내려앉았다. 제 놈이 어미가 큰 음식점을 했으면 감히 그런 소리를 할까 싶어 가슴이 꽉 메었던 것이다. 어미의 초라한 모습을 여자에게 보이고 싶지 않을 모양이라고 생각하면서도 복순이는 처음으로 자식 농사를 잘못 짓지 않았나 하는 의심이 들었다. 마음속으로 서운한 생각이 들었지만 자식의 부탁이니 거절할 수 없었다.

"그렇게 하지 뭐."

"며칠 후 들리겠습니다. 꼭 그렇게 해 주세요."

"그려."

대답은 그렇게 했지만 눈에 눈물이 핑 돌았다. 밥집은 복순이에게는 생명줄과도 같은 곳이다. 비록 막노동하는 사람을 상대로 하는 초라한 밥집이지만 그동안 이 밥집에서 돈을 벌어 자식 공부시키고 먹고 살았다. 단골손님은 복순이가 운영하는 밥집 외에 다른 곳에서 밥을 먹지 않을 정도로 정이 들었다. 복순이에게는 고마운 밥집이지만 하지 눈에는 그저 초라한 밥집일 뿐이었다.

며칠 후 하지가 여자를 데리고 나타났다. 오래 떨어져 생활한 탓인지 아들이 낯설어 보였다. 하지는 복순이에게 청송 건설 회사 외동딸이라고 여자를 소개했다. 부잣집 딸이라고 하니 복순이는 자식의 마음을 조금은 이해할 것 같으면서도 섭섭한 마음이 들었다. 여자가 잠시 자리를 비운 사이 하지에게 물었다.

"결혼 한 후 어미를 모른 체하지는 않겠지?"

"제 눈에 흙이 들어가도 그런 일은 없을 겁니다."

"말이라도 그렇게 해 주니 고맙네."

복순이가 안도의 숨을 쉬었다.

"결혼하면 서울서 같이 사세요."

하지의 제안에 복순이는 고개를 저었다.

"나는 아직 움직일 힘이 남아 있으니 나중에 갈 거여."

복순이는 가고 싶어도 단골손님 때문에 급작스럽게 밥집 문을 닫을 수 없었다.

하지는 가을에 결혼식을 올리고 서울에서 신혼살림을 차렸다. 복순이는 따라가지 않았다. 예전처럼 혼자서 밥집을 운영하면서 몇 해 더 일했지만 세월 앞에는 장사가 없었다. 자식 공부시키고 결혼까지 하고 나니 몸도 마음도 풀어져서인지 강철같이 단단하던 몸에 아픈 곳이 많아졌다. 특히 무릎 관절이 심하게 아팠다. 병원에서는 나이 먹으면 누구에게나 찾아오는 퇴행성관절염이라며 특별한 치료법이 없다는 것이었다. 그동안 몸을 많이 혹사한 것이 병을 일찍 찾아오게 한 원인이었다. 복순이는 이제 자식과 함께 마지막 여생을 보낼 때가 되었다고 결론을 내리고 평생 동안 일해 오던 밥집을 접기로 했다. 막상 밥집을 접기로 하자 섭섭하기 이를 데 없었다. 비록 허름한 건물이지만 정이 들 대로 든 집이었다. 동네 어른들은 자식은 짝 지어 주고 나면 남이나 다름없다며 자식 집으로 들어가는 것을 만류했지만 복순이는 내 자식만은 절대 그렇지 않다고 자신했다.

"요즘은 내 자식이고 남의 자식이고 마찬가지네."

"하지는 달라유."

"두고 보시게. 다를 것 없네."

복순이는 누가 무슨 말을 해도 자식 편을 들었다. 그리고 밥집을 떠나기에 앞서 재산을 정리했다. 떠나는 날 복순이는 긴 세월동안 생사고락을 함께 해 온 정든 밥집 바람벽을 쓰다듬어 주며 내가 죽는 날까지 너의 은공은 잊지 못할 거여, 라고 마지막 인사를 건넸다. 울컥하며 가슴이 먹먹해졌다. 몇 번이고 몇 번이고 밥집을 둘러보았다. 복순이의 인생이 고스란히 묻어 있는 밥집이었다.

"잘 있어라. 그동안 정말 고마웠다."

마을 사람들이 동구 밖까지 따라 나왔다.

"잘 가시게."

"자식에게 효도 받으며 잘살 거유."

"암 그래야지, 어떻게 키운 자식인데."

그렇게 복순은 정든 밥집을 떠났다.

복순이에게 서울은 낯선 도시였다. 작은 집에 살다가 크고 으리으리한 자식 집에 오자 너무 낯설었다. 복순이는 은행에 맡겨도 이자만으로 여생을 편안하게 보낼 수 있는 돈이 있었지만 정리한 돈을 한 푼도 남기지 않고 자식에게 몽땅 주었다. 복순이는 자식에게 주는 것은 하나도 아까운 것이 없었다.

"이 돈은 내 피와 같은 것일세."

"필요하시면 언제고 말씀하세요. 돌려드리겠습니다."

"이 늙은이가 쓸 일이 뭐가 있겠는가. 자네가 유용하게 잘 쓰게."

복순이는 아들 부부와 함께 서울 생활을 시작했다. 하지만 서울 생활이 생각보다 힘이 들었다. 평생 동안 밥집 일이 몸에 밴 복순이는 아무 것도 할 수 없는 도시 생활이 무료하기 그지없었다. 노인정에 가서 하루 종일 화투를 치거나 티브이를 보는 것이 일과였다. 화투 같은 것은 한 번도 해 본 적이 없는 복순이는 서울 생활이 하루하루가 감옥 같았다. 결국 이런 생활도 오래 가지 못했다.

일 년여의 시간이 흐르자 며느리가 티브이를 보고 있는 복순이를 향해 불만을 털어놓았다. 그동안 눈에 가시처럼 보인 것이 분명했다. 오랫동안 헤어져 살았으니 가족이라는 정도 없었을 것이다.

"하루 종일 티브이만 보세요?"

"내가 해야 할 일이 있어야지. 장사도 할 수 없고."

"일을 찾으셔야지요."

"무슨 일?"

"옆집 아주머니는 시골에서 올라와 아이도 봐주고 청소도 하고…"

"이 사람아, 내가 볼 아이가 어디 있는가."

하지 내외는 아이를 낳을 생각을 하지 않았다. 아무리 아이를 낳지 않은 세상이라고 하지만 집안에 대를 이을 아이 하나쯤 있어야 하지 않겠느냐고 수없이 이야기해도 소귀에 경 읽기였다. 그러던 며느리가 오늘은 먼저 아이 이야기를 꺼내자 복순이가 작심하고 한마디 했다.

"자네는 언제 아이를 낳을 건가?"

"낳으면 키워 주실래요?"

"그러지."

"아직 우리 형편에 아이는…"

"자네 형편이 어때서. 혹시 아이 낳을 생각이 없는 게 아닌가?"

며느리가 말하는 아이 이야기는 핑계일 뿐 시어미가 보기 싫은 모양이었다. 어쩌면 둘이서 행복하게 살아갈 기회를 시어머니에게 빼앗기고 있다고 생각하고 있는지도 모른다. 복순이는 부모들이 며느리와 함께 살지 않으려는 이유를 이제야 짐작할 수 있었다. 힘은 들었지만 밥집을 할 때가 일생 동안 가장 행복했던 시절이었다.

잠시 후 하지가 퇴근해 돌아왔다. 집안 분위기가 예전 같지 않음을 보고 복순이에게,

"어머니, 무슨 일이 있으세요?"

하자 복순이는 울컥하는 감정이 치밀었다.

"나는 내일 시골로 가겠다. 서울은 숨이 막혀 더 못 살겠다."

며느리의 흉을 볼 수 없어 그렇게 말하자 하지가 어이없어 했다.

"시골에 아직도 정리 못한 땅이라도 있으세요?"

"너는 이 어미가 아직도 돈으로 보이냐?"

"시골로 가시겠다니 드리는 말씀입니다."

"네 처에게 물어봐라."

"제 처가 무슨 이야기를 했는지 모르지만 어른이 이해하셔야지요."

순간 복순이의 가슴이 쿵하고 내려앉았다. 처음으로 하지가 열 달 동안 배가 아파 낳은 자식이 맞는지 의심이 들었다. 마을 사람들의 이야기가 귓가를 맴돌았다. 오늘은 누가 무슨 위로를 해도 비수가 되어 복순이의 가슴을 찔렀다.

복순이가 고향으로 가기 위해 무작정 버스를 탔다. 차창 밖으로 비

가 추적추적 내리고 있다. 비 오는 도시의 풍경은 더욱 낯설어 보였다. 하늘을 향해 치솟는 높은 빌딩, 끝없이 줄 서 있는 자동차 행렬, 바쁘게 오고가는 수많은 인파들, 어느 것 하나 긴장하지 않을 수 없는 도시 풍경이다. 숨조차 마음 놓고 쉴 수 없는 도시, 차창으로 빗물이 흘러내려 높은 건물들이 옆으로 찌그러져 보였다. 종점이 가까워지자 복순이가 타고 있는 버스는 금세 텅 비었다. 복순이는 상경할 때처럼 작은 보퉁이를 가슴에 꼭 안은 채 멍하니 차창 밖을 응시했다. 지금 어디에 있는지, 또 어디로 가는지 짐작할 수 없었다. 버스 기사가 흘금거리며 복순이를 바라보았다. 버스는 장위동 언덕길을 오르고 있었다. 복순이는 운전기사의 눈치를 보며 눈을 감았다. 그때 운전기사의 무뚝뚝한 음성이 들려왔다.

"할머니, 어디까지 가십니까?"

"저기…"

"어디서 내리는지 모르시는 거 아닙니까?"

운전기사의 불쾌한 음성이었다. 치매 노인으로 취급했다. 복순이는 눈을 감고 대답하지 않았다. 버스가 종점을 향해 가고 있지만 복순이는 여전히 내릴 생각을 하지 않았다. 버스 기사는 더 참을 수 없다는 듯 화를 벌컥 냈다.

"이 차는 지금 종점으로 갑니다."

"내려야지유."

"어디서 내리시는지 모르세요?"

버스 기사의 음성이 점점 고조되었다.

"갈 곳이 없으세요?"

"……"

대답이 없자 잠시 후 버스가 신경질적으로 멈추었다. 차창 밖으로 일렁거리는 빗물 속에 흐릿하게 파출소 건물이 보였다. 경찰관이 차에 올랐다. 버스 기사가 경찰관에게 치매 노인이라고 소개했다. 복순이는 눈을 감았다. 경찰관이 가까이 다가왔다.

"할머니, 자식이 없습니까?"

"어디에 사십니까?"

경찰관의 질문에 복순이는 입을 꼭 닫았다. 도시에 어둠이 내리고 가로등에 불이 들어오자 경찰관을 따라 내리는 복순이의 마음속에는 흙비가 내렸다.

마니산의 꿈

　김달춘 소설가는 생수 회사 홍보팀 직원으로 특별 채용되었다. 허구한 날 작품을 구상한다며 술만 퍼마시고 빈둥거리자 아내가 친정 아버지에게 특별히 부탁해 생수 회사에 취직시킨 것이다.

　생수 회사에 들어간 지 한 달이 되어갈 무렵, 홍보팀장 오달수가 광고에 삽입할 글을 작성해 달라는 지시를 했다. 원고를 작성할 때 반드시 우리 회사 물을 마시면 정력이 강해진다는 문구를 삽입하라는 주문이었다. 그러자 김달춘 소설가는 맹물과 정력과 무슨 관계가 있느냐며 그런 엉터리 글은 작성할 수 없다고 일언지하에 거절했다. 이에 오달수 팀장은 시키는 대로 하지 않으려면 회사를 그만두라고 말했다. 김달춘 소설가는 주저하지 않고 즉석에서 팀장 앞으로 사직서를 내던지고 말았다. 입사 한지 꼭 한 달만이었다. 국민의 건강을 책임져야 할 생수 회사가 뿌리까지 썩어버렸다며 아직도 이런 썩은 회사가 이 사회에 존재한다는 것은 슬픈 일이라며 천금을 준다고 해도 이런 회사에서는 근무할 생각이 없다는 것이었다.

"대한민국에 일자리가 여기밖에 없는 줄 아쇼?"

"자존심이 밥 먹여 줍니까? 마음대로 하쇼."

사표를 내던지자 오달수 팀장은 기가 막힌 모양이었다.

"당신 같은 사람은 내 생전 처음이오. 글을 쓴다는 분이 세상 물정은 맹탕이시구먼."

"걱정 마쇼. 밥 먹여 달라는 일은 없을 테니까."

"우리도 댁같이 세상 물정에 깜깜인 사람은 트럭으로 와도 싫소."

이 소식을 전해들은 아내 오풍자 여사는 술이 거나해 들어온 김달춘 소설가에게 따졌다.

"당신이란 인간은 그 속을 알 수 없어. 직장을 어렵게 구해 주었는데 왜 때려치는 거야. 식구들 밥을 먹일 거야, 굶길 거야?"

그러자 김달춘 소설가는 태연하게 대답했다.

"살려면 밥은 먹여야지."

"그런데 왜 직장을 때려쳐! 손가락만 빨고 살겠다는 거 아냐."

"손가락 빨고는 못 살지. 하지만 나는 거짓말 못 하는 성미잖아."

"요즘 세상에 그런 성격 가지고 밥을 먹을 수 있다고 생각해?"

"어떤 성격을 가져야 밥을 먹는데?"

"당신은 신문도 안 봐. 요즘은 비리에 적당하게 타협하고 적당하게 거짓말도 할 줄 아는 인간만이 살아남는 세상이라는 거 왜 몰라. 지금 세상에 비리 저지르지 않고 돈 모은 인간이 몇이나 돼. 옆집 순이 아빠를 좀 닮아. 고급 공무원이지만 골프장 다니고 외국 여행 다니고, 그 돈이 어디서 나. 당신은 단 한 번이라도 그런 적 있어?"

"없지."

"그런 돌 머리로 어떻게 글을 쓴다는 거야."

오풍자 여사는 제 식구도 벌어 먹이지 못하는 가장이 무슨 소용이 있느냐며 거세게 몰아붙였지만 김달춘 소설가는 아내의 어떤 소리에도 마이동풍이었다.

"그런 부정 축재하는 인간들을 부러워하지 마시게. 언젠가는 망하네. 작가는 히트작 한 편만 쓰면 떼돈 버는 것은 문제가 없네."

"그때가 언제 오는데?"

"기다려 보시게. 곧 오게 되겠지."

"때를 기다리다 까무러치겠구면."

인기 작품 하나면 떼돈을 버는 것은 시간문제라고 큰소리쳤지만 실제 김달춘 소설가는 몇 십 년이 되어도 그런 소설을 한 편도 써 본 경력이 없다. 앞으로도 그럴 희망이 전혀 보이지 않지만 여전히 큰소리치는 버릇은 나이와 관계없이 변하지 않는 모양이었다. 어쩌다 일 년에 단편 하나씩 문예잡지에 발표하지만 그것도 이렇다 할 화제가 되지 않았다. 그러니 잘 팔리는 작품을 쓴다는 것은 어쩌면 김달춘 소설가에게는 꿈같은 일일지도 모른다. 살다보면 언젠가 그런 요행이 올 거라고 믿고 싶을 뿐이었다.

"사람은 다 때가 있는 법일세. 겨울나무에 꽃이 피는 걸 봤는가. 봄이 돼야 꽃이 피는 것은 자연의 이치일세."

이미 여러 번 속은 오풍자 여사는 김달춘 소설가의 어떤 말에도 냉담했다.

"차라리 고목나무에 꽃이 피기를 기다리지."

"때를 기다리시게."

"헛된 꿈꾸지 말고 회사에 들어가 돈이나 벌어."

"싫다면?"

"사람도 아니지."

"사람이 아니면 짐승이란 말이야?"

"짐승만도 못하지. 짐승은 새끼라도 먹여 살리지만 당신은 그럴 재주도 없잖아."

김달춘 소설가는 번번이 오풍자 여사에게 타박당하고 무시당했다. 한때 김달춘 소설가는 '개똥벌레'라는 작품 하나로 문단에서 주목을 받은 적도 있었다. 그러나 이후 이렇다 할 작품을 쓰지 못한 채 헛꿈만 꾸며 어영부영 세월만 죽이고 있다. 어쩌다 돈 몇 푼 생기면 작품을 구상한다고 부지런히 술집에 들락거리며 여자들과 술을 퍼마시는 것이 일과처럼 되었다. 오풍자 여사의 구박이 심해지면 심해질수록 김달춘 소설가의 외도도 점점 심해졌다. 오풍자 여사는 이런 남편을 보며 복장이 터질 지경이었다. 견디다 못해 그런 술 머리로 무슨 소설을 쓰느냐며 타박을 주지만 김달춘 소설가는 쥐구멍에도 볕들 날이 있다며 여전히 기다려 보라는 말만 되풀이했다. 그렇게 기다린 세월이 벌써 수십 년이 흐르고 있었다.

"다 때려치우고 돈이나 벌어."

김달춘 소설가가 컴퓨터 앞에 앉아 자판기를 두드리면 오풍자 여사는 더 기다려 줄 수 없다며 노골적으로 불만을 터뜨렸다.

"나는 돈 버는 재주가 없잖아."

"돈 버는 재주가 없으면 땅이라도 파야지. 누가 알아, 땅을 파면 금이라도 쏟아질지."

"돈돈 하지 마, 천박하게."

"돈 버는 일이 천박하다면 재벌들은 다 천박하겠네. 고상한 소설가는 밥 안 먹고 금이라도 먹고 사는 거야?"

"아직도 세상은 나 같은 인간을 원하지 않고 있다네."

"헛꿈 깨."

"기다려 보시게, 때가 오겠지."

"여러 소리하지 말고 회사로 돌아가라니까."

"날더러 기어코 사기꾼이 되라는 거야?"

"밥을 먹자는 거지. 그럼 이혼이라도 하겠다는 거야?"

순간 김달춘 소설가의 머리끝이 섬뜩했다. 오늘은 오풍자 여사가 작심한 듯 마지막 카드를 뽑아들었기 때문이다. 지금까지 아무리 어려운 일이 있어도 단 한 번도 이혼 소리를 입에 올린 적이 없었다. 김달춘 소설가는 그런 아내가 은근히 고마웠는데 오늘 이혼 이야기를 들먹거리자 겁이 더럭 났다. 요즘은 황혼 이혼이 유행처럼 번지고 있는 세상이다. 노후 준비가 전혀 되어 있지 않은 김달춘 소설가는 밥이라도 먹으려면 마누라의 치마꼬리라도 붙잡아야 하는데 오늘은 오풍자 여사가 작심한 듯 쌀쌀맞기만 했다.

다음날, 김달춘 소설가는 어쩔 수 없이 아내가 시키는 대로 생수 회사에 다시 출근했다. 회사로 돌아오자 오달수 팀장은 기다렸다는 듯이 그때의 일을 들먹이며 비아냥거리는 투로 말했다.

"다시는 안 올 것처럼 하고 나가시더니 줄이 좋으신 모양이군. 아시겠지만 지금도 우리 홍보팀은 양심적인 사람은 필요하지 않소. 수단과 방법을 가리지 않고 물을 많이 팔게 만드는 사람이 필요할 뿐이오. 그 길만이 요즘 같은 불황에 우리도 살고 회사도 살아남게 하는 방법이란 말이오."

"그래서 날더러 어쩌라는 거요?"

"어쩌긴. 쓰레기만도 못한 양심 따위는 내팽개치고 홍보 글을 작성할 때 반드시 정력에 좋다는 문구를 삽입하라는 거지요."

그 이야기에 간신히 참고 있던 김달춘 소설가의 울화통이 다시 치밀었다.

"대체 정력과 맹물과 무슨 관계가 있다고 그러시오?"

"벽창호시구먼. 물론 아무 관계가 없지요. 하지만 광고가 뭐요. 과대 포장해서 잘 팔리게 하는 것이 광고효과가 아닙니까? 요즘 사람들은 늙은이고 젊은이고 정력에 좋다면 독약도 마다하지 않는 거 모르시오? 그런 심리를 잘 이용해서 돈을 벌자는 거요. 그게 뭐 잘못되었소?"

"결국 나보고 사기꾼이 되라는 것 아닙니까?"

"꽉 막힌 건 여전하시구먼. 문제는 정직만 가지고 살 수 없는 세상이니까 하는 소리요. 지금은 남의 돈을 떼먹고도 공짜로 재워 주고 먹여 주는 감옥으로 가는 세상이오. 돈을 빼돌리고 세금도 안 내는 높은 양반들은 골프장 다니고 해외여행 다니고 더 잘사는 세상이란 말입니다."

"그럼 나보고 그런 사람이 되라는 거요?"

"같이 먹고 살자는 거지요. 글재주를 어디다 쓸 거요."

며칠 전 정력에 특효약이라며 십억 원치나 팔린 약이 소금덩어리로 밝혀진 사건이 있었다. 이제 좀 먹고 살 만하니까 정력이 강해진다면 무엇이나 닥치는 대로 먹어치우는 세상이 도래한 것이다. 뱀이 멸종 위기에 내몰리고 물개도 멸종 위기에 내몰리고 곰도 멸종 위기에 내몰리는 것도 정력에 좋다는 이유 하나 때문이다.

오달수 팀장이 다시 강조했다.

"이건 충곤데, 그런 성격 가지고는 이 세상 어디에 가도 발을 붙일 곳이 없소. 우리도 당신처럼 정직한 거 좋아합니다. 이 세상에 정직을 싫어하는 사람은 단 한 사람도 없을 겁니다. 정직만 가지고 살 수 없는 세상이니까 문제라는 거지요."

"나는 소설가요."

"소설가는 흙으로 밥을 지어 먹습니까?"

"쌀로 밥을 지어 먹소."

"그럼 정직한 기업을 찾아가 보슈."

결국 김달춘 소설가는 또 회사에서 쫓겨나고 말았다. 이 소식을 전해들은 오풍자 여사는 더 이상 참지 못했다.

"끝까지 손가락 빨며 살겠다는 거야?"

"소설가도 인간이니까 밥을 먹어야 하겠지."

"그런데 왜 쫓겨나!"

"나는 그들과는 달라."

"어떻게 다른데, 눈이 세 개라도 달렸다는 거야? 솔직히 당신 어디

가서 단돈 만 원이라도 빌려 본 적이 있어? 당신같이 꽉 막힌 인간하고 살다가 이혼한 여자가 어디 한둘인 줄 알아? 나 같은 년이니까 여태까지 같이 살아 준 거지."

오풍자 여사는 지금까지 같이 살아준 것을 큰 인심이라도 쓰듯 말했다.

이런 일이 있은 후 김달춘 소설가는 하루하루 산다는 게 가시방석에 앉은 기분이었다. 세상 돌아가는 꼴이 한탄스럽고 답답하다며 한숨을 쏟아내더니 하루는 탑골공원 옆 골목에 나타나 후배 김 시인에게 전화를 걸었다.

"어이, 김 시인."

"어쩐 일이쇼?"

"술 생각이 간절하이."

"술시까지는 아직 이른 시간이 아닌가요?"

해가 지려면 좀 더 있어야 하지만 오늘 김달춘 소설가는 그때까지 기다릴 수 없었다. 아내에 대한 불만, 세상에 대한 불만 때문에 속이 부글부글 끓어올라 술을 마시며 김 시인에게라도 그간의 부글거리는 감정을 털어놓고 싶었다.

"술을 마시는 사람이 무슨 술시를 따지는가. 그냥 마셔 주는 거지."

"좋습니다."

"내가 오늘 나올 때 옷을 갈아입는 바람에 지갑을 놓고 나왔네."

"알겠습니다."

"역시 자네 같은 후배를 둔 것이 행복하이. 자네가 무직으로 썩기는 너무 아깝네.”

잠시 후 두 사람은 탑골공원 옆 골목 허름한 담장 밑에 놓인 나무
의자에 쭈그리고 앉아 막걸리 잔을 기울였다. 비록 노천에 보잘 것
없는 자리지만 이때만은 김달춘 소설가도 고급 술집에서 양주를 마
시는 행복을 느꼈다. 김 시인은 나이 사십을 바라보는 노총각이다.
장가를 가지 않은 것이 아니라 가지 못했다. 그럼에도 그는 혼자 사
는 것이 편하다며 입에 침이 마르도록 총각 자랑을 하지만 눈가에 쓸
쓸함이 감도는 것은 어쩌지 못했다. 김달춘 소설가는 거듭 술을 몇
잔 비우더니 얼큰하게 취기가 올라 얼굴에 생기가 돌기 시작했다. 그
제야 한풀 죽었던 용기가 살아나고 뻣뻣하던 사지에 힘이 들어갔다.

“요즘 여자는 요물일세.”

가슴속에 간직한 아내에 대한 불만을 털어놓았다.

“왜, 두 분 사이에 무슨 일이 있었습니까?”

“이번에는 내가 결단 내버렸지.”

“무슨 결단을?”

“이혼하기로 말일세.”

“허, 검은머리가 파뿌리가 되도록 서로 사랑하란 결혼 서약서를 이
제는 잊기라도 했다는 겁니까?”

“지금같이 도덕이 땅에 떨어진 시대에 그런 썩어빠진 약속을 지키
는 멍청한 인간이 있다고 생각하는가.”

“없다는 말입니까?”

“당연하지. 요즘은 남자보다 여자가 더 힘센 세상이란 말일세. 남
자들이 언제 무슨 일을 당할지 모르는 세상이네.”

"그래서 이번에 선배님께서 먼저 선수를 치셨다는 겁니까?"

"그렇다고 볼 수 있지."

"내일은 해가 서쪽에서 뜨겠습니다."

"암, 자네도 그렇게 생각하는구먼. 허허허."

노천 술집은 밤이 깊어가자 손님들이 하나둘 빠지기 시작했다. 잠시 후 빈 의자만 덩그러니 남게 되자 두 사람도 비실비실 자리에서 일어나 네온 불이 번득이는 종로 거리로 나왔다. 불 꺼진 시커먼 고층빌딩들이 괴물처럼 서 있었다. 여기저기 골목에서 술꾼들이 쏟아져 나왔다. 이번에는 택시 잡기 전쟁이 벌어졌다. 빈 택시들은 술꾼들을 피해 도망쳤다. 도망치던 택시는 마음에 드는 손님을 골라서 태우고 달아났다. 한참 후 김 시인도 겨우 택시 하나 잡아 김달춘 소설가를 태웠다. 택시가 어둠 속으로 사라지는 것을 확인하고 김 시인도 집으로 돌아왔다.

울타리에 몇 그루 안 된 사철나무 숲에서 참새가 짹짹거리는 소리를 듣고 김달춘 소설가는 눈을 떴다. 아침이 되었지만 아직도 술이 덜 깬 멍한 상태로 천정만 바라보고 있는데 오풍자 여사가 눈을 부릅뜨고 들어오더니 작심한 듯 폭탄선언을 했다.

"당신 어제 술이 곤죽이 되어 와서 이혼하자고 큰소리 뻥뻥 치던데 잘됐구먼. 나도 더 이상 당신 같이 무능한 인간하고는 인생을 같이 갈 수 없네요."

술이 취해 벌어진 일이라 김달춘 소설가는 기억이 나지 않는다고 수없이 변명했지만 소용이 없었다.

"그런 일이 있었다면 내가 아니라 술이 시켰겠지….."

"듣기 싫어요. 당신하고는 끝장이오."

하자 김달춘 소설가는 벼락이라도 맞은 듯 자리에서 벌떡 일어났다. 술이 취해 택시에 탄 것만 생각날 뿐 그 후에 어떤 일이 벌어졌는지 기억이 하나도 나지 않았다.

"내가 당신에게 그런 얼빠진 소리를 했단 말이오?"

"이제 와서 모른다고 잡아뗄 작정이시구먼."

"내가 정신 나갔지. 감히 어느 안전이라고 이혼을 하자고 말해. 그게 말이 돼?"

"아무튼 이혼이오."

"안 돼."

"왜 안 돼, 내가 싫다면서."

"이혼하면 아이들은 어쩌고."

늦장가를 들어 아이들은 고등학교 이학년, 대학 일학년이다. 지금이 가장 큰돈이 들어가는 시기다. 이런 중차대한 시기에 아내와 헤어진다는 것은 아이들의 공부를 포기하는 것과 다름이 없었다. 김달춘 소설가는 자신보다 아이들이 더 걱정이 되었다.

"아이들은 어떻게 하고."

"헤어지는 마당에 별 걱정을 다하는구먼. 아이들이야 저희들이 알아서 크겠지."

"잡초야? 알아서 크게, 내일 모래면 당신이나 나나 육십이야. 남들이 하니까 우리도 황혼 이혼을 해 보자는 거야?"

"남들도 하는데 우리라고 왜 못 해."

"내가 죽을 수도 있을 텐데."

김달춘 소설가의 협박에도 오풍자 여사의 마음은 조금도 흔들리지 않았다.

"당신 같이 뻔뻔한 인간은 용기가 없어서 죽지도 못해."

김달춘 소설가는 지금까지 착하다고만 생각해 왔던 오풍자 여사가 이렇게 강력하게 나올 줄은 상상도 하지 못했다. 김달춘 소설가는 무슨 일이 생겨도 오풍자 여사만은 자기와 검은 머리가 파뿌리 되도록 함께 살아 주리라고 굳게 믿었다. 그랬던 오풍자 여사가 이혼 이야기를 들고 나오자 확인이라도 하려는 듯이 다시 물었다.

"정말 이혼하자는 거야?"

"몇 번 물어도 내 대답은 같아."

"정 그렇다면 아이들을 생각해서 내가 집을 나가 주지."

"용기가 있으면 나가 보시지. 백번 죽었다 깨어나도 당신은 그런 짓을 못할 걸."

"나도 한번 한다면 하는 인간이오."

"해 봐!"

그날 정말 김달춘 소설가는 작은 가방 하나만 달랑 들고 집을 나오고 말았다. 막상 큰소리치고 집을 나오기는 했지만 갈 만한 곳이 없었다. 해가 고층빌딩 모서리에 턱걸이를 하고 있었다. 이때쯤이면 탑골공원 옆 골목은 술꾼들로 조금씩 바빠지는 시간이다. 김달춘 소설가는 탑골공원뒷골목을 찾았다. 이곳에만 오면 김달춘 소설가의 마음도 안정을 찾았다. 세상이 변해도 이곳은 하나도 변하지 않았다. 우중충한 낡은 건물, 작은 이발소, 오래된 담배 가게 아저씨, 선지 국밥집, 충청도 아주머니, 구두 수선을 하는 흰 수염의 할아버지, 노천 술집 천 씨네 가게, 모두 몇 십 년 전 그대로의 모습이다. 서울시에서 개발하겠다고 했으나 주민들의 강력한 반대에 부딪쳐 지금까지 변한 것은 아무 것도 없었다. 주위에는 하늘을 찌르는 고층빌딩이 올라가고 있지만 이곳만은 낡고 허름한 건물 그대로다. 이곳 포장집은 주머니가 가벼운 사람들의 천국이나 다름없었다. 그 때문에 매일 꺼벙한 사람들이 술을 찾아 이곳으로 모여들었다. 오늘은 눈까지 부슬부슬 내려 술 마시기에 좋은 날이었다. 갈 곳을 잃어버린 김달춘 소설가는 김 시인을 불러내기로 했다.

"눈도 내리고 이런 날은 술 생각이 간절하이."

"저는 오늘부로 술을 끊기로 했습니다."

"자네가 술을 끊는 날 나는 내 손가락에 불을 댕길 걸세."

"어쩔 수 없군요. 잠깐만 기다리슈."

잠시 후 김달춘 소설가는 김 시인과 함께 탑골공원 담장 밑 헐어 빠진 나무의자에 쭈그리고 앉아 전처럼 뿌연 막걸리 잔을 기울였다. 천 씨네 가게다. 천 씨는 아버지가 하던 가게를 물려받았으니 가게 나이도 팔순을 바라보고 있었다. 가마솥에는 선짓국이 부글부글 끓어오르는 모습이 보였다.

"자, 쭉 드시게."

"좋습니다."

술이 떨어졌다.

"여기 막걸리 둘, 선짓국 하나."

"알았시유."

잠시 후 천 씨네 마누라가 두툼한 입술을 벙싯거리며 술을 가져왔다. 언제 봐도 펑퍼짐한 엉덩짝하며 화장하지 않은 얼굴이 시골 아낙네가 분명했다. 머리카락이 몇 올 앞으로 흘러내려 더욱 정감이 가는 얼굴이었다. 천 씨 부인은 술병을 놓으며 많이 드셔유, 하고 빙긋 웃어 주었다. 그러자 하늘에서 응답이라도 하려는 듯 눈을 부슬부슬 뿌려 주었다. 오늘은 술이 저절로 넘어갈 모양이었다.

　술잔이 몇 잔 오고가자 두 사람은 얼얼하게 취했다. 노래방으로 자리를 옮겼다. 김달춘 소설가가 도우미 여자를 불렀다.
　"무슨 좋은 일이라도 생긴 모양이오?"
　"앞으로 생길 걸세."
　도우미는 서른 후반의 젊은 여자로 얼굴에 화장기가 없는 것으로 보아 도우미가 직업이 아닌 것 같았다. 불황이 오래가다 보니 가정주부들도 생활전선으로 뛰어들고 있었다. 도우미에게 노래 한 곡조 뽑으라고 청하자 어둔한 목소리로 '소양강 처녀'를 불렀다. 김달춘 소설가는 도우미의 노래가 끝나기를 기다려 '청춘을 돌려다오', '전선야곡', '굳세어라 금순아' 등 흘러간 옛 노래를 돼지 멱따는 소리로 뽑았다.
　"김 시인, 예술은 길고 인생은 짧다 이런 말이 있지?"
　"요즘은 예술은 짧고 인생은 길다, 로 바뀌었습니다."
　"그래."

　잠시 후 김달춘 소설가는 심각한 얼굴을 하더니,
　"앞으로 연락이 안 되더라도 명작을 구상하기 위해 떠난 줄 아시게."

하고 어둔한 음성으로 말했다. 김 시인은 놀라지도 않았다.

"이번에는 어느 쪽으로 가시게요?"

"마니산으로 가볼까 하네."

지난번에는 오대산 월정사 쪽으로 다녀왔지만 건진 것은 아무것도 없었다.

"이번에는 틀림없이 명작이 나오는 겁니까?"

"나이가 있는데 명작 하나쯤 남길 때가 됐네."

"기대하겠습니다."

"마니산은 우리나라 정중앙에 위치한 곳으로 그 어느 곳보다도 기(氣)를 많이 받을 수 있는 곳이라네."

"기를 받아서 자동차라도 끄시려고요?"

"불후의 명작을 만들겠다는 거지."

"성공하기를 빌겠습니다."

"자네 같은 후배가 있어 고마우이."

지금까지 김달춘 소설가는 떠날 때는 이렇게 비장한 각오로 떠나지만 돌아올 때는 언제나 빈손이었다. 김 시인은 이번에도 그러리라고 생각했다.

"열 번이고 스무 번이고 믿어 주는 후배가 있으니 인생이 살 맛 나네, 허허허."

밤이 깊어가자 김달춘 소설가는 서둘러 자리에서 일어났다. 두 사람은 비틀거리며 탑골공원 옆 골목을 빠져나왔다. 그렇게 헤어진 후 김달춘 소설가의 소식은 한참 동안 뚝 끊어지고 말았다. 김 시인은 이번에야말로 약속대로 명작을 탄생시키려고 혼신의 힘이라도 쏟는 모양이라고 생각했다. 지금까지 김달춘 소설가는 입으로만 작품을 써 왔다. 동료 문인들이 자네 술을 그렇게 퍼마시고 언제 작품을 쓰겠는가, 하고 질문하면 작품을 손으로 쓰지 머리로 쓰는가, 하면서 낄낄 웃었다. 그러던 김달춘 소설가가 이번에는 작심하고 작품을 쓰는 것인지 마니산으로 들어간 지 삼 개월이 지나가도 소식이 없었다. 김 시인은 은근히 걱정이 되었다. 알 만한 곳에 수소문을 해 보았지만 김달춘 소설가를 보았다거나 소식을 들은 사람은 없었다. 그가 자주 다니던 탑골공원 옆 골목 술집도 샅샅이 훑어보았지만 오리무중이었다. 정말 산속에서 명작을 구상 중이란 말인가. 아무리 그렇다고 하더라도 요즘처럼 통신 수단이 좋은 때에 전화 한 통 없다는 것은 어쩐지 찜찜했다. 지금까지 김달춘 소설가는 아무리 멀리 가도 김 시인에게만은 일주일에 한 번씩 안부 전화를 했다. 그런데 이번에는 감감무소식이었다.

　김 시인이 속을 태우고 있을 때 낯선 여자로부터 전화가 걸려왔다.
"김 시인이세요?"
"누구십니까?"
"김달춘 소설가를 아시죠?"
"네."
"돌아가셨어요. 삼 개월 전에 우리 집 지하방에 세를 들었는데 아무 인기척이 없어 오늘 강제로 문을 열어 보았더니 돌아가셨데요."
　"사람을 잘못 아셨을 겁니다."
　김 시인은 여자의 말을 믿을 수 없었다.

"삼 개월 전 작은 가방 하나만 달랑 들고 와서 방을 달라고 하데요. 소설을 쓰기 위해서라고 말한 것 같은데 그럼 모르시는 분이세요?"

"무슨 이유로 돌아가셨는데요?"

"그거야 우리도 모르죠."

김 시인은 어리둥절했다. 분명 김달춘 소설가는 집도 있고, 부인도 있고, 아이들도 있다. 늘 정장을 하고 올바른 소리만 했다. 그런 분이 왜 남의 집 지하 셋방에서 혼자서 쓸쓸하게 돌아가셨다는 것인지 도무지 믿어지지 않았다. 김 시인은 동명이인(同名異人)일 거라고 생각하고 다시 확인했다.

"잘못 아신 것 같습니다. 그분은 가족이 있습니다."

"김 시인에게 연락해 달라는 전화번호를 남겼어요. 김 시인이 아니세요?"

"맞습니다."

비로소 김 시인은 섬뜩한 생각이 들었다.

"어떻게 돌아가셨습니까?"

"자세히는 모르지만 미상의 약병이 있는 것으로 보아 목숨을 끊은 것 같습니다."

"자살이란 말입니까?"

"지금으로 봐서는 그렇게 밖에 추정이 안 됩니다. 경찰서에 신고를 했으니 곧 조사하겠지요."

"알겠습니다."

김 시인은 택시를 타고 달려가면서도 꿈을 꾸고 있는 것 같았다.

아무리 생각해도 김달춘 소설가의 자살을 믿을 수 없었다. 김달춘 소설가는 비록 술을 좋아하지만 언제 봐도 반듯하고 행복해 보였다. 그랬던 그가 왜 가족도 모르게 쓸쓸하게 인생을 마감해야 했는지 그 속을 알 수 없었다. 경찰은 외부인의 침입 흔적이 없고 유서와 함께 그의 옆에 미상의 약병이 놓여 있는 것으로 보아 자살로 결론을 내리고 사건을 종결했다.

김 시인이 병원으로 달려갔을 때는 김달춘 소설가의 시신은 안치실에 누워 있었다. 김 시인은 평소 그가 좋아했던 막걸리 한 병을 들고 갔다. 빈소 앞에 향을 피운 후 막걸리를 한 잔 따르면서 말했다.

"선배님, 마니산에 가서 좋은 작품을 구상했는지 궁금합니다. 봄이 오고 날씨가 따뜻해지면 한번 찾아가 뵙겠습니다. 거기서 막걸리 한잔하며 명작 이야기나 더 하시지요."

그러는 김 시인 눈가에 촉촉하게 물기가 젖었다. 봄이 오려면 아직도 좀 더 기다려야 하는데…

상경기

　박도식은 창가에 앉아 커피를 두 잔 시킨 후 손가락 두 개가 없는 손으로 담배를 피워 물었다. 그 모습을 지켜보던 장안나는 사람은 혼자인데 왜 커피를 두 잔이나 시키고 앉아 있을까 궁금증이 생겨 박도식에게 다가가 물어보았다.

　"다른 손님이 오세요?"

　"안 온다."

　"그럼 왜 커피 두 잔 시켰어요?"

　"하나는 네 거다."

　"제가 왜요?"

　"사 주는 것도 싫으냐? 내 기분이니 마셔라."

　장안나는 공짜로 사 주는 커피가 거북했지만 손님의 호의를 무시하는 것 같아 조심스럽게 옆에 앉아 커피를 마셨다. 장안나가 주리애 커피숍에 취직한 지 보름째 되는 날이었다. 상주골에서 막 올라온 터라 아직 도시 때가 묻지 않은 순진한 아가씨였다.

　장안나가 차를 조용히 마시는 모습을 보고 있던 박도식은 만족한 표정을 짓더니 팔뚝의 용 문신을 장안나 앞으로 슬쩍 내보이며 힘을 불끈 주었다. 팔뚝의 용 문신은 금세 승천이라도 하려는 듯이 꿈틀거렸다. 상대방에게 위압감을 주려는 것이 분명했다. 놀랄 줄 알았던 장안나가 아무런 반응을 보이지 않자 박도식은 실망한 듯 이번에는 용 문신을 장안나 코앞으로 바싹 내밀며,

　"나는 한때 왕거미파 행동 대장이었다."

　하고 자랑했으나 장안나는 말귀를 알아듣지 못한 듯 박도식을 바라보더니,

　"대장은 별이 네 개라면서요?"

　동문서답했다. 박도식은 어이가 없어 비죽 웃었다. 장안나는 군대에 다녀온 오빠가 대장은 별이 네 개라고 말한 적이 있어 그렇게 말한 것이다. 별 네 개면 장군이라고 했다. 사병들은 감히 그 앞에서 얼굴도 재대로 들 수 없는 계급이라는 것이었다. 이에 박도식은,

　"내 말 뜻은 그런 것이 아니라 나는 왕거미파 행동 대장으로서…"

　하고 깡패 시절 이야기를 꺼냈다. 장안나가 실망 한 듯.

　"그럼 깡패였어요?"

　"깡패가 뭐냐, 무식하게."

　박도식은 어깨를 으쓱하며 발끈했다. 왕거미파는 한때 종로를 주름잡았던 깡패 조직이었으나 경찰의 소탕 작전에 일망타진되었다. 자기가 왕거미파 행동 대장이었을 때는 공중으로 펄펄 날아다녔는데 나이를 먹으면서 몸에 살이 붙자 일선에서 물러나 지금은 서울 변

두리 느티나무 마을에서 느티나무 이발소를 운영하는 사장이라는 것이다. 손가락도 그때 변심하지 못하게 절단했다고 했다. 이같이 장안나에게 무용담을 들려주는 것은 은근히 장안나를 겁주려는 속셈이 깔려 있었지만 이야기를 들은 장안나의 표정은 아무런 변화가 없었다. 박도식은 왼쪽 손가락 두 개가 똑같은 모양으로 절단된 손으로 담배를 피워 물며 연기를 길게 내뿜었다. 이같이 박도식은 상대를 제압하려는 수단으로 손가락 두 개가 없는 손을 훈장처럼 자랑하고 다녔다.

"작은 몸으로 싸움을 하세요?"

박도식의 몸은 일 미터 육십 센티밖에 되지 않았다.

"몸이 싸움하는 거 봤냐? 싸움은 손발이 하는 거다."

박도식이 어깨를 으쓱해 보였다. 그때 머리를 빡빡 깎은 덩치 큰 사내 셋이 박도식 앞에 나타났다. 그들은 박도식의 두 배나 되는 몸집이었다. 그 중의 한 사내가 얼굴에 턱수염까지 길러 한껏 위협적인 모습을 보여 주었다. 사내들은 박도식을 향해 형님, 하고 허리를 꺾었다. 박도식은 몸을 뒤로 젖히고 거드름을 피웠다.

"어쩐 일이냐?"

"큰 형님께서 잘 지내고 계시는지 확인하라고 해서…"

"잘 지내고 있다고 전해라. 그리고 일간 한번 찾아뵙겠다고 말씀드리고."

"알겠습니다. 형님!"

이미 없어진 왕거미파를 들먹거리며 박도식은 주머니에서 흰 봉투를 꺼내 사내들 손에 쥐어 주었다. 사내들은 허리를 몇 번 굽히고 돌아갔다. 이 소문은 순식간에 느티나무 이발소를 중심으로 마을에 쫙 퍼졌다. 소문은 눈덩이처럼 커져서 박도식이 보통 인간이 아니라는 이야기가 마을에 깔렸다. 그날 이후 박도식의 행동은 점점 더 거만해졌다. 마을에서는 박도식에게 밉게 보이면 아무 사업도 못한다는 소문까지 돌았다. 주리애 커피숍 사장 미자도 이때 넘어갔다. 미자 뿐만 아니라 여자 종업원들 대부분 박도식의 먹이가 되었다. 요즘은 주리애 커피숍 사장이 미자가 아니라 박도식처럼 보일 지경이었다. 박도식은 도시 때가 묻지 않은 장안나를 보자 아침부터 주리애 커피숍에서 살았다. 하루는 미자가 화가 난 듯 한마디 했다.

"오빠, 순진한 아이한테 껄떡대지 마."

"참새가 방앗간을 그대로 지나가는 것을 봤냐?"

"오빠도 사람이야? 그 앤 내 사촌이야."

"사촌은 여자가 아니냐?"

"그건 짐승이나 할 짓이지."

"요즘은 짐승 같은 인간이 더 많은 세상이다."

"그럼 짐승이 되겠다는 거야?"

"인간이 돼야지."

"그럼 여기서 끝내."

박도식은 여자를 다루는 데 몇 가지 원칙을 고수하고 있다. 첫째, 나이 어린 여자는 건들지 않는다. 둘째, 유부녀도 절대 건들지 않는다. 이런 원칙을 잘 지키는 박도식은 지금까지 많은 여자를 농락하고도 경찰에 꼬리가 밟히지 않았다. 꼬리가 길면 밟힌다는 속담도 박도식에게는 무용지물이나 다름없었다. 하지만 장안나는 박도식의 어떤 유혹에도 쉽게 넘어가지 않았다. 그럴수록 박도식은 장안나에 대한 집착이 점점 더 강해졌다. 몇 개월 간 작전을 폈지만 보통 미끼로 장안나를 낚을 수 없다는 생각이 들자 다른 미끼를 사용하기로 했다.

"너, 커피숍을 가지는 게 소원이랬지?"

"네."

장안나가 도시 생활에 익숙해지면서 이제 슬슬 돈에 눈을 뜨기 시작했다는 걸 알게 된 박도식은,

"내 말만 잘 들으면 당장이라도 커피숍 하나 차려줄 수 있다."

하고 떡밥을 던졌다.

"정말이세요?"

"사기만 당해 봤냐? 사람의 말을 믿지 못하게."

온갖 꾐에도 걸려들지 않던 장안나는 커피숍을 차려준다는 말 한마디에 귀가 솔깃한다. 그동안 끈질기게 버티던 장안나도 돈 앞에는 힘없이 무너지고 말았다.

"대신 조건이 한 가지 있다."

"말씀해 보세요."

"세상에는 공짜가 없다."

"알고 있어요."

"커피숍을 차려 주면 너는 나에게 무엇을 줄 건데?"

"뭐든 다요. 말씀만 하세요."

"너를 갖고 싶다."

"좋아요."

그날 밤 박도식은 장안나를 데리고 모텔로 갔다. 박도식이 자주 이

용하는 모텔이었다. 장안나는 커피숍을 차려준다는 말에 자진해서 따라와 자진해서 침대에 누웠다. 박도식은 장안나의 모든 비밀을 샅샅이 동영상에 담아 두었다. 왜 촬영하는 거죠? 하고 장안나가 물었으나 박도식은 예뻐서다. 하고 빙긋 웃기만 했다. 이런 수법은 피해자가 경찰에 신고하는 것도 막을 수 있고 필요할 때는 제 2, 제 3의 범죄를 저지를 수 있는 무기로 사용되었다. 그날 밤 장안나는 한순간의 잘못 된 판단으로 박도식에게 모든 것을 내주고 말았다. 장안나는 커피숍을 갖게 된다면 몸은 천 조각 만 조각이 나도 상관없다고 생각했다. 몸보다 돈이 우선이라고 생각했다.

일사천리로 모든 일을 끝낸 박도식은 손가락이 없는 손으로 담배를 피워 물며 한마디 했다.

"오늘 있었던 일을 아무에게도 발설하면 안 된다. 발설하는 순간부터 모든 약속은 무효다."

"제가 할 소리예요. 언니가 알면 저도 쫓겨나요."

두 사람은 아무 일도 없었다는 듯이 유유히 모텔을 빠져나왔다.

느티나무 이발소가 처음부터 퇴폐 이발소는 아니었다. 장사가 되지 않자 퇴폐 이발소로 둔갑한 것이다. 도심에 있는 퇴폐 이발소는 철퇴를 맞아 거의 문을 닫았으나 서울 변두리에 있는 느티나무 이발소는 경찰의 단속이 미치지 못했다. 높은 분이 뒤를 봐줘서 지금까지 무사할 수 있다는 소문도 있었다. 마을 사람들은 느티나무 이발소가 퇴폐 이발소라는 사실을 알고 있으면서도 박도식의 후환이 두려워 신고하지 못했다. 신고했다가 박도식에게 무슨 보복을 당할지 모르기 때문이었다.

　얼마 후 느티나무 마을에 큰 변화가 찾아왔다. 느티나무 마을이 개발제한구역에서 벗어나면서 놀라운 속도로 바뀌어 갔다. 요즘은 기술이 좋아서인지 자고 나면 15층 아파트가 하나씩 생겨날 정도였다. 이런 식이면 머지않아 느티나무 마을도 아파트에 완전히 점령당하게 될 거라는 소문이 파다하게 나돌았다. 개발 바람이 불면서 인심도 예전 같지 않았다. 토박이들은 다 떠나가고 외지 사람들이 마을을 독차지했다. 개발되기 전에는 국회의원 선거가 있을 때마다 돈이 많고 풍채가 좋은 사람들이 찾아와 자기가 국회의원이 되면 잘사는 마을로 바꾸어 주겠다며 허리를 조아리고 설설 매다가도 일단 당선만 되면 언제 그런 약속을 했느냐 하는 식으로 코빼기도 내밀지 않았다. 지키겠다는 약속은 당선 되는 날부터 개털이 되고 말았다. 동네가 개발 바람이 불어오면서 하루가 다르게 땅값이 치솟더니 돈이 많은 외지 부자들이 땅을 야금야금 파먹었다. 이제는 넓은 땅을 거의 다 차지했다. 거기다 권력을 가진 사람들까지 합세하자 느티나무 마을은 부자들과 권력을 가진 사람들이 반씩 나누어 가졌다.
　"우리 같이 돈이 없는 인간들은 언제 팔자 한번 펴 보려나."
　"개발 바람이 불면 돈벼락을 맞아 죽는 사람도 있다고 하던데."
　"죽더라도 좋으니 돈벼락을 한번 맞아 봤으면 소원이 없겠구면."
　"돈이 그렇게 좋다는 말인가."
　"세상에 돈 싫다는 사람 있으면 나와 보라고 하시게."
　"하기는 돈이면 죽는 사람도 살리는 세상이니까."

탁 씨는 자전거 수리업을 하는 사람이고 최 씨는 건설 공사 현장에서 막노동을 하는 사람이다. 두 사람 다 이 마을에서 나고 자란 토박이들이다. 탁 씨는 장가갔지만 최 씨는 장가가지 못한 노총각이다. 최 씨는 사십 줄에 접어들면서 장가가는 시기를 놓쳤다며 결혼을 포기했다. 마을에는 이처럼 장가가지 못한 노총각이 최 씨 말고도 여러 명 더 있다.

눈이 내리거나 비가 오는 날은 최 씨처럼 밖에서 막노동하는 사람들에게는 공휴일이나 마찬가지였다. 수입이 줄어든다고 해도 하루 동안 술을 마실 수 있어 나쁘지 않은 셈이다. 눈이 내리자 탁 씨는 마을 입구에 있는 단골 가게에 들려 막걸리 세 병과 두부 한 모를 사들고 집으로 돌아왔다. 술을 마시기 좋은 날씨였다.

"술상 좀 봐 주시게."

"그러지요."

아내는 묵은 김치에 두부 한 모를 숭덩숭덩 썰어 넣고 돼지고기 몇 조각 집어넣은 후 보글보글 끓였다. 잠시 후 구수한 김치찌개 냄새가 침을 삼키게 했다. 아내가 빠르게 술상을 차려 놓자 탁 씨는 최 씨를 불렀다.

"오늘은 술이나 한 잔 하세."

"그러세."

잠시 후 최 씨가 벙글거리며 나타났다. 두 사람은 한참 동안 막걸리 잔을 주거니 받거니 하다 한쪽 구석자리에 우두커니 앉아 있는 탁 씨 아내를 보고 최 씨가 한마디 했다.

"형수님도 한 잔 하시지요."

하자 탁 씨 부인은 손을 저었다.

탁 씨가 묵묵히 술을 마시다가 최씨에게 답답하다는 듯이 한마디 했다.

"자네도 어서 장가를 가야지. 혼자 늙을 건가?"

"나도 가고 싶지, 하지만…"

그러면서 속이 상한 듯 막걸리를 벌컥벌컥 마셨다.

"헌 신발도 짝이 있다고 했네. 누가 아는가."

"눈이 삔 여자라면 모를까. 돈도 없고, 인물도 없고, 변변한 직장도 없는 놈에게 어떤 골빈 여자가 시집오겠는가."

"주리애 커피숍에 괜찮은 아가씨가 왔다고 하더구먼."

"그림의 떡이지."

"사람 일은 모르는 법. 삼돌이 같은 놈은 돼지 코에 벗어진 이마에 무엇이 볼 것 있다고 옥자 같은 여자가 걸려들었겠는가. 돼지 목에 진주목걸이 한 격이지. 배필은 하늘이 맺어준 인연이라고 하니 희망을 가져 보시게."

"그럴까."

"암."

그날 최 씨는 처음으로 세상에 태어나서 자기 씨 하나쯤 남겨 놓고 가는 것이 조상님 앞에 떳떳하게 얼굴을 대할 수 있을 것 같다는 생각을 하게 되었다. 결혼을 포기한 후부터 별 생각 없이 살아왔는데 탁 씨의 이야기를 듣자 마음이 초조해지기 시작했다. 처음으로 최 씨는 자기도 운이 좋으면 삼돌이처럼 장가가게 될지도 모른다는 희망을 품게 되었다.

"주리애 커피숍 여자를 어느 놈이 벌써 껄떡대지 않았을까."

"사람의 인연은 모르는 법일세."

"그렇기는 하네만."

"안 돼도 본전인데 한번 찔러보시게."

"그렇게 해 볼까."

최 씨는 다음날 큰마음 먹고 느티나무 이발소로 향했다. 머리를 잘 깎는다는 소문이 있었지만 퇴폐 이발소인데다 이발료가 다른 곳보다 훨씬 비싸다는 소문에 마을 사람들은 그곳에서 머리 깎을 엄두를 내지 못했다. 하지만 오늘 최 씨는 때 빼고 광을 내기 위해 이발료 같은 것은 따질 생각이 없었다. 머리만 잘 깎아 주면 그까짓 돈은 문제가 아니라고 생각했다.

최 씨가 느티나무 이발소에 들어가자 조금 전까지 환하게 밝던 불이 어스름하게 어두워졌다. 흰 가운을 입은 여자가 최 씨를 반갑게 맞이했다. 코가 막힌 듯 맹맹한 목소리가 들려왔다.

"어서 오세요. 아저씨 참 멋지네요. 아저씨는 이 동네에 살고 계신지 오래 되었으면서 이제야 오시면 나 같은 여자는 어떻게 해요."

최 씨는 생전 처음으로 들어보는 여자의 간지러운 소리에 온몸에 솜털이 곤두섰다.

"무슨 말씀인지…"

최 씨가 어리둥절해서 물었다.

"총각이세요?"

"그렇소."

"귀한 분이 오셨네."

총각이라는 말에 여자는 한껏 기분이 좋은 모양이었다. 숫총각을 만난다는 것은 하늘에 별을 따오기만큼 힘든 세상이라며 여자는 오늘은 마음껏 서비스를 해 주고 싶다는 것이다. 최 씨가 말뜻을 몰라 어리벙벙한 채 의자에 앉자 여자는 빠르게 의자를 뒤로 눕힌 후 얼굴을 물수건으로 덮었다. 다음은 여자의 부드러운 손이 얼굴 여기저기 돌아다니며 사각사각 면도를 하기 시작했다. 최 씨는 여자의 부드러운 손길에 자기도 모르게 스르르 잠이 들고 말았다.

어느 순간 면도가 끝났는지 여자의 손이 갑자기 팬티 속으로 쑥 들어왔다. 최 씨가 화들짝 놀라 의자에서 일어나려고 발버둥 쳤지만 소용이 없었다. 여자는 남자를 깔고 앉아 이상한 행동을 했다. 최 씨는 비록 강제이긴 하지만 여자로 인해 짧은 순간에 처음으로 황홀한 행복을 경험하게 되었다. 소문에 들던 대로 요상한 이발소가 확실했다.

"앞으로 자주 오세요."

최 씨가 멍한 정신으로 의자에서 일어나 앉았다. 정신을 수습하고 있는데 한쪽 벽면의 문이 스르르 열리면서 사내의 얼굴이 불쑥 나타났다. 박도식이었다. 최 씨는 깜짝 놀라며 자기의 모든 치부를 들킨 것 같아 얼굴이 붉어졌다. 놈이 하필 이런 시간에 나타나다니 어이가 없었다. 최 씨가 어물거리는 사이 박도식은 용 문신이 새겨진 팔뚝을 최 씨 눈앞으로 불쑥 내밀었다. 최 씨가 흠칫하자 박도식은 위협적인 어조로 말했다.

"박도식이라는 이름 들어 본 적이 있지요?"

"네."

"그럼 왕거미파라는 이름도 들어 봤겠구먼."

"네."

"왕거미파 행동 대장 박도식이라는 이름도 들어 보았겠구먼."

"네."

박도식은 보란 듯이 일부러 손가락이 두 개 없는 손으로 담배를 피우며 히죽 웃었다. 최 씨의 얼굴이 벌겋게 달아올랐다. 박도식은 최씨를 향해 위협적인 말을 계속했다.

"나도 이런 영업을 하는 것이 불법인 줄 알고 있지만 다 먹고 살자고 하는 짓이오."

"알겠습니다."

"오늘 일은 누구에게도 발설하면 안 됩니다. 이 근방에서 왕거미파 행동 대장을 무서워하지 않는 사람은 형 씨뿐인 것 같소이다."

"조심하겠습니다."

박도식은 쫓기듯 나가는 최 씨의 등 뒤에 대고 다시 한 번 못을 박았다.

"입조심하쇼."

최 씨는 그 소리를 듣는 순간 등줄기가 서늘했다.

한편 박도식은 몇 개월이 가도 커피숍을 차려준다는 이야기가 없었다. 장안나는 박도식에게 농락당했다는 사실을 깨닫고 박도식이 주리애 커피숍에 나타나도 눈길 한번 주지 않았다. 앞으로는 박도식의 어떤 말에도 절대로 넘어가지 않겠다고 다짐했지만 박도식이 순순하게 물러날 위인이 아니었다.

"내가 이제는 보기 싫다는 거냐?"

"네."

"커피숍은 때가 되면 차려 주겠다."

"때가 언젠데요. 아직도 제가 시골에서 올라온 싱싱한 생선회로 보이세요?"

"세발낙지로 보인다."

"앞으로는 어떤 말도 듣지 않겠어요."

"그건 내가 결정할 문제지, 네가 결정할 문제가 아니다."

"어림없어요."

박도식에게 한번 물린 여자는 누구도 쉽게 빠져나갈 수 없다. 장안나도 마찬가지였다. 시키는 대로 하지 않으면 촬영한 동영상을 폭로하겠다거나 땅속에 파묻어버리겠다고 위협했다. 천박한 깡패들의 수법이다. 실제 반항하는 여자에게 면도칼로 얼굴을 그은 적이 있다.

며칠 뒤 비가 내리는 날이었다. 박도식은 부산 갈매기집에서 밤 열한 시까지 소주를 마시고 자정이 가까워 주리애 커피숍을 찾았다. 오늘은 장안나와 밤을 보내기로 마음먹었다. 그 시간에 최 씨가 장안나와 커피를 마시는 것을 발견하고 박도식의 눈에 질투의 불꽃이 튀었다.

"어쩐 일이쇼?"

"차 마시러 왔습니다."

"당신은 밤이 늦도록 여자와 차를 마시는 습관이 있소?"

"아닙니다. 그냥 커피 생각이 나서…"

"그럼 가 보슈."

"알겠습니다."

최 씨는 쫓기듯 주리애 커피숍을 빠져나오고 말았다. 손에 진땀이
솟았다. 박도식이 아무리 이빨 빠진 호랑이라고 하지만 깡패 성깔은
어디로 가겠느냐며 몸을 으스스 떨었다. 최 씨는 박도식이 장안나를
가까이 하고 있다는 사실을 확인하고 가슴이 서늘했다. 장안나를 포
기할 수밖에 없었다. 최 씨가 나가자 주리애 커피숍에는 박도식과 장
안나 단둘만 남게 되었다.

"오늘은 나와 잔다."

"누구 마음대로…"

장안나의 표정이 싸늘했다.

"싫다는 거냐?"

"그래요."

"죽고 싶어?"

"죽기는 왜 죽어!"

장안나가 거절하자 박도식은 동영상을 공개해도 좋으냐고 협박했
지만 소용이 없었다. 땅에 묻어버리겠다고 협박해도 소용이 없었다.
장안나가 오늘은 결심을 단단히 한 모양이었다. 그러나 남자에게는
힘이 있다. 그날 밤 박도식은 싫다는 장안나를 강제로 제압한 후 세
상모르고 잠이 들었다. 장안나는 강제로 당하자 분을 참지 못해 몸
을 부르르 떨더니 자리에서 벌떡 일어나 주방으로 향했다. 식칼을 들
고 나타나 잠이 든 박도식을 노려보더니 달려들었다. 잠시 후 박도식
은 하체에 심한 통증을 느끼고 몸부림을 치며 자리에서 벌떡 일어섰
고 장안나의 손에 피 묻은 칼이 들려 있는 걸 보고 그만 정신을 잃고

말았다. 곧 느티나무 마을은 발칵 뒤집혔다. 요란한 경적을 울리며 구급차가 달려오고 뒤따라 경찰차가 도착했다. 구급차는 박도식을 태우고 급하게 느티나무 마을을 빠져나갔고 장안나를 태운 경찰차가 그 뒤를 따랐다.

"여자를 좋아하더니 기어코 천벌을 받는 거야."

"깡패도 독한 여자 앞에는 별 수 없는 모양이군."

마을 사람들이 저마다 한마디씩 했다. 다음날 신문 사회면에 해괴한 제목의 기사가 대문짝만하게 실렸다.

'남근을 자른 여자'

여자가 한을 품으면 오뉴월에도 서리가 내린다는 것은 이를 두고 하는 말 같았다.

아파트의 달

청산 아파트 공터 앞에 난데없이 오산댁이 나타나 옷을 훌훌 벗어 던지더니 강철중 나와라! 강철중 나와라! 하고 소리쳤다. 여름 무더위가 기승을 부리고 있을 때였다. 아파트 사람들이 웅성거리며 모여 들었다. 오산댁은 사람들이 모여들자 보란 듯이 퍼렇게 멍 자국이 선명한 가슴을 거침없이 내놓았다. 가슴이 시커멓게 멍든 것으로 보아 주먹으로 세게 얻어터진 것이 분명했다. 강철중의 아내가 급하게 달려왔다. 오산댁은 강철중의 아내를 보자 더 큰소리로 사람 살려 내라고 소리쳤다. 평소 같으면 오산댁과 강철중의 아내 민혜숙은 형님 아우하는 사이였지만 오늘 두 사람 사이는 찬바람이 일 정도로 냉랭했다.

"무슨 일인데 이 소란인가."

"짐승도 이러지는 못할 거외다."

오산댁이 퍼렇게 멍이 든 가슴을 민혜숙에게 보여 주었다.

"그게 내 남편과 무슨 상관인가?"

"딱도 하쇼. 이게 다 형부 탓이오."

"내 남편이 어쨌는데?"

"형부가 주먹을 휘둘러서 이렇게 되었소."

"여기서 이럴 것이 아니라 집에 가서 사연을 들어 보세."

"그럽시다. 나도 형님 체면을 생각하면 창피해 여기서 말 못하겠소."

두 사람은 강철중의 집으로 갔다. 방에 들어가자 오산댁은 방바닥에 대(大)자로 벌렁 누워 어이구 가슴이야, 허리야, 하고 죽는 소리를 하면서 사방을 살폈다. 그러나 강철중은 어디로 숨어버렸는지 보이지 않았다. 오산댁은 자리에서 벌떡 일어나더니 민혜숙을 향해 한마디 했다.

"형님, 나를 사내나 좋아하는 나쁜 년으로 보지 마슈. 이게 다 형부 때문에 벌어진 일이오."

"내 남편이 어쨌는지 말해 보시게."

"퍼런 멍을 보고도 그런 소리가 나오슈? 형님에게는 죄송한 말씀이지만 형부가 한밤중에 찾아와 딱 한 번이라며 사정하는 바람에 내가 지고 말았소. 그러더니 거의 매일 찾아왔소. 어제는 형님 생각도 나고, 몸살 기운도 좀 있어 거절했더니 사람을 이 지경으로 만듭디다."

고양이 쥐 생각하듯 이런저런 말을 늘어놓자 민혜숙은 화가 치밀었지만 남편이 저지른 일이니 참을 수밖에 없었다. 그러잖아도 시도 때도 없이 바람피우는 남편 때문에 구설수가 끊이지 않고 따라다녔는데 기어코 일을 여기까지 끌고 온 것이다. 때가 되면 그만두겠지 했는데 남자는 나이를 먹어도 바람기는 어쩔 수 없는 모양이었다. 오산댁은 지금까지 참았지만 이번만은 그냥 넘기지 않을 모양이었다.

"어쩔 건데?"

"억울해서 못 참겠소."

"그동안 자네 잘못은 없는가?"

"내게도 잘못은 있소. 하지만 힘으로 덤비는데 어쩔 수 없습디다."

"자네가 먼저 꼬리친 건 아니고?"

"형님, 생사람 잡지 마슈. 한밤중에 찾아와 힘으로 밀어붙이는데 난들 어쩌겠소. 처음에는 끝까지 거절했소. 소문이라도 나면 형님 입장도 난처할 것 같아 쉬쉬했을 뿐이오. 근데 어제는 말을 듣지 않는다고 사람을 이 지경으로 만듭디다. 이번에는 치료비만이라도 받아야 하겠소."

"일을 키우겠다는 건가?"

"상처를 보고도 그런 소리 나오슈."

한때 강철중은 장도리에서 유능한 권투선수로 세계 챔피언이 되는 것이 꿈이었다. 고등학교 때부터 전국 대회에 출전해 우수상을 여러 번 거머쥐었다. 경기가 있을 때마다 승승장구하자 장도리에서 큰 인물이 탄생할 거라고 모두 기대했다. 그러나 챔피언 결정전에서 상대 선수에게 판정패 당한 뒤 챔피언에 대한 꿈이 산산이 부서지고 말았다. 강철중은 그 즉시 군대에 자원입대했고, 제대를 한 후 장도리 초등학교 아이들에게 권투를 지도하면서 그해 가을에 동창생 민혜숙과 결혼했다. 일찍 자식 셋을 두었는데 모두 머리가 뛰어나 출세가도를 달리는 중이었다. 맏아들은 미국에서 박사가 되어 교수가 되었고, 둘째는 대한민국의 큰 기업체의 과장으로 근무하고, 막내는 불철주야 범인 잡는 일에 몰두하는 강력반 형사가 되었다. 남들이 부러워하는 자식을 셋이나 두었지만 강철중의 바람기만은 잡을 수 없었다. 부인 몰래 오산댁과 바람을 피우다 드디어 오늘과 같은 사고를 일으키고 만 것이다.

　오산댁은 결심한 듯 미국에 있는 아들을 제외하고 두 아들을 방으로 불러들였다. 조금 전 죽어가는 시늉을 할 때와는 다르게 카랑카랑한 목소리로 일장 연설을 늘어놓았다.
　"지금부터 내가 하는 말을 명심하고 잘 들으시게. 난들 이러고 싶어서 하는 건 아닐세. 오늘은 창피를 무릅쓰고 모든 사실을 밝히겠네. 자네 아버지가 나를 이렇게 만들어 버렸으니 나는 분통이 터져 못 살겠네. 고민 끝에 자네 아버지를 경찰서에 고소할까 하는데 먼저 형사 아들인 자네의 의견이 듣고 싶네. 달리 해결 방법이 있으면 내놔 보시게."
　오산댁은 막내 형사 아들의 눈치를 조심스럽게 살피며 말했다. 형사 아들은 고개를 들지 못했다. 명색이 범인을 잡는 대한민국 강력반 형사지만 아버지가 정을 통한 여자를 피멍이 들도록 때려서 고소까지 당하게 생겼으니 망신이 아닐 수 없었다. 오산댁이 형사 아들에게 이번 사건을 특별히 강조하는 것은 이 기회에 위자료를 한몫 단단히 챙기려는 수작이 분명했다.
　형사 아들이 말을 못하고 고개만 떨구고 있자,
　"금세 벙어리라도 되었는가. 어째서 말이 없는가. 자네는 형사니 이런 죄는 벌을 어떻게 받아야 하는지 누구보다 잘 알고 계시지 않는

가. 자네 의견을 직접 듣고 싶으니 말해 보시게."

　민혜숙은 그러잖아도 형사 아들이 남들에게 손가락질 당할까 봐 몸조심하는데 정작 아버지라는 인간이 바람피우다가 일을 이렇게 만들었으니 동네가 창피해 쥐구멍이라도 있으면 들어가 숨어버리고 싶은 심정이었다. 어쩔 수 없이 민혜숙이 자존심을 꺾고 오산댁에게 사정했다.

　"아우님, 나를 봐서라도 참을 수 없겠나?"

　아우님이라고 존칭까지 써 가면서 사정하자 오산댁은 큰 인심이라도 쓰는 듯,

　"그동안 형님을 봐서 많이 참았지요. 보다시피 몸이 이지경이 되었으니 창피해서 다닐 수 없잖소. 위자료만 주시면 형사 아들을 생각해서 고소는 하지 않겠소. 이번 일에 형님은 나서지 마슈!"

　"내 남편 일일세."

　"딱도 하시오. 형님이 내 처지 같으면 그런 말이 쉽게 나오겠소?"

　"……"

　오산댁의 결심은 확고했다. 잠시 생각을 하는 척하던 오산댁은,

　"형님이 정 그렇게 사정하시니까 고발하는 일만은 참기로 하겠소. 막내가 형사라니 체면도 있을 테고, 하지만 위자료는 받아야 하겠소."

　"얼마를 원하는가?"

　"하나만 주슈."

　"백만 원?"

　"형님은 세상 물정을 너무 모르시는 게 탈이오. 요즘 그 돈은 아이들 껌 값도 되지 않는 돈이오."

"천만 원?"

"그것도 내가 인심을 크게 쓴 거유. 고소하면 징역 가고 돈도 물어 내고…"

오산댁은 천만 원에서 단 돈 일 원도 빼서는 안 된다고 못을 박았다. 어쩔 수 없이 위자료 천만 원을 물어 주고 사건은 무마되었다. 이 사건 이후 한동안 강철중의 바람기가 잠시 잦아지는 듯했으나 한 달을 넘기지 못하고 다시 도졌다. 강철중은 오산댁이 어디가 그렇게 좋은지 계속 쫓아다니며 변강쇠 흉내를 내다가 급기야 체력의 한계를 느꼈는지 쓰러지고 말았다. 민혜숙은 남편의 끝없는 외도에 충격을 받아 자리에 눕더니 그 길로 세상을 떠났다.

"바람기가 기어코 생사람을 잡았구먼."

마을 사람들은 저마다 강철중에게 한마디씩 했다. 강철중이 쓰러진 후 며칠간 운신을 못하자 두 며느리는 시아버지를 서로 모시지 않겠다며 남편에게 요양원으로 보낼 것을 강력하게 요구했다. 두 아들은 아내의 눈치만 살필 뿐 말 한마디 제대로 하지 못했다. 아내의 성화에 못 이겨 둘째가 강철중에게 병원에 가서 종합검진을 받아 본 후 병이 완전히 회복될 때까지 입원해서 치료받는 것이 좋겠다고 건의하자 강철중도 자신의 병이 심상치 않음을 알고 그 의견에 따르기로 했다.

며칠 후 강철중을 태운 자동차가 병원으로 간다며 시내와는 동떨어진 깊은 산속으로 들어갔다. 강철중은 이상한 생각이 들었다. 병원은 사람들이 집중해 있는 도시에 몰려 있는데 자동차가 가는 곳은 점점 깊은 산중이다.

아들에게 물었다.

"지금 병원으로 가는 게 맞는 거냐?"

"네."

"이런 깊은 산속에도 병원이 있냐?"

"요즘 병원은 공기가 맑은 산속이나 조용한 섬에 많이 있습니다."

"세상이 많이 변했구먼."

강철중은 이상하다는 듯 고개를 갸웃했다. 얼마 간 달리던 자동차가 멈춘 곳은 인적이 뚝 끊어진 깊은 산속이었다. 높은 산을 뒤로하고 회색건물 하나가 앞을 가로막고 서 있었다. 건물을 보자 강철중의 머리에 번개처럼 불길한 생각이 스쳤다. 혹시 자식 놈이 병 든 자기를 외딴 곳에 버리려는 것은 아닐까하는 의심이 들었던 것이다. 신문에서 자주 그런 기사를 봐 온 터여서 불안이 컸다. 마음 한편으로는 설마 힘들게 키운 자식 놈이 그런 배은망덕한 짓을 할 수 있을까 의심을 하면서도 내심으로는 불안한 생각을 떨칠 수 없었다. 겨우 진정하고 있는데 흰 가운을 걸친 건장한 남자 간호사가 강철중을 맞이했다.

"어서 오시오."

"여기가 어디요?"

강철중이 물었다.

"요양원입니다."

"병원이 아니오?"

"병원은 병원인데 요양원도 같이 겸하고 있습니다."

순간 강철중의 얼굴이 벌겋게 상기되었다. 눈치 챈 둘째가 빠르게 나서서 변명했다.

"이곳은 병원까지 갖추고 있는 대한민국에서 제일 시설이 좋은 요양원입니다."

강철중은 자식의 의도를 금세 간파한 듯 화를 벌컥 냈다.

"병원에 간다고 했지, 내가 언제 요양원에 온다고 했냐? 감히 너희들이 나를 이곳에 버리겠다는 수작이냐!"

둘째가 얼굴을 붉히며 펄쩍 뛰었다.

"아버지의 건강을 위해서입니다."

"흥, 너희들을 위해서가 아니고? 출세한 자식들이 셋이나 있고 내 재산도 많이 있는데 너희들이 감히 내게 이런 짓을 하다니…"

"아버지가 거동을 못해 똥이라도 벽에 바르면 어떤 며느리가…"

"병신 같은 새끼들! 마누라가 그렇게 시키더냐?"

"그런 건 아니고…"

"못난 것들, 그만둬라."

강철중의 얼굴에 핏기가 가셨다. 죽도록 일을 해서 힘들게 가르쳐 놓은 자식 놈들이 효도는 못할망정 의논 한마디 없이 이런 엄청난 짓을 하다니 가슴에 커다란 불덩어리 하나가 불쑥 치밀었다. 세상이 달라졌다고 하지만 며느리에게 꼼짝 못하는 자식 놈들이라니 한심하기 짝이 없었다.

"병신 새끼들!"

"아버지도 편히 쉬실 때가 되었습니다."

"너희들이나 나중에 와서 편히 쉬어라. 나는 아직 쉬고 싶지 않다."

"아버지."

"집으로 가자."

　그러나 그날 강철중은 요양원에 강제로 입원하고 말았다. 며칠 후 자식들이 며느리와 함께 면회하러 왔으나 강철중은 자기에게 처음부터 자식은 없었다며 만나 주지 않았다. 강철중은 인생의 허망함을 느꼈다. 힘들게 돈을 벌어 가르친 자식 놈이 이런 짓을 하리라고는 꿈에도 상상하지 못했다. 며느리들도 부모가 있을 텐데 병든 시아버지가 짐이 될까 봐 미리 겁을 집어먹고 남편을 졸라 이런 행동을 하게 한 며느리들도 이해 할 수 없었다. 요양원에 있는 동안 강철중의 병은 빠르게 호전되었다. 풍이 살짝 스치고 지나갔을 뿐인데 며느리들은 지레 겁을 먹고 이 같은 짓을 저지른 것이다. 들과 산에 가을이 내릴 무렵 강철중은 요양원을 나와 서울로 오고 말았다. 자기를 버린 자식들에게 돌아가고 싶지 않았다. 자식과 며느리의 얼굴을 마주하기 싫었다. 그러나 강철중의 서울 생활은 순탄하지 않았다. 이 년 동안 노숙자 생활을 하자 몸도 마음도 지쳤다. 특히 명절이 돌아오면 가장 힘이 들었다. 객지에서 맞는 명절은 바람 소리만 들어도 가슴에 구멍이 뚫리고 보름달만 쳐다봐도 눈물이 앞을 가렸다.

"이제는 자식들의 얼굴이 가물가물하는구먼."

"피는 어쩔 수 없지유."

　추석 명절을 앞두고 강철중은 고향이 서산이라는 서 노인과 종묘공원 벤치에 앉아서 막걸리 잔을 주고받았다. 술을 아무리 마셔도 가슴속에 허전함을 메우지 못했다. 종묘공원에는 강철중과 비슷한 형편의 노인들이 하루에도 몇 백 명씩 모여들었다. 강철중도 매일 종묘공원 주변을 맴돌았다. 객지 생활에 지쳐 자연히 몸도 마음도 쇠약해졌다. 술이 거나하게 취하면 자식들의 얼굴이 눈앞에 어른거렸다. 세상이 하루가 다르게 변하니 자식들만 나쁘다고 할 수 없을 것 같았다.

"몸도 마음도 약해지니 별 수 없구면. 자식도 보고 싶고, 고향도 가고 싶고."

"저도 그래유."

음력 팔월 열나흘 달이 고층 빌딩 위에 덩그러니 걸려 있다. 거리에는 공해로 찌든 검붉은 가로수 잎이 떨어져 바람 따라 이리저리 굴러다닌다. 그 모습이 꼭 자기 신세 같아 강철중의 눈은 어느새 술인지 눈물인지 모를 물기에 젖었다. 서 노인도 마찬가지였다. 종묘공원에 모인 노인들은 추석 명절이 가까워지자 말이 적어지고 쓸쓸한 표정을 지었다. 고향땅을 지척에 두고 가지 못하는 노인들의 마음은 더 무거웠다. 술에 취하자 강철중의 마음은 어느새 고향으로 달려갔다.

"오늘은 죽은 마누라 생각이 간절하구면유,"

서 노인의 말이었다.

"나도 죽은 마누라에게 죄를 많이 지은 것 같아 마음이 아프이."

강철중은 자기 바람기 때문에 고생했을 아내를 생각하면 미안한 생각이 든다며 단숨에 잔을 비웠다. 잔을 아무리 비워도 마음의 허전함은 채우지 못했다.

"요즘 자식들은 조상을 모시지 않으려 하니…"

"삼강오륜이 땅에 떨어진 탓일세."

서 노인의 말에 강철중은 눈을 지그시 감고 자식들의 얼굴을 하나하나 떠올려 보았다. 미움보다 그리움이 산처럼 쌓였다. 외로운 객지 생활과 험난한 세상이 그렇게 만들었다. 비록 몸은 객지에 떠돌지만 마음만은 고향에 가 있었다. 자식들은 어렸을 때는 모두 눈에 넣어도 아프지 않을 만큼 착했다. 그런 자식들이 등골이 빠지도록 돈을 벌어 공부 시킨 부모를 버렸다고 생각하면 울화가 뻗치지만 세월이 가고 객지 생활에 지쳐 이제는 자식들에 대한 미운 감정은 눈 녹듯 사라지고 그리움만 산처럼 쌓였다. 지금 강철중은 자식들이 어떻게 살고 있는지 궁금했다.

"성묘는 다녀오셨어유?"

"못 갔소."

"저도 오래된 것 같네유."

"부모에게 자식 노릇 제대로 하지 못했으니…"

"세상이 변한 탓이지유."

"세상이 아무리 변해도 효(孝)는 변하면 안 되지요."

술잔을 든 서 노인의 손이 와들와들 떨렸다. 오래도록 빈속에 술만 마셔 알콜 중독 증세를 보이는 것이었다. 손을 떨다가도 술을 입속에 털어 넣기만 하면 떨리던 손이 언제 그랬느냐는 듯 멈추었다. 술이 넘어갈 때마다 목울대가 위아래로 심하게 꿈틀거렸다. 오랜 객지 생활로 고생 한 탓에 황새같이 목이 길어 보이고 몸도 수척해 보였다.

"어제 신문을 보니까 자식과 싸운 노인이 문고리에 목을 매 자살했더구먼. 무자식 상팔자라는 말이 괜히 나온 말은 아닌 것 같구려."

"자식이 부모를 모시지 않으려하니 그럴 만도 하지유."

"요즘 학교는 뭘 가르치는지 궁금하구먼."

"돈벌이하는 교육이나 가르치겠지유."

어떤 노인은 생활고에 시달리다 연탄불을 방에 피워 놓고 자살하고, 팔십대 할머니는 이북에 두고 온 자식이 보고 싶어 남북통일을 손꼽아 기다리다 지쳐 보일러실에 목을 매 자살하고, 어떤 할머니는 지병 때문에 자신의 처지를 비관하여 농약을 마시고 자살하고, 어떤 노인은 자식에게 짐이 되고 싶지 않다며 아파트에서 투신하고, 팔십대 할머니는 자식에게 짐이 될 것이 두려워 자식 앞으로 한 장의 유서를 남기고 문고리에 목을 매 자살했다. 할머니는 유서에 '너희들에게 짐이 될까 하여 먼 길을 떠나기로 결심했다. 이 어미가 전세방을 내놓았는데 삼백만 원 통장에 넣어놓았다. 잔금이 천사백만 원이 남아 있으니 속히 찾아가거라.'

할머니가 유서를 남기고 자살할 때 자식 내외는 야구장에서 야구를 즐기고 있었다.

"그런 썩을 놈을 핏줄이라고…"

"핏줄도 남만 못한 세상이 된 지 오래구먼유."

"우리나라가 OECD 국가 중에서 자살률이 일위라는 말이 괜히 나온 말은 아닌 것 같구먼유."

강철중이 술에 취해 눈을 감자 구름재 전경이 눈앞에 어른거렸다. 벼가 누렇게 익어가는 다락논, 헐렁한 옷을 입고 논둑에 서 있는 허수아비, 뒷동산에 서 있는 커다란 밤나무가지에 입을 쩍 벌리고 있는 밤송이, 노랗게 익어가는 감나무… 모두 고향의 정다운 풍경들이었다. 강철중은 돌아가신 부모님 생각을 하자 코허리가 시큰했다.

"누가 추석을 만들었을까유?"

서 노인의 물음이었다.

"효심이 지극한 사람이 만들었겠지."

강철중은 이렇게 대답하고 술잔을 입에 탈탈 털어 넣었다. 한 방울이라도 남기지 않기 위해서였다.

두 노인들은 벌써 막걸리 세 병째 해치웠다.

"자식들이 여행 가서 호텔에서 제사를 지내는 세상이오."

"우리만 남겨 놓고 세상만 변한 것 같소이다."

"요즘 자식들은 자기들이 하늘에서 뚝 떨어진 것으로 알고 있으니…"

"살아 있는 부모도 섬기지 않는 세상인데 죽은 조상을 제대로 섬기겠소."

강철중은 금년 추석만큼은 큰마음 먹고 성묘를 다녀오기로 결정했다. 결정을 짓자 가슴이 두근거리고 밤에 잠을 이루지 못했다. 뜬눈으로 밤을 새우고 다음날 새벽 첫 버스에 몸을 실었다. 오랜만에 성묘 길에 나서니 아이처럼 마음이 설레기까지 했다. 버스는 세 시간을 달려 구름재에 도착했다. 버스에서 내린 강철중은 상수리나무가 빽빽한 구름재 산길을 허겁지겁 올라갔다. 키가 큰 잡목들이 앞을 막아섰다. 어린 잡목들이 사람의 손이 닿지 않자 금세 큰 숲을 이루었다. 인적이 뚝 끊어진 산속은 울창한 숲으로 뒤덮였다. 전에 오르던 오솔길은 희미하게 흔적만 남았다. 산새들이 급작스러운 방문객에 놀라 푸드득 날아갔다.

부지런히 산에 올라 보니 몸은 땀으로 흠뻑 젖었다. 몇 년 만에 아버지와 어머니가 함께 모셔진 산소 앞에 서니 가슴이 뭉클했다. 강철중은 서울에서 준비해 온 과일을 상돌에 차려 놓았다. 예전 같으면 추석 보름 전부터 산소를 찾는 사람들로 북적거릴 테지만 요즘은 추석날인데도 산속은 적막강산이었다. 바람 소리와 산새 소리만 들릴 뿐 산은 인적이 끊어진 지 오래였다. 여기저기 널려 있는 주인 없는 무덤들이 벌초를 하지 않아 잡풀이 무성했다. 강철중이 살고 있을 때는 버려진 무덤을 찾아 벌초(伐草)를 해 주었지만 그 무덤들은 지금은 잡풀로 무성하게 덮여 있다. 숲에 가려 형체조차 알아볼 수 없을 정도였다. 강철중의 눈에 눈물이 왈칵 솟았다.

"불효자를 용서하십시오."

강철중은 산소 앞에 무릎을 꿇고 막걸리 잔에 술을 따른 후 하늘을 보았다. 고향 하늘은 언제 보아도 정다웠다. 조각구름은 한가롭게 산 고개를 넘나들고 있다. 논과 밭에도 어느 새 누렇게 가을이 내렸다. 사방을 둘러봐도 그리운 고향땅이다. 강철중의 눈가에 이슬이 촉촉하게 맺혔다. 지금도 가슴 깊은 곳에는 부모님이 살아계셨다. 슬플 때나 외로울 때면 어머니의 말씀이 떠오르고 술을 마시고 몽롱한 채 자리에 누웠을 때도 어머니의 말씀이 귀에 쟁쟁했다. 이럴 때는 가슴이 먹먹해지며 목이 메었다.

이번에는 그 옆 아내의 무덤으로 갔다. 평생 속만 썩여준 아내에게 미안한 생각이 들었다.

"임자, 내 바람기 때문에 마음고생 많이 했지. 그때는 나도 내 마음을 어쩔 수 없더구먼. 그동안 못되게 군 것 다 용서하시게. 이제야 철이 들었나보이."

"이제라도 철이 들었다니 다행이네요. 세상 소풍 잘 끝내고 오세요."

아내의 음성이 바람을 타고 들려오는 듯했다.

"미안하이."

강철중은 가슴이 꽉 막혔다. 강철중은 후회하며 눈물을 한참 쏟다가 신갈나무 숲에 몸을 숨기고 고향 집을 바라보았다. 손자들이 마당에서 뛰어노는 모습이 보였다. 금년에는 미국에 있는 아들까지 와 있다. 전을 지지는 냄새가 이곳 신갈나무 숲에까지 전달되었다. 잠시후 아들 삼형제 내외가 손자들을 앞세우고 집을 나서는 모습이 보였다. 성묘하러 오는 모양이었다. 자식들이 주고받는 말소리가 바람에 실려 이곳까지 들려왔다.

"미국에 들어가기 전에 아버님을 찾아야 할 텐데. 무슨 사고라도 당하시지는 않았을까?"

"사고를 당했으면 신고가 있었겠죠."

형사 아들이 대답했다.

"자식들이 걱정하는 것을 알기나 하실까요?"

둘째는 가출한 아버지가 원망스러운 모양이었다.

"걱정하시겠지."

"우리는 요양원에 모시는 것이 효도라고 생각했는데."

"부모님 쪽에서 보면 불효일 수도 있겠지. 내 집이 있고 내 재산이 있는데 그런 곳에 보낸다는 것은 본인에게는 고통일 수 있을 거야. 어떤 언론기관이 조사를 했는데 노인 환자 대부분은 집에서 임종하는 것이 소원이라고 했다더군. 내가 미국 들어가기 전에 아버지를 찾았으면 좋겠는데."

"요즘 요양원은 호텔 급 수준입니다."

"아무리 좋아도 가족의 숨결이 있는 집만 못하겠지."

바람에 실려 오는 아들들의 이야기를 듣자 강철중은 가슴이 뭉클했다. 역시 자식들도 애비 생각을 하고 있구나 생각하니 그동안 자식들에 대해 쌓였던 미운 감정들이 일시에 사라졌다. 이제 강철중도 자식들의 심정을 어느 정도 이해할 것 같았다. 그동안 자식들의 속만 썩인 것이 후회되었다. 달려가 애비가 여기 있다! 하고 외치고 싶었지만 용기가 나지 않았다. 강철중은 자식들이 도착하기 전에 쫓기듯 서울로 돌아오고 말았다.

"만나보지 그랬어유."

"무슨 염치로…"

"천륜은 마음대로 끊어지는 게 아니라고 말했잖아유. 이번 일은 형씨 잘못이 큰 것 같네유."

"그런 이야기는 그만두고 술이나 들세."

"벌써 달이 중천에 떴구먼유."

"달이 술잔에도 떴구먼."

강철중은 달빛이 어른거리는 술잔을 손가락으로 휘휘 저어 입으로 가져갔다. 술잔에 담긴 쟁반 같이 둥근달이 목구멍으로 꿀꺽꿀꺽 넘어갔다. 그때 볼을 타고 흘러내리던 물방울 하나가 술잔에 툭 하고 떨어졌다.

의처증

　미아리 텍사스촌이 퇴폐 업소로 적발되면서 몰락의 길로 접어들었다. 창녀촌으로 번성하던 그 자리에 지금은 고층 아파트가 들어서서 당시의 모습은 흔적조차 찾을 수 없다. 그때 이곳에서 일하던 아가씨들은 경찰의 단속을 피해 살길을 찾아 뿔뿔이 흩어졌다. 박정자도 친구를 찾아 정선까지 내려오게 되었다. 박정자가 정선을 찾은 것은 친구 순옥이가 가마골에서 술장사를 하고 있을 거라는 생각 때문이었다. 순옥을 찾으면 자기에게도 살길이 열릴지도 모른다고 생각했다.

　정선역에 내린 박정자는 배가 출출하여 역 앞 식당 안으로 들어갔다. 산골은 봄이라고 하지만 찬 기운이 옷 속을 매섭게 파고들어 몸이 으스스 떨렸다. 식당 아주머니는 엷은 옷차림의 박정자를 보고 이 지방에 살고 있는 사람이 아니라는 것을 한눈에 알아본 듯 혀를 찼다.

　"봐하니 여기 분은 아니신 것 같고, 그런 옷차림으로 이런 산골에 어쩐 일이셔유?"

"여기서 가마골은 얼마나 돼요?"

"가마골은 왜유?"

"그곳에 친구가 있어요."

"버스를 타고 한참 더 가야 해유. 이곳에 처음이신 것 같은데… 가마골도 도시가 다 됐어유. 사람들이 모여드니 인심도 예전 같지 않고…"

식당 아주머니는 묻지도 않은 말을 들려주었다.

"모두 다 변하는 세상인데 거기라고 다르겠어요."

"그건 그래유."

몇 년 사이에 목이 좋은 산골에는 공장이 들어서고 사람들도 많이 불어나 예전의 인심은 간곳이 없다는 것이다. 식당 아주머니는 솥에서 시래기 국이 부글부글 끓어오르자 인심 좋게 한 사발 퍼서 박정자에게 건네주었다. 더운 김이 나는 국물을 몇 모금 마시자 뱃속이 훈훈하게 달아오르며 굳었던 몸이 스르르 풀렸다. 한편으로 순옥이 고향에 오지 않았으면 어쩌나 은근히 걱정이 되었다. 순옥이 고향에 오지 않았으면 당장 몸을 의탁할 곳이 없다. 텍사스촌에서 함께 일할 때 순옥이 가마골에 다녀왔는데 그곳에서도 술장사가 쏠쏠하게 잘 되는 것을 봤다며 자기도 한몫 챙기면 가마골에 내려가 술장사를 하는 것이 소원이라고 말했다. 그러다가 목돈을 만들겠다며 낯선 사내를 따라 섬으로 떠난 후 돌연 소식이 끊어지고 말았던 것이다.

박정자가 잠시 생각에 잠겨 있을 때 밖을 주시하던 식당 아주머니가 급하게,

"저기 구름재로 가는 버스가 오네유."

한다. 가마골로 가자면 구름재를 넘어야 한다는 것이다. 버스가 달려오자 박정자는 인사를 하는 둥 마는 둥 하고 백을 챙겨 들고 버스 정류소로 향했다.

버스가 서자 차에 올랐다. 버스 안에는 등산복 차림을 한 사내 몇 명이 잡담을 하다가 예쁘게 생긴 아가씨가 차에 오르자 눈이 번쩍 뜨이는 모양이었다. 저렇게 예쁜 아가씨가 어쩐 일로 이런 산골에까지 찾아오게 되었는지 몹시 궁금해 못 견디겠다는 표정이었다.

박정자는 사전수전 다 겪은 여자였다. 모른 체 구석자리에 앉아 눈을 지그시 감고 있지만 사내들의 속내를 빠삭하게 읽고 있다. 버스가 속력을 높이며 언덕을 오르고 있을 때 드디어 한 사내가 말을 걸어왔다.

"어디로 가는 길이시오?"

"가마골로 가는데요."

"그곳에 친구라도 있으시오?"

"네."

"조심하쇼. 요즘 산골에도 사람을 잡아먹는 호랑이도 있고, 사자도 있고, 늑대도 있고, 곰도 있소이다. 혹시 제가 도와 드릴 일이 없을까요?"

사내가 이죽거리며 말했다.

"여기에도 호랑이가 있는 것 같네요. 산전수전(山戰水戰) 다 겪은 여자니 제 걱정일랑 마시고 댁들 걱정이나 하세요."

박정자가 사내들에게 눈길 한번 주지 않고 태연하게 대답하자 사내들은 여자가 보통내기가 아니라는 사실을 한눈에 간파했는지 더 이상 말을 붙이지 못했다. 잘못 말을 걸었다가 무슨 망신을 당할지 모를 것 같다는 생각을 한 모양이었다. 버스는 헐헐거리며 숨 가쁘게 산길을 올라 구름재를 넘더니 으슥한 곳에 박정자를 내려놓고 가버렸다. 안개가 걷히면서 해가 구름사이로 얼굴을 내밀자 가마골이 어렴풋이 눈앞에 모습을 드러냈다. 박정자가 잠시 숨을 돌리고 있는데 저만치 낯선 사내가 다가왔다. 괭이를 멘 것으로 보아 논에 물꼬라도 보고 오는 모양이었다. 박정자는 호랑이나 늑대일지도 모른다는 의심에 정신을 바짝 차리고 경계태세를 취했다. 가까이 온 사내가 먼저 말을 걸어왔다.

"나는 가마골에 사는 나대철이라는 사람이오. 어디서 오는 길이시오?"

"서울서 오는 길입니다."

"가마골이 처음인 것 같은데 이곳에 아는 사람이라도 있소?"

"네."

"그런 옷차림으로 다니다 얼어 죽기 알맞소. 봄이라고 하지만 산골은 아직 한겨울이오."

"그런 것 같네요."

박정자가 그 말끝에 몸을 으스스 떨었다.

"어른들의 말씀에 의하면 예전에는 이른 봄에도 얼어 죽은 사람이 있다고 합디다."

"춥기는 춥네요."

산골바람은 냉기를 가득 물고 있다. 산 밑 응달진 곳에는 아직도 잔설(殘雪)이 군데군데 쌓여 있어 여전히 깊은 한겨울 속 같았다. 골짜기에 쌓인 눈은 늦봄까지 간다니 춥기는 꽤 추운 모양이었다. 그러나 햇살이 잘 드는 양지바른 곳에는 이런 풍경을 비웃기라도 하듯 분홍빛 진달래 꽃봉오리가 금세 터뜨릴 자세를 취하고 있다.

"나는 이장(里長) 일을 보고 있는 사람이오."

"반갑습니다."

"만나리 온 사람이 누구시오?"

"순옥이라는 친구입니다."

"잘 아는 사이오?"

"네."

순간 나대철은 깜짝 놀라는 듯했다. 순옥이라면 얼마 전 가마골에 한 번 다녀간 후로 지금까지 소식이 뚝 끊어졌다. 지금까지 마을에서 순옥의 소식을 알고 있는 사람은 없었다. 그런 순옥을 알고 있다니 신기하게 느껴지는 모양이었다.

"어떻게 아시오?"

"한 작장에서 일한 적이 있습니다. 집에 온 줄 알고 있는데요."

미아리 텍사스촌에서 같이 일을 했다고 말할 수 없어 얼버무렸다.

"오지 않았소."

"고향에 와서 술장사를 한다고 했는데요."

"금시초문이오."

순옥이 고향을 떠나게 된 동기는 옆집에 살고 있던 공달식 때문이라고 했다. 이웃집에 살다 보니 두 사람은 오빠 동생 하고 지내는 사이었는데 어느 날 순옥의 부모님이 큰댁으로 제사를 보러간 사이 집이 비었다는 사실을 알고 공달식이 찾아와 순옥에게 달려들었다. 죽기 살기로 거절했으나 힘이 달려 강제로 당하고 말았다. 그 후에도 공달식은 어른이 없는 시간을 틈타 수차례 순옥에게 못된 짓을 했다. 거절하면 가족에게 폭로하겠다며 으름장을 놓는 바람에 순옥은 꼼짝 못하고 당할 수밖에 없었다. 몇 개월이 지난 후 순옥은 몸에 이상을 느껴 병원에 갔고 확인해 보니 임신이었다. 순옥은 어쩔 수 없이 아버지에게 그간에 겪은 사실을 털어놓았다. 아버지는 믿었던 공달식을 괘씸하게 생각하여 경찰서에 고발했고 공달식은 감옥에 가게 되었다. 그 후 순옥은 고향에서 살 수 없다며 야반도주하고 말았다. 형기를 마치고 나온 공달식은 순옥이 가출했다는 소식을 듣고 낙심하여 집 앞 감나무에 목을 매 자살했다고 한다.

"순옥이는 얼마 전 집에 다녀간 후로 소식이 없소."

"안 됐군요."

나대철은 몇 년 전부터 가마골에 공장들이 들어오면서 인심도 흉흉해졌고 밤낮으로 기계 돌아가는 소음 때문에 짐승들이 가마골을 떠나고 울창하던 숲도 공해 때문에 시름시름 죽어가고 있다는 것이다. 순옥이 고향에 다녀와서 술장사가 쏠쏠하게 잘 되더라고 말한 이유를 이제야 알만했다. 산골 마을에 엄청난 변화는 또 있었다. 쑥고개에 얼마 전부터 티켓다방이 들어와 여자들이 몸을 판다는 소문까지 돌았다. 티켓다방은 여자들이 티켓을 끊어 차 배달을 하면서 몸도 판다는 것이었다. 마을 주부들은 퇴폐 업소가 들어와 동네 남자들을 다 망친다며 티켓다방을 몰아내기로 합의했다.

"어디서 요망한 것들이 몰려와서 마을을 더럽혀!"

"당장 몰아냅시다!"

마을 주부들이 큰소리치며 퇴폐 업소로 쳐들어갔지만 티켓다방 여자들에게 망신만 당하고 돌아왔다. 티켓다방 주인은 마을 여자들이 쳐들어오자 눈에 불을 켜더니 이런 업소만 수십 년째 해 왔다며 허가를 받고 하는 영업인데 어떤 년들이 훼방을 놓느냐며 입에 거품을 물고 덤벼들었다. 티켓다방 주인은 되려 영업 방해죄로 고발하겠다고 으름장을 놓았고 마을 주부들은 혼비백산하여 말 한마디 제대로 해보지도 못하고 쫓겨 오고 말았다. 이후 쑥고개 티켓다방은 인근 마을까지 소문이 퍼지면서 주문이 밀려들어 장사가 더욱 번창했다. 티켓다방은 불법이지만 산골에까지 단속의 손이 미치지 못하니 영업은 더욱 번창할 수밖에 없었다.

박정자는 당장 갈 곳이 없어 져 걱정하고 있는데 나대철이 눈치를 챘는지,

"갈 곳이 없으면 우리 집으로 갑시다."

하고 말했다.

"그래도 되겠어요?"

"혼자 살고 있습니다."

"총각이세요?"

"혼자 살고 있으니 그런 셈이죠."

나대철의 집은 양지바른 산 밑에 아늑하게 자리 잡고 있었다. 황토흙으로 벽돌을 만들어 지은 집이지만 지붕은 기와를 얹어 현대식 건물로 보였다. 뒤뜰에는 대나무 숲이 있어 바람이 불때마다 쏴−르르하고 물 흐르는 소리를 냈다. 박정자는 밤마다 황토방에 누워 대나무 숲에서 들려오는 바람 소리를 들으며 잠을 잤다. 마치 고향에 온 듯 정신적으로 안정되며 육체적으로 병들었던 마음이 깨끗하게 치료되

는 것 같았다. 밤이면 주먹만 한 별들이 마당에까지 내려왔다.

그러던 어느 날 나대철은 박정자의 눈치를 살피며 뜻밖의 제안을 해 왔다.

"우리 결혼합시다."

"……"

그러자 박정자는 숨겨왔던 과거 이야기를 꺼낼 수밖에 없었다. 자기는 얼마 전까지만 해도 술집에서 몸도 팔고 술도 팔았던 창녀의 몸이라고 말하고 그런 몸이 무슨 염치로 총각과 결혼하겠느냐며 나대철의 결혼 제안을 일언지하에 거절했다. 결혼하면 사기결혼이라며 결혼할 수 없는 몸이라고 똑똑하게 밝혔는데도 나대철은 단념하지 않았다.

"상관하지 않겠습니다."

"몸의 상처는 아물지 몰라도 마음의 상처는 영영 회복할 수 없을지도 몰라요."

"상관하지 않겠습니다."

"아이를 낳을 수 없을지도 몰라요."

"아이가 없어도 좋습니다."

"후회할 텐데요."

"후회하지 않겠습니다."

박정자는 잠시 눈을 감고 텍사스촌 동료들의 모습을 떠올려보았다. 텍사스촌에는 예쁜 여자들이 많았다. 예쁜 여자들은 남자들의 감언이설에 속아 결혼했다가 싫증나면 몸 팔던 여자라며 아이만 뺏기고 사정없이 쫓겨났다. 쫓겨난 여자들은 방황하다가 다시 텍사스촌으로 되돌아왔다. 그들의 소망은 평범한 여자로 살다가 평범한 여자로 죽는 것이었지만 세상은 그녀들을 평범한 여자로 받아 주지 않았다. 이런 사실을 알고 있는 박정자는 나대철의 구혼을 선뜻 받아들이지 못했다. 하지만 나대철의 끈질긴 설득에 박정자는 승낙하고 말았다. 가을에 두 사람은 동네 작은 교회에서 결혼식을 올렸다. 주례를 맡은 이창신 목사는 주례사를 통해 인생은 넓은 바다와 같으니 바람이 불고 풍랑이 몰아치면 한 사람은 배가 되고 한 사람은 노가 되어 주어야 한다고 말하며 망망대해를 끝까지 잘 헤쳐 갈 것을 당부했다. 두 사람은 결혼 후 다음 해에 아들을 낳았고 이 년 후 또 아들을 낳았다. 누가 봐도 이들의 결혼 생활은 행복해 보였다.

그러던 어느 날, 외출에서 돌아온 나대철이 박정자에게 물어볼 것이 있다며 방으로 불러들이더니 눈을 부릅뜨며 질문했다.

"다른 남자를 만난다면서."

황당한 질문에 박정자는 가슴이 철렁했다.

"그걸 말이라고 하는 거야."

"아니야?"

"아니지."

"동네 사람들이 다 알고 있던데."

"그럼 내가 바람이라도 핀다는 거야?"

"그래."

"그 말을 믿어?"

"열 길 물속은 알아도 한 길 사람 속은 모른다고 했어. 몸 팔던 여자를 어떻게 믿어."

"아하…"

박정자의 머릿속이 하얗게 비었다. 드디어 올 것이 오고 마는 구나 생각했다. 나대철만은 남들과 다를 것이라고 믿었는데 아닌 것 같았다. 박정자의 몸이 부르르 떨렸다. 무슨 이야기를 어떻게 들었는지 모르지만 이런 일이 있은 후 나대철의 의심은 점점 심해 갔다. 최근에는 하던 일까지 전폐하고 박정자의 뒤를 미행했다. 착하고 순진했던 나대철의 모습은 어느 곳에서도 찾아볼 수 없었다. 박정자가 조금만 눈에 보이지 않아도 누구를 만나고 오느냐며 따졌다. 대답을 하지 않으면 주먹질도 서슴지 않았다. 집안은 하루도 조용할 날이 없었다. 박정자는 나대철이 정말 자기 남편이 맞는지 의심이 갔다. 가슴에 커다란 쇳덩이가 하나 매달렸다.

"사람이 왜 그렇게 변했어?"

"변한 건 내가 아니라 너야."

"내가 어쨌는데?"

"바람이 났잖아."

"그런 일이 있으면 이 자리에서 벼락 맞아 죽을 거야."

"요즘 세상은 죄 짓고도 벼락 맞지 않고 잘 사는 인간들이 많아."

"끝까지 못 믿겠다는 거야?"

"어떻게 믿어."

같은 질문에 같은 대답이 하루에도 몇 번이고 반복되었다. 나대철은 밤마다 증거를 찾는다며 옷을 벗기고 엽기적인 행동을 했고 박정자는 밤이 점점 무서웠다. 나대철은 이미 인간이기를 포기한 것 같았다. 착한 것은 없어지고 악마의 성격만 남아 있는 것 같았다. 창밖에는 봄이 도래했지만 박정자의 마음속은 깊은 한겨울 속 같았다. 밤마다 같은 심문이 계속되었다.

"이상호와 했지?"

"상호는 당신하고 가장 가까운 친구야. 그게 말이 돼?"

"그 짓하고 친구하고 무슨 관계가 있어. 바른 대로 실토해. 그러면 용서할 테니까."

"그런 일 없어."

"지금 내가 헛소리를 한다는 거야?"

"생사람을 잡고 있잖아."

"끝까지 오리발 내밀겠다 이거야."

"나는 결백해."

박정자의 어떤 말에도 나대철은 믿으려 하지 않았다. 비가 오는 날은 나대철의 증세가 더 심하게 나타났다. 그날 밤은 바람이 불고 비가 요란하게 내렸다. 나대철은 박정자의 몸을 넘어트린 후 배를 깔고 앉더니 솔직하게 말하지 않으면 죽여 버리겠다고 협박했다. 박정자는 죽으면 죽었지 거짓말을 할 수 없다며 자기는 모르는 일이라고 말했다. 며칠 전 상호를 만난 것은 사실이 아니냐고 따졌다. 박정자가 길에서 우연히 마주쳤을 뿐 말 한마디 건너지 않고 헤어졌다고 하자 그것보라며 자기가 한눈을 파는 사이 다른 곳에서 그 짓을 했을지도 모른다며 오늘은 반드시 진실을 밝히고 말겠다는 것이다.

"네가 먼저 만나자고 약속했잖아."

"우연히 만났을 뿐이야."

"그럼 왜 하필 그 시간에 상호가 그곳에 나타났는지 설명해 봐."

"그걸 내가 어떻게 알아."

"설명 못하잖아."

모든 것을 의심했다. 나대철의 억지 주장이 계속되더니 급기야 주먹을 휘둘렀다. 박정자가 죄 없는 사람을 왜 때리느냐며 대들자 나대철은 남편에게 반항하느냐며 배, 가슴을 닥치는 대로 발로 차더니 분이 풀리지 않는 모양인지 식탁 위에 놓인 식칼을 들고 나타났다. 눈에는 살기가 번득였다.

"바른 대로 말해!"

"죽이기라도 하겠다는 거야?"

"죽기 싫으면 솔직하게 말하란 말이야."

"죽어도 나는 아냐."

순간 나대철의 얼굴이 벌겋게 상기되더니 칼을 든 손을 높이 치켜들었다. 그 모습을 보자 박정자는 정신이 아찔했다. 나대철이 최후의 확인이라도 하려는 듯 다시 말했다.

"정말 안했어?"

"안 했어."

"안 했으면 그런 소문이 왜 나."

"생사람 잡지 마."

"생사람 잡는 쪽은 너야."

순간 나대철은 분을 참지 못하고 머리 위로 치켜들었던 칼을 아래로 힘껏 내리꽂았다. 퍽! 하는 소리와 함께 박정자는 혼절하고 말았다. 하체에서 붉은 피가 흘러내렸다. 피는 금세 방바닥을 적시면서 사방으로 퍼져 나갔다. 박정자는 정신이 아득해지면서도 불쌍한 눈

으로 나대철을 바라보았다. 나대철은,

"왜 내가 한심하게 보인다 이거야. 하지만 너는 앞으로 다시는 어떤 놈하고 못 할 거야, 흐흐흐."

박정자의 몸은 천길 벼랑으로 떨어지고 있다. 나대철은 죽어가는 박정자를 바라보며 싱글벙글 웃고 있었다.

달의 뒷면

　공탁호는 요즘 아내의 태도가 불만스럽다. 매일 술을 퍼마시고 자기에게 성가시게 구는 남편이 어서 죽어주었으면 하고 바라는 눈치 같았다. 하지만 공탁호는 누구 좋으라고 일찍 죽어주느냐며 절대 그런 일은 일어나지 않을 거라고 큰소리쳤다. 그러자 아내는 자기보다 오래 살려면 술부터 끊으라고 했다. 공탁호는 죽으면 죽었지 술은 절대 끊을 수 없다는 것이다. 그러자 아내는 술을 계속 마시면 자기보다 먼저 죽을 텐데 그래도 좋겠느냐고 말하자 공탁호는 화를 벌컥 내며 여편네가 재수 없게 함부로 입방아를 찧는 다며 눈을 부릅떴다. 일찍 죽으라고 고사를 지내도 당신보다 먼저 죽는 일은 없을 테니 두 번 시집갈 생각은 아예 꿈도 꾸지 말라고 큰소리쳤다. 그러던 공탁호가 최근 밥을 먹지 못하는 등 몸에 이상 증상이 나타나자 아내는 가슴이 덜컹 내려앉았다. 말이 씨가 된다는 생각이 들어 그간 남편에게 한 말들이 마음에 걸렸다. 공탁호는 며칠 째 무엇이든 먹기만 하면 위에서 거부반응을 일으켰다.

"내가 뭐랬어, 술을 끊으라고 했지."

"먹고 죽으면 때깔도 좋다고 했어."

"그럼 술을 계속 먹겠다는 거야?"

"물론이지."

"그럼 내 앞에서 다시는 아프다는 소리 하지 마."

"이놈의 여편네가 어따 눈을 부릅뜨고 지랄이야!"

공탁호가 건강 때문에 술을 한 잔도 입에 대지 못하는 신세가 되자 점점 신경질만 늘어 갔다. 전에 없던 반찬 투정도 심했다. 걸핏하면 밥상을 뒤집어엎고 작은 일에도 화를 벌컥 냈다. 아무리 무쇠로 만들어진 몸이라고 하더라도 수십 년간 소주를 물마시듯 퍼먹었으니 창자가 온전할 리 없다. 처음에는 소화가 잘 안 된다며 약국에서 소화제를 사서 먹더니 이제는 소화제도 말을 듣지 않는 모양이었다. 때가 되면 위장에서 음식을 넣어달라고 아우성이지만 음식을 집어넣기만 하면 통증과 함께 먹은 것을 밖으로 밀어 올렸다.

"이놈의 위장이 달랄 때는 언제고 밀어내는 건 뭐야!"

공탁호가 심하게 화를 낸들 위장이 말을 알아들을 리 없다. 그런 증세는 한동안 이어졌다. 음식을 먹지 못하니 사람이 수수깡처럼 말라 갔다. 공탁호의 당당하던 기세도 어느 새 한풀 꺾이고 말았다.

"큰 병이 아닐까?

아내가 걱정하면 공탁호는,

"왜, 내가 큰 병에 걸려 죽으면 시집이라도 가겠다는 거야?"

"생트집 잡지 마."

"솔직히 내가 빨리 죽기를 바라는 거잖아. 요즘 남편이 빨리 죽기를 바라는 여편네들이 많다던데."

"아무리 남편이 밉다고 해도 그런 못된 여자가 어디 있어."

"당신 표정이 그렇잖아. 하지만 아무리 죽으라고 고사를 지내 봐. 누구 좋으라고 먼저 죽어. 당신은 내가 죽으면 화장실에서 웃을 여자야."

"내가 화장실에서 웃는 게 싫으면 술부터 끊어."

"그건 안 돼."

"그렇다면 내가 화장실에서 웃더라도 간섭하지 마. 그리고 정부에서 공짜로 암 검사 받으라고 용지까지 보내 주는데 왜 마다하는 거야. 돈 드는 일도 아닌데."

"보험료를 내고 있으니 그것도 내 돈이야."

"돈이 아까워서라도 검진을 받아야지."

"멀쩡한 사람을 왜 검진을 받으라는 거야. 그건 국고 낭비야."

"애국자가 나셨구먼."

아내가 매일같이 건강검진을 받아 보자고 애원해도 소귀에 경 읽기였다. 공탁호가 생각하는 병원은 돈 먹는 하마라며 믿을 수도 없다는 것이다. 그럴 것이 언젠가 한 동료 여직원이 감기 때문에 병원에 갔다가 일주일 만에 싸늘한 주검으로 돌아온 사건이 있었다. 병원에서 이것저것 검사를 진행하다가 생사람을 잡았다는 것이다. 공탁호는 대수롭지 않은 감기 때문에 병원에 갔다가 죽어나오는 직원을 보자 병원도 믿을 수 없었다. 재수 없으면 자기도 병원에 갔다가 생죽음을 당할지도 모른다며 겁을 먹었다. 이후부터 공탁호는 감기에 걸려도 병원에 가지 않고 약국에 가서 일반 감기약을 사먹고 소화가 안 되면 일반 소화제를 사먹는 버릇이 생겼다. 독한 감기에 걸리면 며칠씩 생고생을 했다. 약사가 병원에 가서 정확한 진단을 받은 후 병에 맞는 약을 처방 받아서 사용하라고 권해도 공탁호는 자기 병은 자기가 안다며 약사의 권고를 무시했다.

"병을 키우면 치료가 점점 어렵습니다."

"병원은 믿을 수 없을 뿐만 아니라 돈 먹는 하마요."

"작은 병이 큰 병이 될 수 있습니다."

"내 병은 내가 알아서 합니다."

그렇게 큰소리치던 공탁호가 소화가 안 되는 등 증세가 심각해지자 생각이 조금씩 바뀌었다. 소화제나 진통제만으로 위장의 통증이 가라앉지 않는 데다 통증도 예전보다 더 심하게 나타났다. 사람은 점점 뼈대만 남았다. 체중도 하루가 다르게 감소했다.

"병원에 가서 정확하게 검진을 받으라니까."

아내의 성화에,

"못 가. 믿을 수 없는 병원에 왜 가. 죽을 일이 있어."

"그러다 잘못되면…"

"이놈의 여편네가 여전히 남편이 죽기를 바라고 있구먼."

"이 세상에 그런 못된 여편네가 어디 있대."

"여기 있잖아."

병원이라면 사기꾼들의 집합소처럼 생각하던 공탁호가 오늘은 무슨 생각이 들었는지 먼저 병원에 가자며 앞장섰다. 동네에 있는 작은 병원은 믿을 수 없으니 처음부터 큰 병원으로 가자고 했다. 아내는 해가 서쪽에서 뜰 일이라고 생각했다. 아침 일찍 큰 병원을 찾았으나 소문대로 환자 대기실은 시장 바닥처럼 북새통을 이루었다. 동네 작은 병원은 문을 닫는다고 야단인데 큰 병원은 환자들로 몸살을 앓고 있다.

병원 문턱을 들어서는 순간 공탁호의 얼굴이 갑자기 환하게 밝아졌다.

"병원에 오니 금세 괜찮아지는 것 같은데."

공탁호의 마음을 훤히 꿰뚫고 있는 아내는 눈을 흘겨 주었다.

"괜히 잔꾀 부리지 마. 진찰을 받지 않으려고 하는 수작이잖아. 아이 같으면 주먹으로 한 대 쥐어박고 싶지만 어른이니까 참는 거야. 큰 병일수록 조기 발견해야 완치율이 높대."

공탁호가 화를 벌컥 냈다.

"내가 암이라도 걸렸다는 거야?"

"무슨 병인지 모르니 확인해 보자는 거지."

소독 냄새가 풀풀 풍기는 좁은 복도에 비좁게 앉아 차례를 기다리고 있는 동안 환자들의 얼굴에 슬슬 짜증이 묻어났다. 복도에 대기하고 있는 대부분의 환자들은 하나같이 작은 병원은 믿을 수 없다며 큰 병원을 찾아왔는데 이러다 의사를 만나기 전에 먼저 죽을지도 모른다는 생각이 들었다. 큰 병원은 대한민국 국민 모두가 병에 걸려 찾아온 듯 환자들로 넘쳐나고 있다. 가끔 간호사가 복도로 나와 환자 이름을 한 사람씩 호명해 진찰실로 데리고 들어갔다. 참고 있던 공탁호가 불만을 털어놓았다.

"명 짧은 놈은 기다리다 뒈지겠구먼. 언제까지 기다리라는 거야."

"언젠가 차례가 오겠지."

"언제?"

"무작정 기다리게 하지는 않을 거 아냐."

아내의 느긋한 말에 공탁호가 짜증을 냈다. 얼마나 시간이 지났을까. 간호사가 공탁호를 데리고 진찰실로 들어갔다. 아내는 복도에서 초조하게 남편이 나오기만 기다렸다.

의사 앞에 앉은 공탁호는 몸의 증상을 설명한 다음 의사의 눈치를 살폈다. 의사는 청진기로 가슴과 배 등 몇 군데를 대보더니 삼 분도 안 걸리는 짧은 시간에 모든 진찰을 끝냈다.

"몇 가지 검사를 해 봐야 합니다."

의사는 메모지에다 암호 같은 글자를 적어 간호사에게 넘겨주었다.

"큰 병이라도 걸린 겁니까?"

"정밀 검사가 필요합니다."

"큰 병이라는 얘기 같은데…"

"검사 결과를 보기 전까지는 알 수 없습니다."

공탁호의 얼굴이 일그러졌다. 여러 가지 검사를 하라는 것은 환자에게 더 많은 돈을 뜯어내겠다는 수작이라고 생각했다. 검사실에서 장시간에 걸쳐 초음파에서부터 가슴 엑스레이 촬영, 대소변 검사까지 할 수 있는 검사는 모두 했다. 간호사는 일주일 후에 오라고 말했다. 공탁호는 어이가 없는지 얼굴이 벌겋게 달아올랐다.

"일주일 후에 오라고?"

"네."

"그동안 나는 죽게 될지 모르는데."

옆에 있던 아내가 공탁호의 말을 제지했다.

"병원 지시를 따라야지."

"당신은 내가 죽어도 좋아?"

"일주일 후에 오라는 거면 일주일 안에 당신이 죽는다는 거야? 여기는 당신 뜻대로 되는 곳이 아니잖아."

어쩔 수 없이 일주일 후에 다시 병원을 찾았다. 환자 대기실은 여전히 시장바닥처럼 만원이고 기다리는 시간은 길었다. 환자들은 짜증을 냈다.

"큰 병원에서는 명이 짧은 놈은 기다리다 뒈지고 말겠군. 입원실도 구하기 힘들다던데. 이럴 때는 병원 청소부 아주머니라도 알아 두었으면 좋을 텐데."

공탁호가 빈정거리자 옆 침대에 누워 있던 환자가 큰 비밀이라도 알고 있다는 듯이 말했다.

"걱정 마슈, 방법이 아주 없는 것도 아니오."

그는 특급 비밀이라도 알고 있다는 듯 어깨를 으쓱해 보였다.

"좋은 수라도 있다는 겁니까?"

"있지요. 아주 간단합니다. 아프지 않더라도 아프다고 아우성치며 응급실로 가십시오. 그러면 힘 안 들이고 입원할 수 있습니다. 아파 죽겠다는데 저들이 어쩌겠습니까? 비굴한 방법이지만 죽는 것보다 그게 낫지 않겠소. 형씨도 그 작전을 써 보슈. 요즘은 요령이 있어야 살아갈 수 있는 세상이오. 나도 그럴 참이오."

그러자 공탁호의 얼굴이 바람 빠진 축구공처럼 찌그러졌다.

"날더러 거짓말을 하라는 거요?"

"아직 덜 아프신 모양이시구먼."

"나는 죽으면 죽었지, 그런 비열한 방법으로 입원하고 싶지 않소."

"그럼 죽든지 살든지 마음대로 하쇼. 세상 물정을 전혀 모르시는 분 같은데."

공탁호는 그동안 음식을 제대로 먹지 못해 얼굴은 누렇게 뜨고 광대뼈가 앞으로 튀어나와 해골 같은 몰골을 하고 있었다.

시간이 한참 흘러 공탁호가 진찰실로 불려갔다. 의사는 촬영한 필름을 꼼꼼하게 살펴보더니 공탁호를 진료실에서 내보내고 보호자를 들어오라고 했다. 아내가 불안한 얼굴로 진료실로 들어섰다. 의사는 공탁호 아내에게,

"췌장암 3기입니다."

하고 말했다.

"네?"

날벼락 같은 소리에 공탁호 아내는 자기 귀를 의심했다. 잘못 들은 것이라고 생각했다. 의사는 보호자가 알아듣지 못한 것 같아 다시 말했다.

"췌장암 3기입니다. 빨리 치료를 받지 않으면 생명을 장담할 수 없습니다."

공탁호 아내가 힘없이 물었다.

"얼마나 살 수 있겠습니까?"

"5개월 정도. 물론 환자에 따라 조금씩 달라질 수 있습니다만."

공탁호 아내는 하늘이 무너지는 것 같았다. 큰 병이 아닐까 의심은

공탁호는 끝까지 암을 믿으려고 하지 않았다. 지난 해 가을, 회사에서 종합검진을 받을 때만 해도 아무 이상이 없었는데 일 년도 채 되지 않은 시기에 암 3기라니 그 놈의 암이 무슨 뻥튀기라도 되느냐고 말했다. 엉터리 의사에게 검진을 받은 것이 확실하다고 결론을 내렸다.

아내가 애원했다.

"과학적인 근거에 의해서 내린 진단이야. 제발 의사를 믿어."

"당신은 내가 일찍 죽으면 좋은 거 아냐?"

"그런 억지 주장이 어디 있어."

"당신 표정은 암이기를 바라고 있는 사람 같은데."

"지금 농담을 하고 싶어?"

"아무튼 나는 안 죽어."

공탁호는 끝까지 입원을 거부했다. 그러나 고집스럽게 집에 돌아온 공탁호는 5개월밖에 살 수 없다는 숫자가 목에 가시처럼 걸려 밤마다 악몽에 시달렸다. 한 달 정도 지나자 몸에 심각한 증상이 나타나기 시작했다. 음식을 목구멍 속에 집어넣기가 무섭게 토했다. 공탁호는 살려고 강제로 음식을 위 속에 집어넣었지만 결과는 마찬가지였다. 시간이 가자 몸도 마음도 지쳐버렸다. 몸은 나무젓가락처럼 말라가고 눈이 십 리만큼 들어갔다. 광대뼈는 볼 위로 솟아올랐다. 다리에 힘이 빠지고 서 있는 것조차 힘들어 했다. 용하다는 무당에게 천만 원을 주고 굿을 해도 효험이 없었다. 좋다는 민간요법도 다 해보았지만 결과는 점점 참담했다.

그러다 결국 몸에 찾아오는 고통을 참을 수 없게 되자 공탁호는 어쩔 수 없이 병원을 다시 찾았다.

"의사를 믿지 못합니까?"

"죄송합니다."

"의사를 믿지 못하면 병도 고칠 수 없습니다."

"믿겠습니다."

"병을 고치려면 의사의 지시를 따르도록 하시오."

"따르겠습니다."

공탁호는 의사에게 손을 들고 말았다.

그날 공탁호는 암 병동 503호에 입원했다. 시기를 놓쳐 수술도 불가능하다는 것이었다. 암 병동에는 환자가 며칠마다 한 명씩 죽어 나가도 입원 환자들이나 보호자들은 아무 감정 없이 바라보았다. 그들은 죽음을 초월한 탓일까. 503호 병동 앞에는 사자가 문턱에서 대기하고 있다가 시간이 되면 한 명씩 데리고 나가는 것 같았다. 503호 암환자들은 언제까지 산다는 기약도 없이 암과 치열한 싸움을 하고 있다. 공탁호는 침대에 누운 채 하루 종일 정신 나간 사람처럼 천장을 바라보며 히죽 웃기도 하고 입술을 벌쭉거리기도 했다. 매일 그렇게 무료하게 시간을 보냈다. 기분이 좋으면 알 수 없는 노래를 흥얼거리기도 하고 기분이 나쁘면 얼굴을 찌푸리기도 했다. 어떤 때는 죽음과 싸움하는 사람답지 않게 평온한 얼굴을 보여 주었다. 그러나 흐르는 시간은 점점 생명을 갉아먹었다. 공탁호는 통증이 찾아오면 사지를 뒤틀며 몸부림치다가 간호사가 진통제 주사를 놓으면 언제 그런 고통이 있었느냐는 듯 웃었다. 웃는다고 해도 껍질뿐인 얼굴 가죽이 조금 위아래로 움직일 뿐이었다. 환자가 웃으면 아내도 따라 웃고 환자가 슬퍼하면 아내도 따라 슬퍼했다.

그렇게 의사가 살 수 있다던 시한부 기간을 한 달 더 넘겼다. 시간이 갈수록 공탁호의 고집은 더 세지고 있다. 화장실을 갈 때 가죽만 남은 다리를 후들거리며 겨우 한 발자국씩 옮기면서도 아내의 부축을 받지 않으려고 했다. 아내가 도움을 주려고 나서면 오히려 짜증을 부렸다. 이런 고집은 주변 사람들에게 아직도 자신이 건재하다는 것을 과시하려는 몸부림처럼 보였다. 공탁호는 다 죽어가면서도 아내에게 큰소리쳤다.

"돌팔이 의사의 말을 믿지 마. 나는 절대 안 죽어."

"알아. 당신은 절대로 안 죽어!"

"나를 금세 죽을 사람처럼 보는데."

"그런 억지 부리지마."

"나는 당신이 화장실에서 웃는 꼴 못 봐."

"그런 꼴 안 보려면 살아야지."

크리스마스를 하루 앞두고 하늘이 뿌옇게 흐리더니 하얀 눈을 송이송이 뿌려 주었다. 나무마다 하얀 목련꽃이 피어났다. 해질녘에 간호사가 소형 라디오를 들고 병실에 나타났다. 공탁호는 간호사를 향해 비죽 웃었다. 간호사를 보면 안심이 되는 모양이었다. 간호사는 침대 한쪽 구석진 곳에 라디오를 놓아 주었다. 스위치를 넣자 은은하게 찬송가 소리가 흘러나왔다. 노래는 병실 가득히 물 흐르듯 출렁거렸다. 간호사가 공탁호에게 다가가 눈가죽을 뒤집어 본 후 입가에 미소를 머금으며 어머니처럼 온화하게 말했다.

"음악을 들으면 마음이 편안해질 거예요."

"ㄱㄱㄱ…"

그날 저녁 같은 병실에 입원하고 있던 환자들은 다른 병실로 옮겨 갔다. 병실에는 공탁호 혼자 덩그러니 남게 되었다. 아내는 불길한 생각을 감추지 못했다. 아침이 되자 천장을 멀거니 바라보고 있던 공탁호의 눈동자가 한곳으로 집중했다. 눈동자의 초점이 어느 곳에 정지해 있는지 알 수 없었다. 푹 꺼진 눈은 죽은 생선 눈알처럼 빛을 잃었다. 가죽만 덮어 쓴 얼굴은 미동도 하지 않았다. 아내가 간호사에게 물었다.

"무슨 일이 있습니까?"

"최선을 다하고 있습니다."

"그럼…"

공탁호는 입술을 몇 번 달싹거리며 말을 하려다가 닫아버렸다. 알 수 없는 표정으로 한곳을 집중하고 있다. 허공을 보는 듯도 하고 심연(深淵) 저쪽 세상을 보는 것 같기도 했다.

잠시 후 공탁호는 들릴 듯 말 듯한 소리로 중얼거렸다.

"으ㅎㅎㅎ… 저기…"

"저기가 어딘데?"

"저기 저쪽…"

공탁호의 시선은 천장의 한곳을 집중하고 있다. 입에서 알아들을 수 없는 말이 계속 흘러나왔다.

"무서워!"

"뭐가 무서워."

아내는 뼈대가 앙상한 공탁호의 손을 꼭 잡아 주었다. 공탁호는 누구와 말하고 있는 듯 계속 중얼거렸다. 환자 자신만이 볼 수 있는 세계일지도 모른다. 아내는 남편이 죽더라도 착하게 살았으니 천당에 갈 것이라고 생각했다. 아내의 두 눈에 뜨거운 눈물이 볼을 타고 흘러내렸다. 그동안 좀 더 잘해 주지 못한 것을 후회했다.

"무서워."

"누가 당신을 무섭게 하는 거야?"

"무서워."

아내는 병실 한쪽 구석에 쪼그리고 앉아 창문을 통해 거리의 풍경을 바라보았다. 흰 눈이 가로등의 환한 불빛 속으로 나비처럼 너풀거리며 내렸다. 아내는 펄펄 내리는 하얀 눈이 천사의 행렬이었으면 하고 생각했다. 잠시 후 공탁호가 누워 있는 침대를 흘낏 바라보더니 간호사에게 물었다.

"저 사람이 얼마나 살 수 있을까요?"

"하느님만 알고 계십니다."

"저 사람이 죽으면 불쌍해서 어쩌지요. 너무 고생을 많이 했거든요."

"사람은 누구나 다 그렇게 살다가 가지요."

다음 날 세상은 하얀 눈으로 덮였다. 아내는 꼬박 앉아서 밤을 새운 탓에 부석부석 부은 눈으로 창밖을 바라보았다. 간밤에 내린 눈으로 거리의 높은 빌딩도, 줄 서 있는 가로수도 모두 하얀 눈꽃 모자를 쓰고 있다.

간호사가 주사를 놓으려고 왔다. 아내가 간호사에게 말했다.

"나는 솔직히 저 사람이 죽으리라고는 상상도 하지 못했어요. 영원히 죽지 않고 살 수 있을 거라고 믿었어요. 이렇게 맥없이 떠날 줄 알았으면 좀 더 잘해 줄 것을, 하는 생각이 드네요. 눈만 뜨면 저 사람에게 돈 벌어 오라고 못 살게 했거든요."

"누구나 다 그렇게 사는 겁니다."

"저 사람이 다시 건강해진다면 좀 더 잘해 주고 싶어요."

"누구나 다 그렇게 말합니다."

주사 기운 때문인지 공탁호가 정신이 돌아온 듯 아내를 향해 빙긋 웃었다, 오늘은 모든 것을 체념한 듯 편안해 보이는 얼굴이었다. 공탁호는 죽음이 불가항력의 힘을 가지고 있다는 사실을 깨달은 듯 했다. 그동안 죽음에서 도망쳐 보려고 몸부림쳤던 것이 어리석은 짓이었다는 것을 깨달은 듯했다. 공탁호는 죽음이라는 장막 때문에 아무것도 보지 못했던 자신의 모습을 조금씩 보는 듯했다.

공탁호는 아내의 손을 꼭 잡아 주었다.

"내가 당신에게 못할 짓을 너무 많이 했지?"

"아니야."

"다 알아, 미안해."

"마음 약하게 먹지 마."

아내에게 한 번도 자기 잘못을 시인한 적이 없던 공탁호였다. 지금까지 자기가 한 일은 무조건 옳고 아내가 한 일은 무조건 틀렸다고 말하던 공탁호였다. 그런 공탁호가 오늘 아내 앞에서 처음으로 눈물을 보였다. 잘못한 것을 처음으로 인정했다. 아내의 가슴이 찢어졌다. 아내도 공탁호에게 그동안 못 할 짓을 많이 했다며 용서를 빌었다. 화투에 빠져 며칠씩 밤을 새우면 현장을 급습해 판을 깨버린 적도 여러 번 있었다. 그때마다 공탁호는 아내의 얼굴에 주먹을 날렸다.

"죽여라!"

"죽여주마!"

그랬던 공탁호가 지금 죽음 앞에서 나약하기 이를 데 없었다.

"내가 너무 세상을 몰랐어."

눈물이 볼을 타고 흘러내렸다.

"울지 마, 오히려 돈 벌어오라고 윽박지른 것은 나야. 미안해."

"내가 잘못했다니까."

"아니라니까."

아내는 처음으로 남편을 살릴 수만 있다면 자신의 몸 한 곳을 떼어 주고 싶다는 생각을 했다. 하지만 모든 것은 부질없는 생각이었다. 새벽에 의사가 간호사와 함께 네 바퀴가 달린 기계를 밀고 병실로 돌아왔다. 의사의 손길이 분주하게 움직였다. 기계를 환자 가까이 가져가더니 팔과 다리, 머리, 가슴에 줄을 어지럽게 매달았다. 잠시 후 공탁호는 우주에서 내려온 기계 인간처럼 변했다. 의사는 공탁호의 눈가죽을 뒤집어 본 후 작은 손전등으로 눈동자를 이리저리 살폈다. 그러다 손전등을 흰 가운에 매달린 작은 주머니 속에 집어넣고 기계의 스위치를 눌렀다. 그러자 맥박수를 알리는 그래프가 느린 모습으로 뛰었다. 맥박 수가 정상 수치에 훨씬 못 미쳤지만 살아 있음을 보여 주었다. 의사는 공탁호의 얼굴과 기계를 번갈아 바라보더니 팔과 가슴에 매달린 줄을 한 번 더 점검했다. 환자의 호흡은 점점 느려지더니 박동과 박동 사이의 끈이 점점 길게 늘어졌다. 의사가 서둘러 한쪽 손을 공탁호의 팔목을 잡고 시선은 시계에 고정시켰다. 하나 둘 셋 넷… 의사가 아내에게 말했다.

"임종 시간입니다."

병실 안은 무거운 침묵이 흘렀다. 잠시 환자의 얼굴에 생기가 돌아오는 듯 했으나 곧 호흡과 맥박이 느려졌다. 잠시 후 바람 빠지는 듯 긴 숨소리가 들렸다. 순간 좀 전까지 고통스러워 일그러졌던 환자의 표정은 씻은 듯이 사라지고 평온한 얼굴로 돌아왔다. 마치 한꺼번에 모든 고통을 놓아버린 얼굴 모습이었다. 기계가 삐… 하고 활동이 종료되었음을 알려 주었다. 한 생명이 지구에서 영원히 사라지는 순간이었다.

"봤어요. 그 사람이 웃었어요. 천당에 간 모양이지요."

아내가 의사에게 말했다.

"그럼요."

의사가 짤막하게 대답했다.

"틀림없이 웃었어요."

"그렇다면 틀림없이 천당으로 갔을 겁니다."

간호사가 환자의 몸에 어지럽게 매달려 있는 줄을 조심스럽게 걷어 냈다.

밤새 눈이 내려 정원에 서 있는 나무들은 크리스마스트리가 되었다. 화장터에는 죽음의 행렬이 차례를 기다리고 있다. 잠시 후 장부를 든 사람이 나타나 망자의 이름을 호명했다.

"공탁호는 칠 번 화구입니다."

곧 리무진 뒤쪽에 문이 열리면서 하얀 천에 덮인 망자를 준비된 제단 위에 놓았다. 세상과의 마지막 인사를 나누는 시간이었다. 친척들이 소리를 낮추며 눈물을 흘렸다. 인도자가 엄숙한 음성으로 이승과의 마지막 고별 의식을 올렸다. '흙으로 지음 받은 인생은 흙으로 돌아가야 한다는 하나님의 섭리를 어기지 못함을 우리는 믿고 있습니다. 이제 괴롭고 고통스러운 생활을 벗어버리고 영원한 안식처로 가려 합니다.' 인도자의 기도가 끝나자 망자는 회색 건물 안으로 들어갔다. 가족들이 뒤를 따랐다. 망자는 미로 같은 통로를 지나 칠 번 화구 앞에 당도했다. 다시 한 번 이승과의 마지막 작별 의식을 치른 후 망자의 관은 유족들이 보는 앞에서 칠 번 화구 안으로 들어갔다. 두 시간 후 공탁호는 힘들고 고통스러웠던 육신을 벗어버리고 영원한 안식처로 돌아가기 위해 한 줌의 재가 되어 가족 품으로 돌아왔다.

"이게 정말 당신이야?"

아내는 믿을 수 없다는 표정으로 유골함을 받아들었다. 한줌의 재로 돌아온 남편의 유골함을 붙들고 아내는 잠시 말을 잃어버렸다. 그날 망자의 유골을 영락동산에 안장하고 돌아오는데 천둥산 정상에 둥근 달이 구름에 반쯤 얼굴을 가리고 있었다.

지하철

"내 다리 위로 무엇이…"

"헛헛헛, 보나마나 바퀴벌레겠지요. 요즘 바퀴벌레도 미녀 다리를 아는 모양입니다."

지하철은 출퇴근 시간만 되면 몸조차 운신할 수 없을 정도로 만원이다. 오늘도 정종숙은 만원 지하철을 타고 출근하다가 다리 쪽에서 스멀거림이 시작되자 깜짝 놀라 소리쳤다. 옆에 섰던 사내는 간밤에 마신 술이 아직 덜 깬 듯 흐릿한 시선으로 정종숙을 바라보며 킬킬거렸다. 정종숙이 불쾌한 표정으로 사내를 노려보자 사내는 입술을 비죽거리며 요즘 바퀴벌레도 무례한 탓인지 인정사정 보지 않는다고 말했다. 정종숙은 어렸을 때부터 바퀴벌레 이야기만 들어도 솜털이 곤두섰다. 성인이 된 지금도 그런 마음이 달라지지 않았다. 집안에만 있는 줄 알았던 바퀴벌레가 지하철에도 있다니 어이가 없었다.

"지하철에도 바퀴벌레가 있어요?"

"물론입니다."

"말도 안 돼."

"사람들이 꼬이는 곳이면 어디나 있습니다."

옆에 사내가 히죽거리며 대답했다.

정종숙은 한국여성잡지사 기자다. 그녀는 인천광역시 부평구 산곡동 현대아파트 3단지에 살고 있다. 3단지 앞 작은 구름다리를 내려와 삼 분 정도 걸으면 급행열차가 서지 않는 백운역이 있다. 작은 역이라 평소에는 한가하다가도 출퇴근 시간만 되면 사람들로 북새통을 이루고 있다. 오래 전부터 정종숙은 출퇴근할 때는 물론 사무실 업무를 볼 때도 지하철을 이용하고 있다. 승용차를 놔두고 지하철을 이용하는 것은 특별한 기상이변이 없는 한 약속한 시간 안에 목적지까지 정확하게 데려다 주기 때문이다. 자동차 홍수 시대에 지하철은 가장 안전하고 편리한 교통수단이라며 정종숙은 지하철에게 항상 고마워하고 있다. 그런 지하철이 최근 성추행 범인이 활개 치면서 분위기가 사뭇 달라졌다. 최근 여성들은 지하철을 이용할 때 성추행 때문에 항상 불안을 느끼고 있다. 정종숙은 오늘도 만원 지하철을 타고 출근하다가 다리 위로 스멀거림이 시작되자 큰소리쳤다. 그때 옆에 섰던 사내가 느닷없이 요즘 바퀴벌레는 종족 보존을 위해 지하철 안에서도 번식할 수 있는 특수 기술을 개발한 모양이라며 낄낄거렸다. 사람들이 점점 독해지니 벌레들이라고 그냥 있겠느냐는 것이다. 요즘같이 각박한 세상에 살아남기 위해서는 벌레들도 끊임없이 진화를 해야 한다는 사실을 알고 있는 것 같다는 것이다. 잠시 후 스멀거림은 정종숙의 위험 지역까지 침범했다.

"어떤 개 같은 자식이!"

정종숙의 입에서 자기도 모르게 이런 말이 튀어나오자 옆에 섰던 사내가 히죽거리며,

"헛, 바퀴벌레가 아니고 인간이라면 그 정도 욕으로는 눈도 꿈쩍 안 할 거요."

하고 빈정댔다.

"붙잡기만 하면…"

"붙잡기 쉽지 않을 텐데요. 설사 붙잡는다고 해도 소용이 없을 겁니다. 남자들이 씨가 마르면 모르겠지만 제 2, 제 3의 성추행 범인들은 계속 나타날 테니까요. 남자들이 존재하는 한 성추행은 지구 종말까지 계속될 겁니다. 헛헛헛."

사내는 출근 시간인데도 취기가 남아 있는지 계속 킬킬거렸다.

"말조심하세요."

"기분 나쁘쇼?"

"그렇소. 아침부터 김새게."

지하철 안에서 이런 막말 언쟁(言爭)은 하루에도 몇 번씩 일어나고 있다. 성추행은 이미 우리 일상생활 속 깊숙이 들어와 있다. 지하철은 물론 사무실이나 학교, 회식 자리, 영화관, 심지어 가장 엄격해야 할 군부대 내에서까지 성추행이 자행되고 있다. 남녀가 존재하는 곳이면 장소 불문하고 성추행이 일어나고 있는 세상이다. 법을 만들고 법을 집행하는 사람들까지 성추행에 가담하고 있다. 국회의원이 여기자를 성추하고 검사가 피의자를 성추행하는 일까지 있었다. 마치 대한민국이 성추행 공화국 같은 세상이 되었다.

"따르릉 따르릉, 비켜나세요."

때로 지하철이 이런 귀여운 기적 소리를 낼 때가 있다. 기분이 좋아진다. 지하철이 부평역을 출발하여 부개역을 지나고 송내역을 향해 달렸다. 정종숙의 다리 위로 스멀거림이 다시 시작되었다. 정종숙의 머리끝이 곤두섰다. 정종숙이 옆에 선 사내를 흘낏 바라보았다. 사내의 얼굴이 사과 빛으로 변하더니 신경질을 냈다.

"왜 내가 성추행 인간으로 보이쇼?"

"찔리는 구석이라도 있는 모양이시구먼."

"생사람 잡지 마쇼."

"죄가 없으면 얼굴이 왜 붉어져."

"사람을 어떻게 보고…"

사람이 만원일 때는 경찰의 단속도 속수무책이었다. 요즘 성추행 범인은 경찰의 단속이 심하면 심할수록 작전도 진화해 가는 모양이었다. 성추행 사건은 아무리 단속해도 좀체 줄어들지 않았다. 지하철 내에서 성추행 사건이 터지면 불똥은 자연히 옆 사내에게 튀었다. 성추행 사건이 터지면 옆에 선 사내들은 불똥이 언제 자기에게 튀어올지 몰라 전전긍긍했다. 그러나 오늘 눈총을 맞은 사내는 당하고만 있지 않을 모양이었다.

"당신 옷이 범인을 불러들이고 있구먼."

사내가 불만 섞인 음성으로 투덜거렸다.

"내 옷이 어쨌는데?"

"그게 옷이야? 벗은 거지."

정종숙은 짧은 치마에 노출이 심한 블라우스를 입고 있어 남자들의 시선이 일제히 노출 부위에 집중되었다. 더위가 극성을 부리자 여자들은 점점 더 노출이 심한 옷을 입었다. 거리에 다니는 여자들의 바지는 팬티에 가까울 정도로 아슬아슬 하리만큼 노출이 심했다. 성추행 사건이 터져도 남자에게만 책임을 물을 수 없게 되었다.

"옷이 문제없다는 거야?"

사내가 불쾌한 듯 투덜거렸다.

"사내들이란 동물은…"

"뭐, 동물!"

말싸움이 이어졌지만 승객들은 이내 찜통더위에 지쳤는지 다시 나른한 침묵 속으로 빠져들었다. 얼마를 달렸을까, 조용하던 지하철 안에서 다시 정종숙의 비명 소리가 들려왔다. 남자들이 술렁거렸다.

"이번에는 어디를 만졌다는 거야?"

"거시기겠지."

"병이구먼."

"경찰은 뭐하는 거야."

"강력범 잡기에 바쁠 테지. 요즘은 사방에서 강력 사건이 터지니까."

사내들이 불만을 토해냈다. 그때 정종숙이 옆 사내를 노려보았다. 옆 사내가 불쾌한 표정으로 정종숙을 노려보며 말했다.

"이번에는 나요? 이 여자가 생사람 잡는 데 도 트셨구만."

"손을 사용했잖아."

"내 손은 여기 얌전히 있었거든."

지하철이 신도림역에 도착했다. 기다리고 있던 승객들이 우르르 밀려들자 정종숙과 사내 사이의 간격이 벌어져 말싸움을 계속할 수 없게 되었다. 말싸움이 멈추자 지하철 안은 다시 침묵 속으로 빠져들었다.

여자들은 범인을 잡기만 하면 물건을 거세(去勢)하든지 콩밥을 먹여서 일평생 여자 구경을 하지 못하게 만들어야 한다고 큰소리쳤다. 그럼에도 시간이 갈수록 지하철 내 성추행은 멈출 기미를 보이지 않았다.

지하철이 영등포역을 지나갈 때 정종숙의 다리 위로 스멀거림이 다시 시작되자 이번에는 뒤에 서 있는 점잖아 보이는 신사복 차림의 사내를 노려보았다. 겉으로 봐서는 성추행 할 사람같이 보이지 않지만 정종숙은 자신하고 있는 것 같았다. 옆에 승객들은 이번에야말로 꼼짝할 수 없는 물증을 잡은 모양이라고 생각했다. 하지만 쥐도 궁지에 몰리면 고양이를 문다는 속담처럼 신사복 차림의 사내도 당하고만 있지 않았다.

"내가 만졌다는 증거를 대 봐."

"웃기지 마, 당신이야!"

"봤어? 보지 못했잖아, 심증만 가지고 증거가 돼? 증거도 대지 못하면서 왜 생사람 잡아. 차가 흔들리는 바람에 몸이 살짝 닿았을 뿐이야. 그런 것이 성추행이라면 지하철을 탄 남자들은 다 성추행 범인으로 봐야 할 걸."

신사복 차림의 사내가 한참동안 정종숙을 노려보더니 한마디 던졌다.

"당신, 창녀촌에서 파는 여자 아냐?"

하자 정종숙이 얼굴을 붉히며 발끈했다.

"사람을 어떻게 보고…"

"수법이 꽃뱀 같잖아. 죄가 없는 사람을 성추행 범인으로 몰아가는 것도 그렇고, 돈 뜯으려는 수작으로 보이잖아."

"그런 수법에 많이 당해 봤구먼."

"내가 그런 여자에게 당할 만큼 호락호락해 보여?"

"그렇게 보이는데."

"웃기지 마."

만원 지하철 안은 또 무슨 일인가 큰 사건이 벌어질 모양이었다. 승객들은 처음에는 호기심으로 관심을 보이다가 지루하게 싸움을 끌고 가자 결말이 쉽게 나지 않을 것 같아 모두 눈을 감았다.

한국여성잡지사는 종로 3가 솔약국 이층에 있다. 요즘처럼 잡지사가 불황일 때는 돈이 없는 잡지사는 이 년에 한 번씩은 낡고 허름한 건물로 쫓겨 다닌다. 한국여성잡지사도 벌써 일곱 번째 사무실을 옮겼다. 티브이와 컴퓨터는 물론 스마트 폰까지 가세하면서 종이 잡지는 점점 설 자리를 잃고 있다. 이대로 가다가는 종이 잡지는 곧 폐업할 수밖에 없을 것이라는 게 전문가들의 의견이지만 잡지사 직원들은 오늘도 잡지 만드는 일에 전력을 다하고 있다. 한국여성잡지사 기자들은 대한민국에서 가장 강인한 여자들로 똘똘 뭉쳐 있다. 험한 세상에 살아남기 위해서라도 더 독해질 수밖에 없다는 생각이 이들을 더 강하게 만들었다. 아침 일찍 편집 회의를 준비하고 있을 때 이층 화장실에서 정종숙의 비명 소리가 들려왔다.

"뭐 이딴 자식이 다 있어! 내가 소변을 보는데 몰래 훔쳐보고 있잖아. 외모는 멀쩡하게 생겨가지고 겁도 없이!"

직원들은 화장실 쪽으로 우르르 모여들었다. 정종숙은 한 사내의 멱살을 비틀고 있었다.

"이 분이 훔쳐봤다는 거야?"

"그래."

"점잖게 생긴 남자잖아."

"점잖은 개가 부뚜막에 먼저 올라간다는 속담이 맞는 것 같아. 요즘 믿을 남자가 어디 있어. 신문도 못 봐! 지위고하를 막론하고 남자들은 거기서 거기야. 한마디로 도덕 불감증이라는 거지."

정종숙이 사내에게 다그쳤다.

"솔직하게 훔쳐봤잖아."

"못 봤다니까요."

"훔쳐봤으면서 아니라고?"

"귀가 먹었어요? 몇 번 말해야 알아듣겠어요. 절대 못 봤다니까요."

"기자의 눈을 속이지 못해."

그때 누군가 사내 쪽 역성을 들었다.

"남자의 말이 진실처럼 들리는데."

"웃기지 마, 도둑이 내가 범인이요 하고 이실직고하는 인간 봤냐? 훔쳐볼 때는 다 생각이 있었던 거지."

한국여성잡지사 건물은 낡고 오래된 오 층 건물이었다. 지은 지 육십 년도 더 된 건물이었다. 여기저기 빗물이 샌 흔적을 땜질해서 감춘 자국이 사방에 흉하게 남아 있다. 옛날 건물이어서 통풍구 하나가 남자 화장실과 여자 화장실 사이를 연결하고 있었다. 말이 통풍구지 남자들이 발끝을 세우면 얼마든지 여자 화장실을 훔쳐볼 수 있는 구조로 되어 있다. 사내는 이 통풍구를 이용해 여자 화장실을 훔쳐본 것이다. 정종숙의 추궁이 계속되었다.

"솔직하게 말해 봐. 훔쳐봤잖아."

"그런 무례한 말씀을…"

"아니란 말이야?"

"전 그런 거 좋아하지도 않습니다."

"입에 침이나 바르고 거짓말해라. 여자 싫어하는 사내도 있냐?"

정종숙의 끈질긴 질문에 사내는 두 손을 들고 말았다.

"훔쳐본 건 인정합니다."

"그럼 강간하려고 한 것도 사실이잖아."

"생사람 잡지 마쇼."

사내가 펄쩍 뛰었다.

"정말이야?"

"하늘에 두고 맹세합니다."

사무실로 끌려온 사내는 분위기가 심상치 않음을 발견하고 한번만 봐 주시면 다시는 그런 치사한 행동을 하지 않겠노라고 사정했다. 여자들은 이런 인간은 남자를 써먹지 못하게 거세(去勢)하든지 콩밥을 먹어야 한다고 으름장을 놓으면서 이 기회에 사내를 단단히 혼을 내 줘야한다는 쪽으로 의견이 모아졌다. 대한민국은 법이 너무 물러 터져 시도 때도 없이 성추행 사건이 발생한다는 것이다. 법이 못하면 여자들이 직접 나서서 강력하게 본때를 보여줘야 한다는 주장이었다.

"이름은?"

"오달수라고 합니다."

"나이는?"

"스물아홉입니다."

"회사는?"

"변호사 사무실에서 근무하고 있습니다."

"그럼 누구보다도 법을 잘 알 것 아냐. 머리가 돌겠구먼."

정종숙은 솔선수범해서 법을 지켜야 할 사람이 이런 어처구니없는 행동을 하는 것은 세상이 점점 썩어가는 증거라고 말했다. 정종숙이 아무리 추궁해도 사내는 여전히 오리발 작전을 구사했다.

"솔직하게 말해 봐, 강간하고 싶었지?"

"솔직하게 말해서 그럴 생각이 없었습니다."

"그러면 관음증(觀淫症)인가 하는 병에 걸리기라도 했다는 거야?"

"저는 그런 병이 있는 줄도 모릅니다."

"사내답게 말해 봐."

"사내답게 말해서 절대 아닙니다."

사내는 어느 날 소변이 급해서 우연히 이 낡은 빌딩 화장실에 들려 용무를 보다가 여자 화장실 쪽으로 통풍구가 있는 사실을 발견하고 호기심이 생겨 몇 차례 훔쳐보기는 했지만 별 다른 뜻은 없었다고 해명했다. 잠시 침묵이 흘렀다. 정종숙은 이 철딱서니 없는 사내를 어떻게 처리해야 할지 고심하다가 경찰서에 넘기지 않기로 결정했다. 초범이라는 사실을 참작했다.

"두 번 다시 이런 짓하면 그때는…"

"두 번 다시 그런 짓하면 제 스스로 남자를 뭉개버리고 말겠습니다."

"약속할 수 있어?"

"약속하겠습니다."

"좋아."

사내는 비굴한 웃음을 흘리며 사무실을 도망치듯 빠져나갔다.

뚜…

지하철이 서울역에 도착했다. 눈을 지그시 감고 명상에 잠긴 사람, 독서하는 사람, 신문을 뒤적이는 사람, 문자 메시지를 날리는 사람, 스마트폰으로 오락하는 사람, 지하철을 내리려고 웅성거리는 사람, 지하철 안은 다시 일상으로 돌아온 듯 했다.

－여기는 서울역입니다. 내리실 손님은…

안내 방송이 막 끝나갈 무렵 신사복 차림의 사내가 자리에서 벌떡 일어나더니 정종숙을 향해 달려들었다. 너 이리 나왓! 하고 정종숙의 옷을 붙잡았다. 승객들은 호기심 어린 시선으로 신사복 차림의 사내를 바라보았다. 좀 전 성추행 범인으로 몰렸던 신사복 차림의 사내였다.

"왜 이러세요?"

"당신이 생사람 잡았잖아."

"제가요?"

"사람을 잡아 놓고 오리발 내밀겠다 이거야?"

이번에는 신사복 차림의 사내가 정종숙의 머리카락을 움켜잡자 정종숙의 머리카락이 금세 까치집처럼 푸수수해졌다.

"이 손 놓으세요."

"못 놓겠다면?"

"고발하겠어요."

"나도 고발하려던 참이었는데 잘됐군."

"나를 왜요?"

"생사람을 잡고도 무사할 줄 알았어?"

정종숙은 당황했다. 신사복 차림의 사내가 기세등등하게 큰소리쳤다.

"무고죄가 얼마나 무서운지 보여 주지."

신사복 차림의 사내가 입에 거품을 물었다. 그냥 물러설 것 같지 않았다. 무고죄는 십 년 이하의 징역이나 또는 천오백만 원 이하의 벌금형이다. 정종숙이 한풀 꺾인 음성으로 사정했다.

"성추행 안 했으면 그만이지 왜 이러세요?"

"그게 말이 돼?"

지하철이 서울역에 멈추는 순간 신사복 차림의 사내는 정종숙을 지하철 밖으로 끌어내려고 안간힘을 썼다. 정종숙은 끌려 나가지 않으려고 발버둥 쳤지만 힘이 부치는 듯 조금씩 문 쪽으로 끌려 나갔다. 좀 전까지 기세등등하던 정종숙의 모습은 어디서고 찾아볼 수 없었다.

"아니면 그만이잖아요."

"웃기지 마. 무고한 사람을 죄인으로 만드는 당신 같은 인간은 혼 좀 나야 돼!"

승객들은 또 지하철 내에서 큰 태풍이 불어 닥칠 모양이라고 생각했다. 그동안 눈을 감고 명상에 잠긴 사람, 신문을 주시하던 사람, 독서 삼매경에 빠진 사람, 스마트폰으로 오락을 즐기던 사람들의 시선이 일제히 신사복 차림의 사내 쪽으로 향했다. 승객들은 여자도 보통이 아니지만 신사복 차림의 사내도 평범한 사람은 아니라고 생각했다. 두 사람이 끝까지 싸우면 누가 승리할 것인지 궁금했다.

잠시 후 정종숙이 한풀 꺾였다.

"놓고 말하세요."

"순순히 따라 나올 거야?"

"어디로?"

"어디긴 어디야, 경찰서지. 죄 없는 사람을 죄인으로 만들었으면 당연히 벌을 받아야지. 검사를 해 보면 내가 범인인지 아닌지 증거가 확실하게 나올 테지."

정종숙은 검사라는 말에 깜짝 놀랐다.

"뭘 검사해요?"

"거시기지 어디야. 내가 만졌다면 국과수에 가서 검사하면 내 지문이 나올 것 아냐. 그때는 죄를 달게 받겠지만 아니면 무고죄로 처넣겠어."

일이 커지자 정종숙은 풀이 죽고 말았다. 정종숙은 신사복 차림의 사내의 강한 힘에 의해 조금씩 지하철 문 쪽으로 끌려 나갔다. 만일 이 신사복 차림의 사내가 성추행 범인이 아니라는 사실이 밝혀지는 날에는 정종숙은 죽은 목숨이나 다름이 없었다. 신사복 차림의 사내는 계속 정종숙을 지하철 밖으로 끌어내려고 안간힘을 썼다. 다급해진 정종숙은 애원하는 눈빛으로 지하철 안 사람들에게 구원을 요청했다.

"저 좀 살려주세요. 이러다 사람 죽겠어요."

비명 소리에 지금까지 흥미롭게 구경을 하던 사람들은 일제히 고개를 돌렸다. 신문을 보던 사람들은 다시 신문을 보는 체하고, 책을 보던 사람은 다시 책을 보는 체하고, 문자를 날리던 사람들은 다시 문자를 날리는 체하고, 잠을 자다 깬 사람은 다시 잠을 자는 체 눈을 감앉다. 계속해서 신사복 차림의 사내는 정종숙을 밖으로 끌어내려고 안간힘을 쓰고 정종숙은 끌려가지 않으려고 혼신에 힘을 다하며 다급하게 소리쳤다.

"절 좀 도와주세요!"

그러나 지하철 안 사람들은 남의 일에 간섭하면 큰일이라도 나는 것처럼 외면했다.

작가의 말

　문학은 내게 운명처럼 다가왔다. 강릉사범학교 일학년 시절 국어 시간에 이윤후 선생님께서 작문 숙제라며 다음날까지 수필 한 편 씩 써오라고 하셨다. 무엇을 쓸까 고민하다가 관동팔경(關東八景) 중의 하나인 경포대에 대해 쓰기로 했다. 지금은 원형대로 잘 복원되어 있지만 60년대만 해도 경포대는 일제 강점기를 거치고 한국전쟁을 치르는 동안 손을 보지 않아 누각은 방치된 채 기둥이 갈라지고 여기저기 낙서로 상처뿐이었다.

　나는 이런 것들을 꼼꼼하게 지적하면서 쓴 수필이 선생님께 마음에 드셨던지 저를 부르시더니 조금만 수정하면 좋은 작품이 되겠다며 앞으로 글을 써보라고 말씀하셨다. 후에 들은 이야기지만 선생님은 수정한 작품을 가지고 국어 시간에 전교생에게 가르치셨다는 이야기를 듣고 내게 글재주가 있는 것은 아닐까 하고 생각하게 되었다.

　소설가 서근배 선생님이 서울 모 여고 국어 선생님으로 계실 때 유명 문학지에 'pw 여고의 생긴 일'이라는 작품을 발표하여 문제가 되자 학교를 그만두고 강릉상업고등학교(강릉제일고)로 오시게 되었다. 어느 날 펄벅 작품의 '대지'를 2백 자 원고지 70매로 줄여보라고 했다. 문학 수업이라고 생각하고 보름 동안 줄였더니 다음 달 농협에서 발간하는 잡지에 게재되었다. 소설을 쓰게 된 두 번째 계기가 된 셈이다.

이화여대 학생 십여 명과 농촌 계몽운동을 하고 있던 중 1960년 '어머니'가 한국일보 신춘문예에 당선되었다. 가난한 농촌을 무대로 어머니와 자식 간의 애틋한 사랑 이야기를 다룬 작품이 황순원 선생님의 추천으로 빛을 보게 되었다. 이후 잡지사, 통신사 기자로 활동하면서 시간에 쫓겨 작품 활동을 하지 못 했다.

세 분의 은사님들은 이 세상에 계시지 않는다. 내가 문학을 포기하지 못한 이유도 이 세분의 은사님들 때문이다. 직장에 있으면서 바쁘다는 핑계로 글을 쓰지 못하다가 이제야 첫 작품집을 가지게 되었으니 한참 늦은 셈이다. 그동안 많은 세월이 흘러가고 시대도 많이 변했지만 문학에 대한 의욕만은 나이 먹은 지금도 변함이 없다.

'달집태우기'는 현실 이야기를 통해 시대적 비평과 인간의 근원적인 문제들을 적당하게 뒤섞어가면서 사회가 안고 있는 심각한 문제들을 재미있는 소설로 풀어낸 단편들이다. 나는 소설가이기 전에 취재 기자다. 취재 현장에서 우리 사회의 도덕이 몰락해 가는 현장을 수없이 목격했다. 이렇게 몰락해 가는 현장을 소설로 고발하고 싶었다.

2016년 5월
서재에서 필자